MOEDER EN DOCHTER

Karin Peters

Moeder
en dochter

Westfriesland

www.kok.nl

NUR 344
ISBN 978 90 205 3065 0

Copyright © 2011 Uitgeverij Westfriesland, Utrecht
Omslagillustratie en -ontwerp: Bas Mazur

HOOFDSTUK 1

1910

Pauline Reimers rende naar huis, haar lange vlechten dansten op haar rug.
De bakker zag haar voorbij zijn raam hollen en keek haar na. 'Dat is Pauline Reimers,' zei hij voor zich heen, wel wetend dat zijn zoon hem zou horen. 'Als je een leuk meisje zoekt...' 'Pauline vindt mij veel te min. Die heeft het hoog in haar bol,' reageerde zijn zoon zo kribbig dat zijn vader zich afvroeg of hij door het meisje was afgewezen. Als dat zo was snapte hij daar niets van. Wat dacht ze wel! Paulines vader was landarbeider, bepaald rijk waren ze niet. Zijn zoon was daarentegen een goede partij. Zij zaten nooit zonder werk. Brood moest er tenslotte altijd zijn. Daarbij was Benno een knappe jongen. Benno had inderdaad weleens een poging gewaagd bij Pauline. Maar ze had alleen maar vriendelijk geglimlacht voor ze zich van hem af keerde.
'Ze is waarschijnlijk nog te jong en te veel met vriendinnen bezig,' meende zijn vader.
Benno antwoordde niet. De meeste meisjes van Paulines leeftijd hadden al vaste verkering. Hij keek haar na tot ze uit het zicht was. Ze was intussen in een normaal tempo overgegaan en liep met kaarsrechte rug verder. Die houding alleen al gaf haar iets hooghartigs. Ze was toch ook maar een gewoon dorpsmeisje, dacht Benno.
Pauline had de mannen in de bakkerswinkel heus wel gezien. Ze wist dat die twee haar hadden nagekeken. Zoals ze het altijd wist als jongens aandacht aan haar besteedden. Ze mocht Benno graag en het kon slechter, zoals haar moeder altijd zei. Maar Pauline was er zeker van dat het ook beter kon.
Ze wilde eerst al haar kansen benutten, en als die niets opleverden kon ze altijd nog voor Benno kiezen. Ze stond er geen seconde bij stil dat het dan weleens te laat kon zijn.

Eenmaal thuis mikte Pauline haar jas aan een spijker in het kleine voorportaal. Van daaruit kwam ze in het woonvertrek.

Haar moeder was bezig met verstelwerk, zoals iedere maandagmiddag. Er was altijd wel iets te herstellen, alles werd steeds opnieuw opgelapt.
'Waar bleef je zo lang?' vroeg haar moeder een beetje kribbig.
'Ik ben in het huis geweest.' Paulines stem klonk triomfantelijk.
'Wat moest je daar?' Haar moeder liet het naaiwerk zakken en keek haar aan.
'Ik ga daar werken.'
'Hoe kom je daar nou bij? Daar is voor jou geen werk.'
'Toch wel.'
'Aardappels schillen zeker.' Dat was Bart, haar broertje, die een verstandelijke handicap had en aan tafel met lapjes en knopen speelde.
'En wat dan nog? Dat is ook werk. Ze hebben me vanmiddag aangenomen, morgen mag ik al beginnen, heeft mevrouw gezegd.'
'Pauline, de mensen daar staan niet zo goed bekend. Vrouwen zijn daar niet veilig. Ik verhonger liever dan dat ik jou daarheen laat gaan.'
'Maar ik niet!' riep Bart nu. 'Verhongeren, dat is als je geen eten krijgt.'
Als het aan haar moeder lag kon ze het vergeten, dacht Pauline. Maar haar vader was er ook nog. Hij keek hoog tegen de mensen van De Ravenhorst op. Ze zei er verder niets over, maar begon met aardappels schillen. Het was niet vreemd dat Bart dacht dat ze alleen voor dat werk geschikt was. Ze deed het hier iedere dag.
Terwijl ze de aardappels vliegensvlug door haar vingers liet gaan, dacht ze aan wat er die middag gebeurd was. Ze was langs het pad gelopen, vlak bij het landhuis De Ravenhorst, toen ze twee mannen tegenkwam. Ze was hun uit de weg gegaan, maar ze waren beiden blijven staan.
'Wat doet zo'n jong meisje hier midden op de dag? Moet je niet werken? In de fabriek, of ergens in de huishouding?' had de een gevraagd. De man had zijn hand om haar kin gelegd. Ze had dit niet prettig gevonden en enkele stappen achteruit gedaan, zodat hij haar wel moest loslaten.
Ze maakte aanstalten om weg te lopen toen de ander vroeg:

'Zoek je werk, meisje?'

Dat was meneer Van Ravenstein zelf, die hier in het dorp algemeen bekend was.

Pauline had geknikt. 'Alleen is er geen werk,' had ze gezegd.

'In de stad is genoeg werk te vinden, daar zou het gemakkelijker zijn,' had de ander opgemerkt. 'Ga met mij mee, meisje.'

Pauline had het hoofd geschud. 'Ik kan mijn ouders en broertje niet alleen laten.'

Dat was niet het enige. Pauline had onmiddellijk aangevoeld dat ze niet op het voorstel van de man in moest gaan.

'Wij krijgen het de komende tijd erg druk,' zei meneer Van Ravenstein nu. 'Mijn vrouw en ik zijn binnenkort twintig jaar getrouwd. We willen een feest geven en ook komt er een gemaskerd bal. Ik weet zeker dat we wel wat extra personeel kunnen gebruiken. Loop maar even naar de keuken en zeg dat ik je gestuurd heb. Mijn vrouw zal daar wel in de buurt zijn.'

Pauline dacht niet lang na, maar deed wat hij zei. Ze voelde dat beide mannen haar nakeken en hoorde hen lachen. Maar ze keek niet om.

Mevrouw Van Ravenstein was inderdaad in de keuken. Pauline boog even het hoofd ter begroeting en herhaalde wat meneer had gezegd.

Mevrouw knikte. 'We kunnen zeker wel wat extra hulp gebruiken de komende tijd. Maar je bent nog wel erg jong. Sommige mannen worden dronken op zo'n feest. Je bent dat niet gewend.'

'Ik ben niet bang,' had Pauline dapper geantwoord.

'Ik denk dat ze wel iets gewend is,' had de huishoudster opgemerkt. 'Dat soort meisjes is van alle markten thuis.'

'Zo ziet ze er niet uit,' had mevrouw kortaf gereageerd. En tot Pauline: 'Goed meisje, je mag morgen beginnen.'

Ze was bijna huppelend naar huis teruggegaan, en was er zo vol van dat ze nu al enkele minuten aan dezelfde aardappel schilde.

'Hoeveel ga je verdienen?' vroeg haar moeder nu.

'Dat heb ik niet gevraagd.'

'Vast veel. Ze hebben daar veel geld,' riep Bart.

'Ik wil het niet hebben,' zei haar moeder weer. Met haar tanden beet ze een draad door. 'Je kunt beter leren naaien, daar verdien je ook mee.'

'Ik heb al ja gezegd,' zei Pauline koppig. Haar moeder zou toch geen roet in het eten gooien? Ze had zich er zo op verheugd.

Haar moeder zei niets meer. Ze wist hoe halsstarrig haar dochter kon zijn.

'Zal ik met je meegaan? Dan pas ik op jou,' zei Bart.

Pauline lachte naar hem. Ze wist dat Bart alles voor haar zou doen. Maar hij was niet echt sterk. Hij werd uitgelachen zodra hij zijn hoofd buiten de deur stak, zei zijn moeder soms.

Daarom ging Bart ook niet naar school. Men zei dat hij toch niets kon leren. Pauline geloofde niet dat dat waar was. Niemand nam echter de tijd voor Bart, zijzelf al evenmin.

'Het is ieder voor zich en God voor ons allen,' zei haar vader soms.

Ik zou op De Ravenhorst kunnen vragen of Bart daar iets in de tuin mag doen, dacht Pauline. Maar ze liep dan wel een risico. Als Bart niet van A tot Z werd voorgezegd wat hij doen moest, ging er al snel iets verkeerd. En als er dan problemen kwamen kreeg zij de schuld omdat zij hem had aanbevolen. Nee, ze zou dat risico maar niet nemen.

'Bij mevrouw Van Ravenstein, zei je?' Haar vader keek bedenkelijk. 'Ik weet niet of je daar wel heen moet gaan. Onlangs is daar weer een meisje ontslagen.'

'Ze kwam uit de stad,' wist Pauline.

'Ja. En? Weet je waarom ze is weggestuurd? Men zei dat ze sieraden had gestolen. Ze bleef ontkennen maar werd toch ontslagen. Men vond de sieraden later terug, ze was dus onschuldig. Maar ze mocht niet terugkomen. Ze gaan daar vreemd met hun personeel om, Pauline.'

'Meisjes lopen nog op een andere manier risico,' zei haar moeder nu.

'Zo stom ben ik niet,' zei Pauline, die heel goed wist wat haar moeder bedoelde.

'Je hebt geen enkel recht als je zoiets overkomt,' zei haar

moeder nu. 'Het zou iets minder gevaarlijk zijn als je al verkering had. Neem nou Benno van de bakker...'

'Ik ben niet verliefd op hem.'

Haar moeder maakte een gebaar of dit wel het laatste was om zich druk om te maken. Liefde was een bijkomende zaak als je niet dagelijks te eten had. En een bakkerszoon was toch een goede partij? Dat Pauline niet wijzer was!

Uiteindelijk ging haar vader overstag en mocht Pauline toch op het landgoed gaan werken. Ze maakte lange dagen. Haar ouders wilden niet dat ze op De Ravenhorst bleef slapen, dus vertrok ze 's morgens heel vroeg en kwam ze 's avonds laat pas weer thuis. Het werk varieerde van schoenen poetsen tot de was ophangen. Soms was ze de hele morgen in het washok bezig. De ruimte stond dan vol stoom en ze voelde het zweet langs haar rug lopen. Maar ze klaagde niet. Ze had hier willen werken en ze genoot van de rijkdom om haar heen. Ze at met andere personeelsleden in de keuken, maar zelfs daar was de tafel netter gedekt dan thuis. En ze beloofde zichzelf: ooit zou zij ook zo'n leven hebben.

Maar vooralsnog was er geen rijke jongeman die een oogje aan haar waagde. Af en toe moest ze een boodschap doen voor Louisa, de oudere, ongetrouwde zus van meneer Van Ravenstein, die ook op De Ravenhorst woonde en die ze niet allemaal op een rijtje leek te hebben. En soms werd haar gevraagd het kind van mevrouws zuster bezig te houden. Francis was negen jaar. Zijn moeder was vier jaar geleden overleden en mevrouw Van Ravenstein had hem toen in huis genomen. Zelf had ze geen kinderen en ze was dol op het jongetje. Hij was een gevoelig, intelligent kind dat zijn moeder heel erg miste. Meneer Van Ravenstein hield zich wat op een afstand. Francis' aanwezigheid drukte hem steeds met zijn neus op het feit dat hij en zijn vrouw geen zoon hadden, iets wat hem veel verdriet deed. Wat betreft de vader van het jongetje: het verhaal ging dat hij na de dood van zijn vrouw naar het buitenland was vertrokken en nooit was teruggekomen.

Toen brak de dag aan van het huwelijksfeest van meneer en mevrouw Van Ravenstein. Het werd gevierd met een uitgebreid diner, en daarna een gemaskerd bal. De vele gasten kwamen van heinde en verre, de meeste in een koets, maar ook kwamen enkele gasten in een heuse automobiel, die veel bekijks vanuit het dorp trok.

Pauline genoot van alle drukte. Tussen de bedrijven door had ze haar beste jurk aangetrokken en haar haren opgestoken. Het maakte haar wat ouder dan haar vijftien jaar, maar zeker ook mooier. Menige man waagde een tweede blik in haar richting.

Toen het bal begon was het de bedoeling dat Pauline naar huis ging. Maar toen ze de fraaie kleding zag, en al die wonderlijke maskers en waaiers, kon ze niet wegkomen. Ze zat boven aan de trap achter een zuil en keek naar het feest beneden zich. Ze trok het fluwelen gordijn om zich heen, zodat niemand haar kon zien. Althans dat dacht ze. Toen er echter twee mannen bleven staan, duidelijk dronken, wist ze dat ze een misrekening had gemaakt. Achteraf zag ze in dat ze er verstandiger aan had gedaan als ze gewoon was blijven zitten, maar ze stond op, liep snel over de gaanderij om aan de andere kant de trap af te dalen. De mannen kwamen haar achterna en Pauline wist dat ze haar zouden inhalen. Ze ging de keuken in, in de hoop dat daar iemand zou zijn. Het vertrek was echter leeg. Het personeel was in de grote zaal en zorgde voor de drankjes. De beide mannen, of eigenlijk waren het jongens, kwamen haar niet achterna. Maar Pauline wist zeker dat ze in de gang op haar wachtten. En ze kon hier niet blijven. Ze had al lang thuis moeten zijn. Waarom was ze ook blijven kijken?

Ze bleef nog even staan, voordat ze naar het raam liep. Via dat raam zou ze in de tuin terechtkomen. Ze vroeg zich echter af of ze wel door het smalle raam heen kon. Als ze vast kwam te zitten was ze nog verder van huis. En haar wijde rok uittrekken was al helemaal geen optie. Dus ging ze toch maar via de gang. Ze opende de deur en zag in eerste instantie niemand. Misschien waren ze al lang doorgelopen en maakte ze zich druk om niets.

Ze haastte zich naar buiten en kwam op de achterplaats terecht. Ze kwam nu in de uitgestrekte tuin. Dat was de enige manier om op de weg naar huis te komen. Ze begon nu te rennen, zichzelf moed insprekend dat die twee waarschijnlijk al lang weg waren, op zoek naar een andere prooi. Maar toen ze ineens beweging zag achter een struik en er een been werd uitgestoken waardoor ze struikelde, wist ze dat ze zich voor de tweede keer vergiste. Ze waren nog steeds met z'n tweeën en Pauline wist dat ze een eventueel gevecht niet zou winnen.

Een van de jongens pakte haar vast, en de ander begon aan haar rok te sjorren. Wat er nu met haar ging gebeuren wist ze alleen maar uit vage verhalen. Ze vocht en probeerde te schreeuwen, maar wie zou haar horen? Het was geen avond waarop de mensen buiten hun vertier zochten. Bovendien hield de jongen die haar vastgepakt had zijn hand voor haar mond.

De gretige vingers van de andere jongen gingen steeds verder. Haar worsteling zorgde er alleen maar voor dat de jongens hun greep op haar steeds meer verstevigden. Op een gegeven moment wist ze dat vechten geen zin had en gaf ze haar weerstand op. Ze bleef doodstil liggen en staarde naar de donkere hemel. Door haar tranen heen zag ze de wolkenmassa's voorbijschuiven. Ze probeerde uit alle macht niet te voelen, niet te denken.

Toen de jongens eindelijk opstonden, bleef ze roerloos liggen.

'Is ze dood?' vroeg een van hen. Pauline meende zijn stem te herkennen.

'Ik weet wie je bent,' zei ze, ook al was ze daar helemaal niet zeker van. 'Ik zal dit zeker aan meneer Van Ravenstein vertellen.'

'O ja? Als je problemen maakt, zal ik zeggen dat je maar wat graag wilde.'

Pauline ging met een pijnlijk gezicht overeind zitten. Ze fatsoeneerde haar kleren maar maakte geen aanstalten om op te staan. Ze sloeg bibberend haar armen om zich heen, als om zichzelf te beschermen.

De beide jongens keken elkaar aan, grijnsden naar elkaar en begonnen toen terug te lopen. Af en toe keken ze om. Ze hoorde hen lachen. Ze vonden het natuurlijk vreemd dat ze niet opstond. Nu, misschien bleef ze hier wel eeuwig zitten. Als een beschadigd beeld.

11

Hoe kon ze thuiskomen met haar gescheurde rok? Nog wel de beste die ze had. Wat zou haar moeder tekeergaan als ze merkte dat de rok gescheurd was. Alsof dat het ergste was... Haar moeder zou het kledingstuk vast wel kunnen herstellen. Ze zag haar al bezig, steekje voor steekje. Maar haar lichaam was onherstelbaar beschadigd. Pauline veegde de tranen van haar wangen.

'Naar je zin hier?' informeerde een stem. De spreker kwam uit de schaduw naar haar toe. Een lange, goedgebouwde jongeman met roodbruine krullen. Ze kon hem in het donker niet goed zien, maar ze hoorde aan zijn stem dat het Benno van de bakker was.

Ze vermande zich en dwong zichzelf niet te bibberen. 'Wat kom je doen?' vroeg ze kribbig. Ze wilde niet dat hij haar tranen zag en ze wilde al helemaal niet dat hij wist wat haar was overkomen.

'Ik kwam van het huis, via de tuin en kwam twee feestgangers tegen. Ze hadden het over een meisje. Ik begreep...' Hij zweeg een moment en zei toen: 'Ik hoop niet dat het over jou ging.'

Ze antwoordde niet en hij strekte zijn hand naar haar uit. Ze liet zich overeind helpen.

'Moest je zo laat blijven om te helpen?' vroeg hij.

'Dat wilde ik zelf. Het was zo'n groot feest. Iedereen zag er prachtig uit.'

'Hebben ze je iets aangedaan?' drong hij aan.

'Houd er maar over op. Ik moet naar huis,' zei ze.

'Ik breng je even.'

Ze protesteerde niet. Als ze eerlijk was, durfde ze ook nauwelijks alleen naar huis. Die twee waren nu vast aan het opscheppen over hun laffe daad. En als ze inderdaad zouden zeggen dat zij dit had uitgelokt, zouden er mogelijk anderen komen. Ze huiverde en Benno gaf haar zijn jas, die ze zonder commentaar accepteerde.

'Als ze je hebben lastiggevallen moet je dat aan meneer Van Ravenstein vertellen,' meende Benno.

'Denk je dat het helpt?' vroeg ze cynisch.

'Bij hem misschien niet, maar zijn vrouw lijkt me erg aardig.'

Pauline zei niets. Hoe kon ze hier met iemand over praten?

Haar moeder zou waarschijnlijk zeggen dat ze haar had gewaarschuwd. Ze zou zeggen dat ze het zelf had uitgelokt door te blijven. Ze zou vooral praten over de schande als mensen dit te weten kwamen.

Ze liepen niet snel. Pauline voelde zich doodmoe en was het liefst weer gaan zitten. Benno bleef haar bij de arm vasthouden. Hij was werkelijk heel aardig. Ze kon zich niet voorstellen dat hij zich ooit zou gedragen zoals die andere twee. Bij haar thuis was alles donker.

'Heb je een sleutel?' vroeg Benno.

'Ik weet waar hij ligt.' Ze zocht even onder de struik bij de achterdeur en vond de sleutel.

'Je kunt nu wel gaan. Bedankt voor het thuisbrengen,' zei ze.

Benno stond nog te aarzelen toen de deur opeens openging en haar moeder op de stoep stond. Ze was al in nachtkleding en droeg haar haren in een vlecht.

'Kind, wat ben je laat. Ik was ongerust. O Benno, ben jij dat?' Het laatste klonk opgelucht.

'Ik heb haar thuisgebracht. Er waren enkele gasten vervelend tegen haar, maar ze is nu veilig thuis. Welterusten.' Hij liep snel weg en verdween in het donker van de avond.

'Wat is er gebeurd?' vroeg haar moeder toen ze binnen waren. 'Moest je zo lang blijven?'

'Het was zo'n mooi feest. Iedereen was prachtig gekleed en ik ben even blijven kijken.'

'Benno zei dat er gasten waren die je lastigvielen,' zei haar moeder.

'Ja. Ze waren dronken. Maar ik wil het daar verder niet over hebben,' zei Pauline kortaf. Ze wilde maar één ding: naar boven, naar haar eigen kamertje. Even alleen zijn.

'Die Benno is toch een prachtkerel,' zei haar moeder vol overtuiging.

Pauline moest haar in haar hart gelijk geven. 'Ik ga me even wassen en dan naar bed,' zei ze.

'Wassen?' herhaalde haar moeder verbaasd.

'Ik ben in de modder gevallen. Ik red me wel, gaat u maar weer naar bed. Welterusten.' Pauline hoopte dat haar moeder niet de bibbers in haar stem hoorde.

Haar moeder verdween naar haar eigen slaapkamer, en

Pauline ging naar het washok, waar ze zich in het donker langzaam uitkleedde en haar met modder besmeurde rok bij het wasgoed legde. Haar onderbroek was ook besmeurd, niet met modder maar met bloed. Die durfde ze niet bij het wasgoed te doen. Ze besloot hem mee naar boven te nemen en hem de volgende dag in de sloot uit te spoelen. Ze waste zich voorzichtig en sloeg een handdoek om haar heupen heen. Daarna begon ze langzaam de smalle trap naar de zolder te beklimmen. Ze voelde zich ondanks de wasbeurt nog steeds smerig. Toen ze in bed lag drongen de beelden van de afgelopen uren zich opnieuw aan haar op. Natuurlijk kon ze niet slapen, en de bibbers kwamen weer terug. Stel nu eens dat dit gevolgen had? Kon je van zoiets gewelddadigs zwanger raken? Wat zou ze dan moeten beginnen? Ze staarde in het donker en bad dat God dat niet zou laten gebeuren. Ze wist alleen niet of God zich met iets dergelijks inliet…

Haar vader bad overal voor. Dat ze in vrede mochten blijven leven, maar ook voor een goede oogst, en bij langdurige droogte om regen. Ze betwijfelde echter of haar vader in dit geval voor haar zou bidden. Hij zou waarschijnlijk zeggen dat het haar straf was op de zonde. Háár zonde, niet die van die kerels. Nee, als het aan haar lag zou haar vader dit niet te weten komen. En de mogelijkheid van een zwangerschap drong ze naar de achtergrond.

Ze besloot wel om aan haar mevrouw te vertellen wat er gebeurd was. Zij had niets kwaads gedaan. Ze kon zich voorstellen dat mevrouw erg verontwaardigd zou zijn als ze hoorde hoe enkelen van haar gasten zich hadden misdragen. Misschien zou ze die jongens wel nooit meer willen zien.

Ze kon zichzelf echter niet helemaal geruststellen. Met rijke mensen wist je het nooit. Ze reageerden soms totaal anders dan je zou verwachten.

Met enige schroom ging ze de volgende dag naar De Ravenhorst. Werk was er genoeg. Na het feest van de vorige dag was er heel wat op te ruimen. Verbeeldde ze het zich of keek de huishoudster haar af en toe doordringend aan? Maar ze kon niets weten. Niemand kon iets te weten zijn gekomen.

Behalve Benno. Maar hij had ook niet gezien wat er precies gebeurd was.

Hij was trouwens nog niet met brood geweest. Paulines gedachten bleven om de gebeurtenis van de vorige avond draaien. Het was of ze nog steeds die graaiende handen onder haar kleren voelde.

Ze was nog in de keuken bezig toen ze het fluitje van Benno hoorde.

'Die is toch altijd even vrolijk,' zei de huishoudster. 'Als je dan de gasten gisteren zag, die moeten eerst dronken worden voor ze vrolijk zijn. Heb jij geen last gehad gisteravond?'

'Last?' herhaalde Pauline tamelijk onnozel.

'Nou, het komt voor dat dronken kerels meisjes lastigvallen. Ik heb daar geen last van. Ik ben te lelijk.' Het klonk berustend. Maar echt lelijk was de huishoudster niet. Ze was een doodgewone vrouw van halverwege de dertig.

Pauline was blij dat ze naar de deur kon. Ze hoopte dat de huishoudster niet door zou vragen over gisteravond.

'Twee broden,' riep de huishoudster haar nog achterna.

Benno nam haar even op en vroeg toen: 'Hoe is het met je?'

'Goed,' zei ze kortaf, op een toon van: vraag niet verder.

Benno liet zich echter niet de mond snoeren. 'Heb je een beetje kunnen slapen?' was zijn volgende vraag.

'Wat dacht je dan? Was je van mening dat ze voortdurend aan jou dacht?' riep de huishoudster van achter uit de gang.

Pauline kreeg het warm. 'Houd nou op,' zei ze tegen Benno.

'Je moet het hier wel melden,' zei hij serieus. 'Straks nodigen ze die lui opnieuw uit.'

'Je moet je er niet mee bemoeien,' zei ze, terwijl ze boos werd.

'Ik wil je alleen raad geven.'

'Goed. Bedankt.' Ze pakte de broden van hem aan en deed toen met een klap de deur voor zijn neus dicht.

'Wat doe jij onaardig tegen die jongen,' zei de huishoudster verontwaardigd. Pauline antwoordde niet. De vrouw had natuurlijk gelijk. Maar ze wilde niet dat Benno vertelde wat hij de vorige avond meende gezien te hebben. Ze zou dat zelf wel doen als het nodig was. Verder moest ze maar proberen te vergeten. En ze besloot om toch maar niet tegen mevrouw te vertellen wat er gebeurd was. Hoe minder mensen ervan wisten, hoe sneller ze het achter zich kon laten.

Dat laatste bleek echter onmogelijk. Pauline was drie weken over tijd toen haar moeder het in de gaten kreeg. 'Ik mis bepaalde zaken in de was,' zei ze zo terloops alsof ze het over het weer had. Maar Pauline zag de bezorgde trek op haar gezicht en haar hart bonsde eensklaps in haar keel. Ze staarde haar moeder aan en wist niet wat te zeggen. Zelf had ze die mogelijkheid wel overwogen, maar ze had het diep weggestopt. Nu bleek het ineens een gegeven. Ze kon zwanger zijn.

'Wat heb je uitgehaald?' vroeg haar moeder streng.

'Het is niet mijn schuld,' protesteerde Pauline. 'Op de avond van het feest… er waren twee jongens… Ze kwamen mij achterna, ze waren dronken.' Met bevende stem vertelde ze in enkele zinnen wat er gebeurd was.

Het leek of haar moeder in deze minuten enkele jaren ouder werd. 'Hoe kon je ons dit aandoen?' was het eerste wat ze zei.

'Ik? Het waren die kerels. Ik kon niet tegen hen op,' zei Pauline nu huilend.

'Je hoorde daar niet te zijn,' antwoordde haar moeder. 'Je was je weer aan het vergapen aan de rijkdom van die lui. Ze zijn niet van ons soort. En nu…' Pauline zag dat haar moeder moeite had haar tranen te bedwingen.

'Maar het hoeft toch niet zo te zijn, misschien komt het nog,' zei ze in een poging haar moeder gerust te stellen.

'Daar zou ik maar niet op hopen. Je bent anders altijd keurig op tijd.'

Daar moest Pauline haar moeder gelijk in geven. Haar menstruatie was nog niet eerder uitgebleven.

Ze rechtte haar rug. 'Goed dan. Ik ga naar mevrouw Van Ravenstein en vertel het haar.'

'Wat denk je daarmee te bereiken?' vroeg haar moeder met wanhoop in haar stem.

'Zij moet maar een oplossing zoeken,' zei Pauline nu beslist.

Haar moeder schudde haar hoofd bij zo veel onbegrip. 'Geloof mij maar, dit kan mevrouw Van Ravenstein echt niets schelen,' zei ze vermoeid.

Pauline herinnerde zich dat een van die kerels had gezegd dat ze, als Pauline hen zou verraden, tegen meneer Van Ravenstein zouden vertellen dat zij dit zelf had uitgelokt. Maar mevrouw zou twee van die feestgangers toch niet zomaar geloven? En dan was Benno er ook nog. Hij zou haar vast willen helpen. Hij had gezien dat de twee mannen haar achternazaten.

Aarzelend noemde ze zijn naam. Maar dat was voor haar moeder geen geruststelling, ze schrok.

'Lieve help, dus Benno weet ervan? Als hij het verder vertelt, weet binnen de kortste keren het hele dorp ervan.'

'Dat doet hij niet,' zei Pauline stellig.

De stelligheid van Pauline bracht nu een andere reactie teweeg bij haar moeder. In gedachten zag ze ineens een minuscuul lichtpuntje. Als het waar was, áls Pauline zwanger was, misschien dat Benno dan... Hij was weliswaar nog maar achttien jaar, maar hij was verliefd op Pauline, dat had ze allang begrepen.

Aan de andere kant: Benno had ook ouders, die hadden ook een stem in het kapittel. En met achttien jaar was Benno nog niet echt volwassen. Ze zuchtte.

'Ik vertel het aan mevrouw,' zei Pauline weer.

Haar moeder zei niets. In haar hart hoopte ze dat Pauline alsnog haar periode zou krijgen, al was het dan een miskraam. Ze wist meteen dat het heel verkeerd was zo te denken. Zondig zelfs. Een mens werd geacht elk nieuw leven met vreugde te begroeten. God zou haar hopelijk vergeven dat ze daar nu even moeite mee had.

'Wat doen jullie?' Bart kwam binnen, hij voelde direct aan dat er iets bijzonders was. 'Hebben jullie een geheim?'

'Wat voor geheim?' Nu was het Paulines vader die binnenkwam en dezelfde vraag stelde.

Zijn vrouw wilde iets zeggen, maar zag ervan af toen ze Barts nieuwsgierige blik opving.

'Ik vertel het je nog wel,' zei ze met een zucht. Haar man wist uit ervaring dat geheimen meestal weinig goeds brachten.

Pas die avond, toen Bart sliep en Pauline ook naar de zolder was geklommen, zei Rika: 'Ik moet je iets vertellen, Jasper.'

'Ik hoop dat het iets goeds is,' zei haar echtgenoot, in feite

17

tegen beter weten in.

'Dat wordt dan een teleurstelling. Het zou wel iets goeds moeten zijn, iets moois zelfs,' zei Rika zuchtend.

Bij deze raadselachtige zin keek haar man verontrust op.

'Ik vermoed, nee, ik weet haast zeker dat Pauline een kind verwacht,' kwam toen de slechte boodschap.

Jaspers handen klemden zich om de leuning van de stoel alsof hij bang was eraf te vallen. 'Hoe kan dat? Hoe is dat gekomen?'

'Hoe komt zoiets? Niet van het theedrinken,' zei zijn vrouw bitter.

'Vrouw!' Jasper sloeg met zijn vuist op tafel. Hij begreep niet dat zijn vrouw de ironie nodig had om met dit bericht om te gaan. 'Van wie is het? Ze heeft toch geen verkering? Is het van Benno?'

'Was dat maar waar,' zuchtte zijn vrouw. 'Benno zou haar niet laten zitten. Het waren een paar kerels op dat feest van Van Ravenstein. Ze kende hen niet. Dat heeft ze tenminste niet gezegd.'

'Ze is dus gedwongen,' zei haar man tussen zijn tanden.

'Ik denk dat je het zo kunt stellen,' gaf zijn vrouw met tegenzin toe. 'Maar ze zullen natuurlijk ontkennen.'

Haar man sprak haar niet tegen. Hij kende dit soort situaties. Hij wist ook dat de meisjes in de meeste gevallen slecht af waren.

'Morgen gaat ze naar mevrouw Van Ravenstein,' zei zijn vrouw nog.

Ze wisten echter allebei dat dit niets zou uithalen en probeerden wanhopig om een oplossing te bedenken.

'Ik heb weleens gehoord dat fietsen op een weg vol kuilen...' begon Rika aarzelend.

'Dat zou een grote zonde zijn,' reageerde haar man onmiddellijk. 'Het enige is dat ze het kind weggeeft.'

'Weggeeft?' herhaalde zijn vrouw. 'En wie had je daarvoor in gedachten?'

'Wat dacht je van Tine?'

Rika gaf niet direct antwoord. Tine was Jaspers zuster, en zij was ooit getrouwd geweest met een bemiddeld man. Ze was nu weduwe en woonde in Utrecht. In hun beleving zo'n beetje het eind van de wereld.

'Ik weet niet of ze dat zal willen. We kunnen haar niet betalen,' zei Rika bezorgd.

'Betaling heeft Tine toch helemaal niet nodig?' bromde haar echtgenoot. 'Tine heeft geld genoeg van zichzelf.'

''t Kan zijn. Maar dat wil niet zeggen dat ze er niets voor wil hebben. Laten we nu eerst maar eens afwachten wat ze bij Van Ravenstein zeggen,' vond Rika. 'Misschien willen zij het kind wel hebben. Zij hebben tenslotte geen kinderen.'

Terwijl ze dat zei hoorde ze zelf hoe onwaarschijnlijk dat klonk. 'Maar een kind van een dienstmeisje zullen zij natuurlijk niet willen.'

'Tjonge, wat is Pauline stom geweest.' In een soort wanhoopsgebaar wrong Jasper zijn handen.

Die avond lag Rika lang wakker. Haar gedachten hielden zich vooral bezig met haar jeugd, die haar ineens weer helder voor de geest stond. Het kwam waarschijnlijk doordat Jasper over Martine was begonnen. Over haar zuster werd zelden gepraat. Niet dat ze ruzie hadden, maar haar leven was zo anders dan het hunne.

Rika was eigenlijk altijd jaloers geweest op haar oudere zusje. Ze was niet alleen mooier, maar ook intelligenter dan zijzelf. Tine was op de hbs terechtgekomen en had een jongen leren kennen van zeer goede afkomst. Dit was opnieuw een reden voor Rika's jaloezie. Rika had altijd het gevoel dat Tine ook het lievelingetje was van haar moeder. Tiny noemde ze haar vaak liefkozend. Tine had veel vriendinnen, maar ook jongens zwermden om haar heen als bijen om honing. Toch koos ze voor Rolf, haar eerste vriendje.

'Die zou ik ook kiezen als ik jou was', had Rika opgemerkt. 'Hij is knap en rijk, wat wil je nog meer.'

'Liefde,' had Tine kalm geantwoord. 'En dat zou jij ook het belangrijkste moeten vinden.'

Het was echter Jasper Reimers die verliefd werd op Rika. En hoewel Rika altijd jaloers bleef op de rijkdom van haar zusje, hield ze zeker van Jasper.

Alles gaat hen voor de wind, dacht ze soms. Maar de tegenslag voor haar zusje kwam, toen er geen kinderen kwamen. Tine wilde dolgraag kinderen. Ze had een prachtig huis in

Utrecht en ruimte genoeg. Maar juist dat ene wilde niet lukken. Toen Rika zwanger raakte, voelde ze dat Tine het er moeilijk mee had.

'Mag er bij haar ook eens iets tegenzitten,' merkte ze op tegen Jasper, die zich met dergelijke zaken helemaal niet bezighield.

Tine kwam haar enkele malen opzoeken, bracht luxe cadeautjes mee voor haar en de baby, maar het contact verwaterde. Martine bleef echter wel pakjes sturen. Kleding voor haar en Pauline en speelgoed voor het kind.

'Je moet dat niet steeds aannemen,' mopperde Jasper.

'Ik zou wel gek zijn als ik het weigerde,' was het antwoord.

Wat uiterlijk betrof, Pauline leek sprekend op haar tante. Ze werd even mooi, maar het viel Rika al na enkele jaren op, dat haar dochter ook snel jaloers was. Dat had ertoe geleid dat ze nu in de problemen zat, dacht Rika.

Dit alles overdenkend bedacht ze, dat er wel een kans was dat Tine haar zou willen helpen. Sinds Rolf was overleden zou ze zich vaak alleen voelen, dacht Rika beschaamd. Ze had nooit veel meeleven getoond. Misschien dacht Tine nu wel: je zoekt het nu zelf ook maar uit. Dat kon Rika echter niet geloven. Ze stond altijd voor anderen klaar. Tenzij ze heel erg veranderd was, zou ze hen niet in de steek laten.

HOOFDSTUK 2

De volgende morgen vroeg Pauline mevrouw te spreken. Ze werd in de salon gelaten. Toen ze mevrouw zag zitten in haar fluwelen ochtendjas zonk de moed haar in de afgetrapte maar keurig gepoetste schoenen.

'Wat is er, meisje?' vroeg mevrouw vriendelijk.

'Ik ben...' begon Pauline, maar ze wist niet hoe ze haar boodschap moest vertellen en zweeg weer.

'Wel?' Mevrouw klonk een tikje ongeduldig, wat Pauline nog onzekerder maakte dan ze al was.

'Tijdens dat feest voor uw trouwdag...' begon ze opnieuw.

'Ja? Dat is nu al meer dan een maand geleden.' Mevrouw klonk alsof ze zich afvroeg wat ze daarover nu nog te melden kon hebben.

'Ik ben... Er waren twee mannen. Ze zaten achter mij aan toen ik naar huis wilde gaan.' Pauline merkte dat haar stem ging bibberen door de herinnering aan die verschrikkelijke gebeurtenis.

'Hoe laat was dat?' vroeg mevrouw. 'Volgens mij ben je die avond erg lang gebleven.'

'Ik... Het was zo'n mooi feest, iedereen zag er zo prachtig uit.' Pauline kneep haar handen tot vuisten. Wat was dit moeilijk!

'Wat wil je nu eigenlijk zeggen?' moedigde mevrouw haar aan.

Pauline probeerde zich te vermannen. 'Ik probeerde te vluchten, maar zij waren sneller en sterker. En dronken... En nu ben ik zwanger,' flapte ze er eindelijk uit.

'Probeer je mij te vertellen dat je bent aangevallen door twee van mijn gasten?' vroeg mevrouw met een onvaste stem.

'Ja,' knikte Pauline. 'En ze zeiden dat als ik dat tegen uw man zou vertellen, zij dan zouden zeggen dat ik... graag wilde.'

Mevrouw ging daar niet op in. 'En nu ben je dus zwanger. Weet je het zeker?'

'Ja. Ik ben niet meer...'

'Laat maar.' Mevrouw trok een preuts gezicht en wuifde met haar hand alsof dat een onderwerp was waar men niet hardop over praatte. 'En wat nu? Heb je geld nodig?'

'Ik weet niet wat ik doen moet,' zei Pauline. Met moeite hield ze haar tranen in.

'Goed, ik zal dit met mijn man bespreken,' zei mevrouw toen vriendelijk. 'Je hoort er nog van. Ga nu maar weer aan je werk.'

Pauline verdween naar de wasruimte. Er was veel te strijken en de huishoudster was al begonnen.

'Wat moest je bij mevrouw?' vroeg deze. 'Als je om opslag hebt gevraagd had ik je wel kunnen vertellen dat dat zinloos is. Of is er iets anders aan de hand?'

Ze keek Pauline plotseling scherp aan. 'Benno was hier vanmorgen. Hij vroeg hoe het met je was. Ben je ziek?'

'Ik mankeer niets,' antwoordde Pauline kortaf. Ze wilde dat Benno zijn mond had gehouden. De huishoudster zou iets door kunnen krijgen.

Die middag werd ze bij mevrouw geroepen. Tot haar schrik was meneer Van Ravenstein er ook. Hij vroeg haar niet te gaan zitten, maar stak direct van wal.

'Wat heb ik gehoord, meisje? Heb jij achter de mannen aan gezeten?'

'Ze zaten achter mij aan,' zei ze verdedigend, maar met de gedachte dat haar tegenweer geen zin had en er toch niets te bereiken was. Ze hadden blijkbaar hun conclusies al getrokken en daar was niets meer aan te veranderen.

Dat bleek uit de reactie van meneer. 'Jaja. Het is me al eerder opgevallen dat je veel aandacht hebt voor mannen. En wat wil je nu van ons?'

'Ik weet het niet. Ik weet niet wat ik doen moet. Het waren uw gasten,' waagde ze.

'Ik ben niet verantwoordelijk voor de daden van mijn gasten.'

Pauline haalde met een wanhopig gebaar haar schouders op. Ze keek naar mevrouw, maar die zat met een verdrietig gezicht naar haar gevouwen handen in haar schoot te staren.

'Je begrijpt dat je hier niet kunt blijven werken,' zei meneer Van Ravenstein hard.

Dat was iets waar Pauline totaal geen rekening mee had gehouden.

'Wat moet ik dan? Ik krijg een kind,' zei ze wanhopig.

Meneer was echter niet onder de indruk van haar zichtbare wanhoop. 'Dat is niet ons probleem. Het was verstandiger geweest als je na het afwassen en opruimen meteen naar huis was gegaan. Dan was dit niet gebeurd.'

'Er is misschien wel een oplossing...' zei mevrouw langzaam, en ze keek nu wel naar Pauline. 'Ik heb gemerkt dat Benno van de bakker je graag mag. Misschien dat hij...'

'Moet ik hem opzadelen met het kind van iemand anders? Ik ben trouwens niet verliefd op hem.'

'Dat is van geen enkel belang,' zei meneer Van Ravenstein nu. 'Je zou hem dankbaar moeten zijn als hij jouw kant uit kijkt.'

'Ik wil wel met hem praten,' vulde mevrouw aan.

'Dat hoeft niet. Ik wil dat toch niet. Ik ga dan nu maar direct weg,' zei Pauline. Ze draaide zich om en liep het vertrek uit. Ze pakte haar jas en zonder verder iemand in te lichten liep ze de deur uit. Toen ze eenmaal buiten stond, realiseerde ze zich dat ze hier niet meer terug zou komen.

Daarin vergiste ze zich echter, maar dat kon ze toen nog niet weten.

Haar moeder zat in de kamer sokken te stoppen. Bart zat tegenover haar en speelde met wat lege garenklosjes.

'Daar is Pauline,' zei hij verbaasd door het ongewone tijdstip.

Rika keek haar dochter aan en knikte toen ze Paulines verdrietige gezicht zag. 'Ik wist wel dat het niets zou uithalen. En wat nu?'

'Ik ben ontslagen,' zei Pauline.

'Dat verwondert mij niets. Dat gebeurt meestal in zo'n geval. Als meisje trek je aan het kortste eind, en de hoge heren gaan vrijuit. Wat nu?'

Pauline haalde haar schouders op en verdween naar haar kleine kamertje op de zolder. Op haar tenen staand kon ze door het dakraam kijken. Ze zag de zandvlakte en de donkere dennen. De zon gaf het zand op sommige plaatsen een gouden gloed, wat verderop waren donkere schaduwen. Maar Pauline zag de schoonheid van de omgeving niet. Ze wist geen oplossing voor dit enorme probleem.

Hoe kon je een kind als een probleem beschouwen? Ze had weleens gehoord van een meisje in een dergelijke toestand die naar de stad was gegaan. Er was daar een soort dokter die kon zorgen dat je een miskraam kreeg. Maar je kon daaraan doodgaan. Ze durfde dat trouwens niet eens. Zoiets was een zware zonde die God haar nooit zou vergeven.

Die avond zaten ze aan tafel en bedachten oplossingen die er in feite niet waren. Jasper begon weer over tante Tine.
'Ik ken haar niet eens,' protesteerde Pauline. 'Trouwens: wat moet ik daar doen?'
'Je kunt nu geen eisen stellen,' zei haar vader kortaf. 'Tante Tine woont in een groot huis, ze zal vast wel een beetje hulp kunnen gebruiken.'
Onverwacht werd er op de deur geklopt. Het was Bart die opstond om de bezoeker binnen te laten.
'Hij zou dit niet allemaal moeten horen,' zei Jasper.
'Hoe wil je dat voorkomen? Reken maar dat het nu ook al in het dorp bekend is,' antwoordde zijn vrouw.
Bart opende met een zwaai de deur. Benno stond op de drempel. Hij keek van de een naar de ander en leek wat verlegen. Pauline bedacht wat een knappe jongen hij toch was. Een lok van zijn roodbruine haar krulde op zijn voorhoofd.
Bart schoof ijverig een stoel bij, en Benno ging zitten. Ze keken hem nieuwsgierig aan.
'Ik hoorde dat Pauline in moeilijkheden zit,' zei hij, waarbij hij het meisje recht aankeek.
Pauline wendde zich af. Een kleur kroop naar haar wangen. Een oppervlakkig praatje met Benno was één ding, maar dit was wel iets anders.
'Wat hebben ze jou verteld?' vroeg Rika nu.
'Ach, er komt allerlei volk in de winkel. Er wordt nogal geroddeld. Als er niets van waar is, neem het me dan niet kwalijk. Men zegt dat Pauline in verwachting is en dat ze er alleen voor staat. Het gerucht komt van het personeel van De Ravenhorst. Nelis…'
'Die ouwe kletskous!' viel Pauline uit. 'Wat heb jij daar trouwens mee te maken?'
'Ik dacht… dat ik… Ik zou je niet in de steek willen laten. Ik ben al achttien. We zouden kunnen trouwen.'
Pauline hoorde haar moeder diep inademen. Dit kon niet

anders dan een zucht van opluchting betekenen.

'Wat een prachtig aanbod, Benno,' zei Rika zacht.

Haar moeder was de bruiloft al aan het regelen, dacht Pauline bitter. Alsof Paulines eigen mening er niet toe deed.

Rika keek haar dochter aan. 'Ik denk dat Pauline…'

'Wat je ook denkt, moeder, ik wil niet met Benno trouwen,' zei Pauline.

'Dat moet je wel doen. Dan hebben we iedere dag vers brood,' riep Bart.

'Ik denk dat je niet veel keus hebt,' zei haar vader nu.

'Evenals je moeder sta ik versteld van het voorstel van Benno. Wat vinden je ouders hiervan?' vroeg hij aan Benno.

'Zij weten het niet. Het is mijn beslissing,' was het kalme antwoord.

'Ik trouw niet met je,' zei Pauline voor de tweede keer.

'En waarom dan niet?' Jasper begon zich op te winden.

'Omdat ik geen zin heb om mijn hele leven dankbaar te moeten zijn.'

'Dat verwacht ik heus niet van je, Pauline. Ik ben al heel lang verliefd op je.'

Het klonk zo gemeend dat Pauline de neiging voelde naar hem toe te gaan. Even wilde ze zijn armen om zich heen voelen, om – al was het maar tijdelijk – een gevoel van veiligheid te ervaren.

Maar Pauline was ook koppig. 'Ik ben niet verliefd op jou, Benno. Maar toch bedankt.' Ze stond op en verliet de kamer. Ze hoorden haar snel de trap op naar boven klimmen.

Paulines moeder schudde vertwijfeld haar hoofd. 'Het spijt me. Ik weet niet wat haar bezielt. Maar ik praat haar nog wel om. Als ze nadenkt zal ze heus wel inzien…'

'Ik wil niet dat ze wordt omgepraat,' viel Benno haar in de rede. 'Het moet haar eigen keus zijn.'

'Ze heeft geen keus,' zei Jasper voor de tweede keer.

Benno was opgestaan. 'Ze wil echt niet, dat is wel duidelijk. Wilt u met niemand over mijn voorstel praten? Het is nogal vernederend om zo te worden afgewezen.'

Bart liep met hem mee en liet hem uit. 'Nu hebben we geen vers brood en ook geen koekjes,' zei hij somber.

'Kom af en toe maar wat halen,' zei Benno vriendelijk.

Toen Bart terugkwam zaten zijn ouders verslagen bij de tafel. 'Het is niet te geloven dat ze dit aanbod afwijst,' zei Jasper. 'Ik zal Tine een brief schrijven. Hier kan ze niet blijven. Dit was een prachtkans geweest. Maar ze wil blijkbaar liever als ongehuwde moeder door het leven.'

'Wat als Tine weigert?' vroeg zijn vrouw zich hardop af.

'Dan zoekt Pauline het maar uit,' viel Jasper uit. 'Zij heeft zich misdragen, de gevolgen zijn voor haar.'

'Het was natuurlijk niet haar eigen schuld,' voelde Rika zich toch geroepen haar dochter te verdedigen.

'Ze hoorde daar 's avonds laat niet te zijn. We kunnen er niet van uitgaan dat die kerels de schuld op zich nemen. Je ziet wat er gebeurt. Van Ravenstein zet haar zonder meer op straat.'

Rika deed er het zwijgen toe. Ze stond op en begon de kopjes op te ruimen. Ze konden erover blijven praten, maar ze draaiden steeds in een kringetje rond.

'We moeten God om hulp vragen,' zei Rika toen ze even later in bed lagen.

'God heeft al hulp gestuurd. Die heeft ze arrogant afgewezen. Nu heeft God zich van haar afgekeerd.'

Rika zei niets. Jasper wist altijd zo goed wat Gods bedoelingen waren en hoe Hij over bepaalde zaken dacht. Daar kon zij nooit iets tegen inbrengen.

Pauline lag intussen wakker. Ze begreep Benno niet. Hij kon genoeg meisjes krijgen, en dan koos hij toch haar? Hij zou zelfs met haar willen trouwen. Maar dan zou ze hem haar hele leven dankbaar moeten zijn. En dat wilde ze juist niet.

Alleen: iedereen die hiervan hoorde zou haar voor gek verklaren. Daarom was het goed dat ze hier weg zou gaan. Tante Tine woonde in Utrecht. Daar kende niemand haar. Stel dat ze daar een rijke man tegenkwam die verliefd op haar werd. En zij op hem natuurlijk. Hoewel dat in een dergelijke situatie niet direct het belangrijkste was. Dan zou ze hier triomfantelijk terug kunnen komen. Misschien wel per koets. Dan ging ze de Van Ravensteins een bezoek brengen. Misschien met meerdere kinderen. Mevrouw Van Ravenstein kon geen kinderen krijgen. Ze zouden nog jaloers op haar zijn.

Uiteindelijk viel ze in slaap. In haar droom was ze een kasteelvrouwe met een grote schare kinderen om zich heen, en was mevrouw Van Ravenstein haar onderdanige huishoudster en meneer Van Ravenstein haar tuinman...

Tante Tine reageerde positief op de brief van Jasper. Ze veroordeelde Pauline niet, maar had met haar te doen, schreef ze. En zijzelf vond het een prettig idee een jonge vrouw in huis te hebben en later ook een baby. Pauline kon gerust langere tijd blijven. Over een eventuele vergoeding voor Paulines verblijf werd tot Rika's opluchting niet gesproken.
'Ze vindt het zelfs goed dat Pauline de baby bij zich houdt. Ze weet niet wat ze zegt,' bromde Jasper. 'Ze heeft nooit kinderen gehad en...'
'Misschien is dat wel de reden,' opperde Rika.
Zo kwam Pauline in Utrecht bij tante Tine te wonen. De tante die ze nog nooit had gezien, maar die een vriendelijke vrouw bleek met het hart op de goede plaats. Tante Tine had in haar grote huis twee kamers in orde laten maken. 'De grote kamer is voor jou, en de kleine kamer ernaast is voor je kindje,' had ze gezegd.
Pauline wist niet wat haar overkwam. Het was wel niet zo rijk en overdadig als op De Ravenhorst, maar tante Tine was niet onbemiddeld en had een dagmeisje voor het zware huishoudelijk werk. Pauline hoefde alleen wat lichte werkzaamheden te doen. En dan die eigen kamer, zo veel groter en mooier dan het kleine hokje dat ze thuis op zolder had.
In het begin genoot ze van het leven in de grote stad. Ze mocht graag dwalen door de lange winkelstraten, en bewonderde de vele monumenten die de stad rijk was.
Het kindje in haar buik groeide. Ze had er tegenstrijdige gevoelens over. Enerzijds was er de verwondering dat er in haar lichaam een nieuw leven begonnen was, en dat zij zelf ook ooit eens zo klein geweest was. Anderzijds was dit geen kindje dat in liefde verwekt was, integendeel. Het kindje zou zijn of haar vader waarschijnlijk nooit leren kennen. Op wie zou het lijken? Zou ze er wel van kunnen houden als het op zijn of haar vader leek?
Tante Tine hielp haar met de babyuitzet. Het leek wel alsof zij

meer naar de komst van de aanstaande baby uitkeek dan Pauline. Ze haalde van zolder een schattig wiegje waar haar overleden man als baby in gelegen had, en dat tot hun grote verdriet leeg gebleven was. Ze bekleedde het wiegje opnieuw en naaide er nieuwe lakentjes voor, omdat de oude helemaal vergeeld waren. Ze borduurde de lakentjes met mooie randen met vlinders en vogels en bloemen. Het babykamertje werd behangen en kreeg een nieuw tapijt. Het leek wel een kamertje van een koningskind, vond Pauline. Ze liet het allemaal over zich heen komen, en vond tante Tines enthousiasme wel aandoenlijk.

Over het afstaan van de baby na de bevalling werd niet meer gesproken.

Naarmate Paulines buik dikker werd, ging ze minder naar buiten. Ze had daar ook minder behoefte toe. De meeste tijd bracht ze door in de gezellige woonkamer, kijkend over de gracht. Of ze las in een van de vele boeken die bij tante Tine in de boekenkast stonden, het liefst romans waar ze in weg kon zwijmelen.

Op een ochtend werd Pauline wakker van een weeë pijn in haar buik. Ze dacht eerst dat ze de avond daarvoor te veel gegeten had. Tante Tine kon ook zo lekker koken, veel lekkerder dan de hap die haar eigen moeder meestal klaarmaakte. Maar toen de pijn met regelmaat terugkwam en ze af en toe kreunend vooroverleunde in haar stoel, merkte tante Tine op dat de weeën misschien wel begonnen waren. 'Het is nog wel twee weken te vroeg, maar ik zal toch de dokter maar laten halen,' zei ze ongerust.

De dokter kwam en hij bevestigde dat de bevalling ingezet had. Terwijl hij Pauline onderzocht, braken de vliezen. Daarna mocht Pauline niet meer uit bed. De weeën namen daarna snel toe in hevigheid. Tante Tine bleek ook nu weer een kordate vrouw. Ze kookte water, legde schone handdoeken klaar, en hielp Pauline door de bevalling heen door haar bemoedigend toe te spreken en af en toe een koud washandje op haar voorhoofd te leggen. Toen Pauline eindelijk mocht gaan persen, stond ze zo mogelijk nog harder mee te persen. Pauline doorstond de bevalling met haar kiezen op elkaar, niet van plan iemand de kans te geven te zeggen dat dit nu een gevolg was van haar eigen roekeloze gedrag. Ze had het zichtbaar zwaar, en was doodop toen de baby eindelijk uit haar gleed en een zacht kreetje slaakte.

'Het is een meisje!' riep tante Tine geëmotioneerd uit. 'Het is een meisje. O, wat is ze mooi!' De tranen liepen over haar wangen.

Pauline keek naar haar dochter, die door de dokter omhoog-gehouden werd. 'Je hebt een welgeschapen dochter,' zei hij. 'Goed gedaan, meisje.'

Pauline moest zichzelf tot haar schaamte bekennen dat ze niet veel voelde toen ze naar de baby keek. Opluchting, ja, dat wel. Opluchting dat die vreselijke pijn eindelijk voorbij was. Opluchting dat haar lijf er straks tenminste weer nor-maal en niet zo opgeblazen uitzag. Opluchting dat ze zich straks weer gewoon kon bewegen. Maar de blijdschap en de liefde waar in de boeken zo mooi over geschreven werd, nee, die voelde ze niet. Misschien kwam dat nog.

'Hoe gaat het meisje heten?' vroeg de dokter.

'Sara Lynn,' zei Pauline. Het was zeker geen naam die veel voorkwam. Pauline had de naam in een boek gelezen. Ze had het kleine meisje niet veel te bieden, maar deze bijzondere naam kon ze haar wel geven. De dokter vroeg haar de naam te spellen, zodat hij de naam correct door kon geven als hij haar aan zou geven op het gemeentehuis.

Tante Tine vond het een prachtige naam. 'Sara Lynn,' zei ze zacht voor zich heen. 'Welkom, kleine Sara Lynn. We hebben een mooi wiegje voor je klaarstaan.'

Pauline herstelde snel van haar kraambed. Alleen de borst-voeding kwam maar niet op gang, zodat ze uiteindelijk maar overstapte op flesvoeding. Tante Tine vond dat enerzijds wel jammer, maar anderzijds gaf haar dat de gelegenheid om de baby de fles te geven als Pauline weg was. Aangezien Pauline al snel na de bevalling haar stadswandelingen hervatte en het te koud voor de baby was om mee naar buiten te gaan, kwam dat nogal eens voor. Maar tante Tine klaagde niet. Ze genoot enorm van het kleine meisje.

Pauline had haar ouders wel bericht gestuurd van de geboor-te van hun eerste kleinkind, maar ze kreeg daar geen reactie op. Ze had ook zelf geen enkele behoefte om terug te gaan naar het dorp waar haar ouders woonden. Niet zolang ze geen man had.

De kleine Sara Lynn groeide dus op zonder vader, maar met twee moeders: Pauline en tante Tine, waarbij tante Tine het leeuwendeel van de zorg voor de kleine Sara Lynn voor haar rekening nam. Er ontwikkelde zich een bijzondere band tussen die twee.

Pauline deed haar best om van haar dochter te houden, maar dat kostte haar veel moeite. Steeds als ze naar het kleine meisje keek, kwam onvermijdelijk de vreselijke gebeurtenis die had geleid tot de zwangerschap haar weer voor ogen.

Gelukkig had ze al snel haar oude figuur weer terug, en tijdens haar wandelingen door de stad bleef ze uitkijken naar eventuele mannen die er rijk uitzagen en die een mogelijke huwelijkskandidaat zouden kunnen zijn. Ze wilde uiteindelijk toch een keer weg bij tante Tine, al had ze het daar nog zo goed. Maar dergelijke mannen waren dun gezaaid. Er waren genoeg 'gewone' mannen die haar nakeken en avances maakten, ook al was ze een ongehuwde moeder, maar in hen was ze niet geïnteresseerd.

Het duurde een aantal jaren voor Pauline de man ontmoette waarvan ze dacht dat hij haar een goed leven kon geven. Karel was een zakenman. Ze kwam hem op een dag tegen op de markt. Hij was met iemand in gesprek, maar ze voelde hoe zijn blikken haar volgden. Toen ze hem later opnieuw tegenkwam terwijl ze met Sara Lynn aan het wandelen was, wist ze dat het geen toeval was. Deze man was duidelijk in haar geïnteresseerd.

Hij maakte een opmerking tegen Sara Lynn over haar mooie donkere krullen en zei: 'Jij wordt vast even mooi als je moeder.'

Sara Lynn zei niets, ze bekeek hem achterdochtig. Ze was niet zomaar met iedereen vriendjes. Ze was nu tien jaar en inderdaad een mooi kind.

Karel bleef contact zoeken met Pauline. Hij bewoonde een pand aan een van de grachten en deed van daaruit zijn zaken. Wat voor zaken dat precies waren, daar kwam Pauline toen nog niet achter. Hij maakte ook kennis met tante Tine, die onmiddellijk zei hem niet te vertrouwen.

'Wat is er dan mis met hem?' Pauline was nu al zo lang bij tante Tine, ze was erg op haar gesteld geraakt. Ze wilde graag haar goedkeuring, maar kreeg die echter niet.

'Hij is mij te gladjes,' was steevast haar antwoord. Pauline vertelde dit aan Karel, die tante probeerde in te palmen met bloemen en cadeautjes. Tantes wantrouwen werd er echter niet minder om. 'Let op mijn woorden, die man deugt niet,' waarschuwde ze Pauline.

Maar Pauline raakte steeds meer in de ban van Karel, die haar verwende met telkens weer nieuwe verrassingen. Ze kon tante Tine maar niet overtuigen van zijn goede bedoelingen.

Ten slotte kwam het zo ver dat Pauline bij Karel introk. Ze was de voortdurende discussies over Karel zat. Sara Lynn bleef echter bij tante Tine. Het meisje mocht Karel al evenmin.

Karel vond het wel prima zo. Hij hield niet van kinderen en de ernstige grijze ogen van het meisje maakten hem soms onrustig.

Vrij kort na elkaar overleden Paulines ouders. Tante Tine kreeg daar bericht van, maar toen was de begrafenis al achter de rug. Ze lichtte Pauline in, maar die leek daar weinig ontdaan door.

'Ik wil nooit meer naar dat dorp terug,' zei ze beslist. Of ze gekwetst was doordat haar ouders haar blijkbaar totaal hadden afgeschreven, liet ze nooit merken.

Sara Lynn was nog maar net zeventien toen tante Tine ernstig ziek werd. Het meisje verzorgde haar zo goed als ze kon. Ze hield van tante Tine, zeker zo veel als van haar moeder.

'Je zult begrijpen dat je bij je moeder moet gaan wonen als ik er niet meer ben,' zei tante op een avond.

Sara Lynns gezicht betrok. 'Moet dat echt?'

'Kind, ik weet geen andere oplossing zolang je nog minderjarig bent. Ik kan alleen via de notaris iets voor je regelen. Ik heb wat geld, ik laat dit huis op jouw naam zetten. Maar je kunt er pas aan komen als je achttien bent.'

'Mijn moeder...' begon Sara Lynn.

'Nee. Je moeder verdient geld op een manier die mij niet aanstaat. Daarbij zou Karel toch alles inpikken. Ik vertrouw hem voor geen cent. Dat moet jij ook niet doen.'

'Wat doet mijn moeder dan voor werk?'

Tine zuchtte. Het meisje was dan wel zeventien, maar ze was in sommige opzichten nog een kind. Misschien was ze wel te beschermend naar haar geweest. Maar ze hield ook zo veel van Sara Lynn. Wie zou er straks voor haar zorgen als zij er niet meer was?

'Ze werkt voor Karel,' antwoordde ze voorzichtig. 'Hij heeft een kroeg waar vrouwen mannen amuseren.'

'Maar hoe dan?'

Tante Tine zei niets. Hoe moest ze dit aan het meisje duidelijk maken?

Maar Sara Lynn was blijkbaar van meer zaken op de hoogte dan tante wist. 'Bedoelt u dat ze met mannen meegaat voor geld?'

Tante knikte.

'Dat moet ze vast van Karel,' zei Sara Lynn stellig. 'Hij dwingt haar. Soms slaat hij haar.'

'Kind toch,' zei tante geschrokken.

'Ze kan niet bij hem weggaan. Ze weet niet waarheen.'

'Misschien moet ze toch teruggaan naar jullie vroegere dorp. Alles is al zo lang geleden. Men is daar vast vergeten wie Pauline is.'

Sara Lynn zei niets. Haar moeder beweerde altijd dat mensen nooit iets vergaten.

'Ik kan alleen maar voor jullie bidden,' zei tante zacht.

En dat was wat ze deed, in het vertrouwen dat het goed zou komen. Maar ook in de wetenschap dat mensen zelf verantwoordelijk waren voor hun gedrag.

Voor tante Tine overleed had ze nog een gesprek met Pauline. 'Ga toch bij hem weg,' zei ze half smekend.

'Dat kan ik niet, tante. Ik heb geen geld en geen onderdak. Ik ben aan handen en voeten aan hem gebonden,' zei Pauline verdrietig.

Na tantes overlijden moest Sara Lynn dus ook bij Karel in huis gaan wonen. Later keek ze op die periode terug als de meest afschuwelijke van haar leven. Er kwamen daar voortdurend mannen over de vloer die vervelende opmerkingen maakten. Die haar aanraakten en haar soms op schoot trokken. Ze begon nu te begrijpen wat tante Tine had bedoeld.

In die tijd begon haar moeder over weggaan te praten. Of eigenlijk zou het een vlucht zijn. De doorslag gaf het feit dat Karel erover begon ook Sara Lynn voor hem te laten werken.

'Als je dat waagt krijg je met mij te doen,' kwam Pauline onverwacht fel voor Sara Lynn op.

Dit antwoord verbaasde Sara Lynn. Ze dacht vaak dat Pauline haar alleen maar lastig vond. Dat ze niet van haar hield. Ze vermoedde dat Pauline niet had gehouden van de man die haar vader was. Ze had er nooit over verteld, maar Sara Lynn had altijd het gevoel geen gewenst kind te zijn.

Sara Lynn bleef de avonden daarna op haar kamer en draaide de deur op slot. Ze ontdekte echter dat dit weinig zin had toen Karel op een avond bij haar binnenstapte. Hij had een loper. Natuurlijk, hij was de baas in dit huis.

'Je moeder is gaan werken,' zei hij niet onvriendelijk. 'Vind je niet dat jij ook eens iets voor de kost moet doen?'

'Je hebt gelijk,' antwoordde Sara Lynn.

Dit antwoord leek hem te verbazen.

'Maar niet het werk dat jij bedoelt,' voegde het meisje eraan toe.

'Dat verdient nu juist goed. En waarschijnlijk ga jij het leuk vinden.'

'Ik weet wel zeker van niet. Maar ik zal eens in een winkel informeren. Of in zo'n huis waar oudere mensen wonen. Ik zorgde ook voor tante Tine, en zij was erg tevreden over me.'

'Je kunt in luxe restaurants eten, mooie kleren dragen, verwend worden door leuke jongens – en jij wilt liever oude mensen wassen?' Karel leek oprecht verbaasd.

'Ja,' zei Sara Lynn zonder aarzelen.

Karel keek haar peinzend aan. 'Ik ben het daar niet mee eens. Maar we zullen wachten tot na je verjaardag.'

De schrik sloeg Sara Lynn om het hart. Ze liet het echter niet merken, en Karel liep weg.

Sara Lynn werd over een halfjaar achttien. Zou hij haar kunnen dwingen? Haar moeder deed dit werk ook niet vrijwillig, al stond ze er de laatste tijd onverschilliger tegenover dan in het begin. Een mens veranderde erdoor, had ze gezegd. Moeder was harder geworden, en egoïstischer, dat had Sara Lynn heus wel gemerkt.

Ze ging voor het raam staan en tuurde naar de donkere hemel. Als ze hier bleef, zou ze er niet aan kunnen ontkomen om voor Karel te werken. Onwillekeurig vouwde ze haar handen. Tante Tine had vaak gebeden en het had haar geholpen, had ze gezegd. Hier werd niet gebeden.

'Help me, Heer. Ik kan dit niet alleen. Ik weet dat het verkeerd is wat hij van me vraagt. Wijs me de weg die ik moet gaan,' bad ze zacht.

Ze bleef nog even staan. 'Het is soms alsof er een hand op je schouder wordt gelegd,' had tante Tine uitgelegd. Zo voelde zij het niet, maar ze wist heel zeker: we moeten hier weg. Dan komt alles goed.

Die avond kwam Pauline vroeger thuis dan anders. Sara Lynn besloot nog even naar haar toe te gaan.

Toen ze haar moeders gezicht zag, schrok ze erg.

'Wie heeft dat gedaan?' vroeg ze. Paulines lip was opgezet, en onder haar neus zat een dun straaltje opgedroogd bloed.

'Dit is het werk van een van Karels vriendjes. Nu kan ik dus niet werken. Hij wil dat jij gaat om mijn plaats in te nemen.'

'Nee mam, dat wil ik niet.'

'Als we hier blijven, kan ik je niet beschermen. We moeten hier dus weg. Ik weet alleen niet waarheen,' zuchtte Pauline. 'Maar ik kan jou hier niet aan opofferen. Je bent nog een kind. We moeten zo gauw mogelijk vertrekken, dus pak snel in wat je wilt meenemen.'

'Maar we kunnen toch niet zomaar gaan lopen zonder te weten waarheen?' zei Sara Lynn verontrust.

'Elke weg leidt ergens heen,' antwoordde Pauline filosofisch.

HOOFDSTUK 3

1928

Hoewel Sara Lynn bijna even lang was als haar moeder, had ze toch moeite om haar tempo bij te houden. Ze wilde niets vragen. Misschien had Pauline eindelijk een doel voor ogen. Intussen dwaalden ze al enkele dagen door een tamelijk verlaten gebied, op de vlucht voor een gewelddadige man. Ze hadden in een schuur geslapen en ook een keer in het heidegebied hier vlakbij. Ze waren in slaap gevallen onder een grote vliegden. Sara Lynn plukte nog voortdurend dennennaalden uit haar kleren en uit haar haren.

Maar echt ontspannen waren ze niet. Pauline stond af en toe luisterend stil. Ook als ze in de avond een slaapplaats hadden gevonden, keek ze telkens angstvallig om zich heen, hoewel er in het donker meestal nauwelijks iets te zien was. En nu stond ze weer met een ruk stil. Er klonk inderdaad het geluid van paardenhoeven en het geratel van wielen van een koets of een boerenkar.

'Hij komt ons hier heus niet achterna,' zei Sara Lynn niet voor de eerste keer.

Pauline keek haar dochter aan en het meisje zag haar opgejaagde blik. 'Je weet niet waartoe hij in staat is,' zei ze ernstig.

'Ik heb hem ook meegemaakt, mam.'

Pauline zweeg. De ergste mishandelingen hadden plaatsgevonden als Sara Lynn niet thuis was. Maar waarom zou ze het meisje bang maken? Het was al erg genoeg dat zijzelf zo in angst leefde.

Het geluid van de koets leek hun richting uit te komen. Pauline pakte haar dochter bij de hand en dook met haar achter een zandheuvel.

Er zat maar één persoon in de koets. Een jongeman, die op zijn gemak achteroverleunde met de benen voor zich uit gestrekt, de handen diep in de zakken van zijn jas. Het was toeval dat hij opzij keek en de twee vrouwen achter de zandheuvel zag zitten. Hij riep een bevel, waarop de koets tot stilstand kwam. Voor hij echter was uitgestapt waren Pauline en haar dochter al verder de zandvlakte op gerend, wetende dat de koets door het mulle zand niet kon volgen. De man keek hen even na, haalde de schouders op en stapte weer in.

'Zwerfsters,' meldde de koetsier. Hij kwam vaker dergelijke personen tegen.

'Ik had hun alleen maar wat geld willen geven,' zei zijn passagier.

Francis Bronckhorst had het goed en zo zag hij er ook uit. Daarbij was hij goedhartig en gul. En wat zijn koetsier ook beweerde, hier op de hei kwam je niet veel zwervers tegen. En toch zeker niet twee vrouwen.

Vreemd. Hij zakte weer achterover in de koets en vergat het voorval.

Pauline en haar dochter hadden gerend tot ze van vermoeidheid wel moesten stoppen. Enkele dagen bijna niet eten en nauwelijks slapen eisten hun tol.

'Wat gaan we nu verder doen, mam? Waar gaan we heen?'

Sara Lynn zat opnieuw met haar rug tegen een zandheuvel. Ze had de ogen gesloten. Het licht van de ondergaande zon brandde in haar vermoeide ogen.

Pauline ging naast haar zitten. 'Hier in de buurt is het dorp waar ik vroeger woonde,' zei ze langzaam. 'Voordat jij werd geboren,' voegde ze er nog aan toe.

'Waarom ging je daar dan weg?' drong Sara Lynn aan.

Pauline gaf niet direct antwoord. Moest ze het meisje vertellen over haar verleden? Ze schaamde zich daar nog steeds voor, maar was dat nodig? Anderen hadden ervoor gezorgd dat ze zich slecht voelde. Zelfs haar ouders, die haar hadden weggestuurd naar tante Tine. In de grote stad kende niemand haar, hadden ze gezegd, en ze kon terugkomen als ze een regeling voor het kind had getroffen. Tante Tine zou haar wel helpen een plaats te zoeken voor de baby, in een gezin of in een kindertehuis.

Maar dat had ze niet laten gebeuren. Wat dat aanging had tante Tine volledig achter haar gestaan. Toch waren er momenten geweest dat ze spijt had van haar beslissing. Soms vroeg Pauline zich in ernst af of ze wel van het meisje hield. Ze had het wel gemakkelijk gevonden toen ze nog bij tante

Tine woonde en die voor Sara Lynn zorgde, meer en beter dan zijzelf. Diep in haar hart was ze soms jaloers op het meisje, omdat zij in zo veel rijkere omstandigheden opgroeide dan Pauline zelf vroeger.

Ze keek naar haar dochter. Zeventien jaar; twee jaar ouder dan zijzelf was toen ze uit deze buurt vertrok. En zo mooi. En evenmin van allerlei zaken op de hoogte als zijzelf indertijd. Ze begon aarzelend te vertellen. Het werd een summier verhaal over haar jeugd, over de armoede waarin ze opgegroeid was, en dat ze die armoede had willen ontvluchten. En dat ze toen zwanger was geraakt, en daardoor naar Utrecht moest verhuizen.

Sara Lynn viel haar niet in de rede. Pas toen Pauline zweeg vroeg ze: 'Wie is mijn vader? Wilde hij niet met je trouwen?'

'Trouwen? Lieve help, nee. Hij was rijk en belangrijk. Ik was dienstmeisje op een landhuis. Het gebeurde tegen mijn wil. Ik kende hem amper.'

'Waarom ging je later niet terug? Waarom bleef je bij hem, bij Karel?'

'Ik wilde jou houden, maar met jou hoefde ik bij mijn ouders niet aan te komen en er was niemand anders die voor me zorgde. Dus bleef ik bij tante Tine, die wel van jou hield. Maar tante Tine werd ouder, ik vond dat zij wel genoeg voor me had gedaan.'

'Maar Karel...' aarzelde haar dochter. Sara Lynn had hem nooit anders gekend dan gewelddadig.

'In het begin was hij erg aardig,' zei Pauline.

'En nu? Wil je terug naar het dorp?'

'Mijn ouders leven niet meer. Ik ga ervan uit dat de mensen hier mij niet meer herkennen. Het is alles bijna achttien jaar geleden.'

'En die man die jou... Misschien herkent hij jou wel.'

'Ik ben niet bang voor hem,' antwoordde Pauline.

Sara Lynn zei niets. Ze kon zich niet voorstellen dat haar moeder niet bang was.

'Vroeger was hier in de buurt een oud, vervallen huis. Ik wil daar enkele dagen blijven en in die tijd verder kijken in het dorp. Misschien kan ik wel werk vinden.'

Het leek Sara Lynn onwaarschijnlijk dat dit zou gebeuren,

maar ze sprak haar moeder niet tegen. Haar moeder zou zich toch niet laten weerhouden van de plannen die ze in haar hoofd had. Ze kon alleen maar hopen dat de mensen vriendelijk waren. Maar daaraan twijfelde ze.

Na enkele ogenblikken stond Pauline op. 'Het huis waar ik het over had is nog wel een halfuur lopen, schat ik. Het wordt al snel donker. We moeten gaan, Sara Lynn.'

Met een zucht stond het meisje op. Ze was moe, er was de laatste dagen zo veel gebeurd. En vooral het feit dat ze niet wist waar ze terecht zouden komen, maakte haar moe. Al die zaken die ze moest overdenken. Vragen waar ze niet echt antwoord op had gekregen. Maar ze liep gewillig mee. Ze wilde het haar moeder niet nog moeilijker maken dan ze het al had.

Het daglicht begon al te wijken toen Pauline stilstond en haar dochter op een vervallen gebouw wees. Het leek een oude schuur, er zaten niet eens ramen in.

'Is dit het?' vroeg Sara Lynn met duidelijke afkeer in haar stem.

'Ja, een hotel kan ik je niet bieden. Al moet ik zeggen dat het er vroeger beter uitzag,' verzachtte Pauline haar woorden. 'Maar we kunnen hier wel een paar dagen blijven, terwijl ik op zoek ga naar werk. We hebben tenminste een dak boven ons hoofd.'

Nu was dat laatste niet helemaal waar. Er was inderdaad een dak, maar door de brede kieren zagen ze de bleke tint van de avondhemel. Pauline opende de deur, waarop een hevig geritsel klonk en Sara Lynn een kreet slaakte.

'Waarschijnlijk muizen,' zei Pauline nuchter. 'Die zijn banger voor ons dan wij voor hen.'

Ze liep voorzichtig naar binnen en Sara Lynn volgde. Ze probeerde niet te letten op al het geritsel en gekraak dat overal vandaan leek te komen. Toch schrok ze opnieuw hevig door het geruis van grote vleugels en een naargeestige kreet.

'Een uil,' zei Pauline met kennis van zaken. 'Je bent toch een echt stadsmeisje. Kom hier even zitten, dan gaan we een plan opstellen.'

'Maar wil je hier dan blijven?' vroeg Sara Lynn hoogst verbaasd.

'Dit is zo ongeveer de enige plaats waar we terecht kunnen.

Ik ken dit dorp van vroeger. Misschien kunnen we werk vinden, bijvoorbeeld op een boerderij. We moeten iets, Sara Lynn! Ons geld is bijna op en verder hebben we niets, alleen de enkele spullen die we hebben kunnen meenemen.'

Sara Lynn wierp een blik op de oude rieten koffer die ze bij zich hadden. Ze wist precies wat erin zat. Naast wat kleren en een oud bijbeltje hadden ze alleen een dunne deken, een paar schoolboeken, wat papiergeld en enkele munten. Als ze zuinig waren konden ze daar wel een week van leven, had Pauline beweerd.

Hoewel Sara Lynn ook weg had gewild uit de gewelddadige sfeer waarin haar moeder al jaren leefde, vroeg ze zich nu toch af of haar moeder wel wist waar ze aan begonnen waren.

'Het komt heus wel goed,' probeerde Pauline haar gerust te stellen. Sara Lynn wist dat ze daarmee ook zichzelf moed insprak.

'Zou die man die mijn vader is... zou hij ons niet willen helpen?' waagde Sara Lynn.

'Daar zou ik maar niet op rekenen. Dan moet hij tenminste wel heel erg veranderd zijn.'

Ze sliepen die nacht nauwelijks. Er was te veel geluid om hen heen, waaronder af en toe de schreeuw van een uil, die Sara Lynn nog het meest angst aanjoeg.

De volgende morgen zag alles er wat vriendelijker uit. De zon kwam op en zette de zandvlakte in een gouden gloed. Pauline verkleedde zich in een nette rok en een bijpassende blouse. Het waren de beste kleren die ze had, wist haar dochter. Zijzelf trok eveneens een kleurige rok aan met daarop een zwart fluwelen jasje. De mouwen waren wat kaal en er ontbrak een knoop. Hopelijk zou dat niemand opvallen.

'Ik hoop dat niemand ons nu voor zwerfsters aanziet,' zei Pauline.

Eigenlijk zijn we dat wel, dacht Sara Lynn, maar ze hield het voor zich.

Pauline duwde de koffer onder een stapel zakken en nam alleen het geld mee. 'Kom, we gaan op zoek naar de regenboog,' zei ze opgewekt.

Sara Lynn lachte even. Het was een grapje tussen hen. Aan

het eind van de regenboog stond een pot met goud. Alleen was er niemand die de regenboog ooit zou bereiken.

Ze gingen op weg. Het viel Sara Lynn op dat haar moeder nu niet meer wegdook als ze iemand tegenkwamen. Had ze zo veel vertrouwen in de mensen hier?

'Je raadt nooit wie ik gezien heb.'

De bakker keek zijn klant vragend aan.

'Herinner jij je dat meisje nog dat bij Van Ravenstein werkte? Ze was toen plotseling verdwenen. Niemand wist waar ze gebleven was, zelfs haar ouders niet. Althans dat beweerden ze. Ik vond het toen wel erg vreemd dat zij gewoon doorgingen met hun leven alsof er niets gebeurd was. Ze waren toch hun enige dochter kwijt.'

'Hoelang is dat geleden?' vroeg de bakker terwijl hij de papieren zak met daarin het brood overhandigde.

De vrouw legde het brood in haar mand en telde wat munten uit. 'Ik denk een jaar of zeventien, achttien misschien. Het meisje was nog erg jong.'

'Ik herinner mij daar niets van. En nu denk jij dat je dat meisje hebt gezien?'

'Ik weet het wel zeker. Ze had altijd al zo'n kaarsrechte houding en haar ogen keken dwars door je heen.'

'Wie weet komt ze straks brood halen,' zei de bakker, die naar zijn volgende klant wilde.

De vrouw verliet een beetje teleurgesteld de winkel. Er was weinig belangstelling voor haar nieuwtje. Maar zij kon zich deze zaak nog goed herinneren. Zij had de ouders van het meisje gekend. Zij waren enkele jaren geleden vrij kort na elkaar overleden. Ze wist wel zeker dat hun dochter niet op de begrafenis was geweest. Het was een vreemde geschiedenis, maar misschien was er nu eindelijk kans dat de zaak werd opgehelderd.

De bakker vergat het voorval tot hij die avond thuiskwam. Zijn zoon Benno woonde ook nog thuis. Die had de zaak van zijn vader overgenomen, maar de bakker en zijn vrouw stonden nog regelmatig in de winkel als Benno bestellingen rondbracht.

De bakker wilde dat Benno maar eens een lieve vrouw tegenkwam. Hij was nu de dertig al ruim gepasseerd en zijn vader begon de hoop langzamerhand op te geven. Benno kende iedereen in het dorp en er was niemand waar hij hartkloppingen van kreeg, beweerde hij altijd.

Ineens dacht de bakker aan het meisje waar de vrouw in de winkel het over had. Een meisje, had de vrouw gezegd. Misschien was zij wel iemand die Benno leuk vond. Wie weet.

Hij besloot er voorzichtig over te beginnen. 'Vrouw Lukasse kwam vanmiddag in de winkel,' zei hij.

Zijn vrouw keek hem vragend aan. Als vrouw Lukasse in de winkel kwam, leverde dat meestal een nieuwtje op.

'Ze vertelde dat ze een meisje had gezien dat jaren geleden verdwenen is.'

'Een meisje?' herhaalde zijn vrouw. 'Er verdwijnen hier geen meisjes.'

Het was of Benno wakker schrok. Hij had wat zitten dommelen, want hij stond 's morgens altijd al heel vroeg op om in de bakkerij te beginnen.

Ineens schoot de bakkersvrouw iets te binnen. 'Ze kan toch niet die dochter van Reimers bedoelen? Die is toen spoorloos verdwenen.'

Ook bij de bakker ging nu een lichtje op. 'Dat zou kunnen. Ze werkte bij De Ravenhorst, maar moest daar toen weg. Je kunt wel raden waarom. Ze was trouwens de enige niet. Weet jij dat niet meer, Benno?'

'Ik niet,' zei deze nors.

'Waar zou ze naartoe gegaan zijn? En waarom zou ze nu weer terugkomen? Waarschijnlijk heeft ze geld gekregen en is dat nu op.' De bakker knipoogde naar zijn zoon, die neutraal terugkeek.

Benno wist heel goed wie zijn vader bedoelde. Maar hij was niet van plan hen wijzer te maken.

Onlangs nog was er een dienstmeisje ontslagen op de boerderij van De Ridder. Zij woonde nog wel bij haar ouders, ondanks dat haar buikje steeds meer zichtbaar werd. Benno had met haar te doen. Wat voor toekomst had zo'n meisje? Men zei dat ze wel aanleiding zou hebben gegeven. Het meisje vertoonde zich nauwelijks meer in het openbaar. Toen hij het een keer voor haar had opgenomen, had zijn moeder verontwaardigd gereageerd: 'Ze had toch nee kunnen zeggen?' Maar dat laatste wist Benno nog niet zo zeker. Hij dacht aan die avond dat hij bij Paulines ouders in de kamer had gestaan en kreeg het warm en koud tegelijk.

Het kon niemand anders dan Pauline zijn. Ze was dus teruggekomen. Alleen?

'Waar had vrouw Lukasse haar gezien?' vroeg hij zo onverschillig mogelijk aan zijn vader.

'Dat heb ik niet gevraagd,' antwoordde die. Hij had er ineens genoeg van. 'Als ze is gekomen om te blijven, zien we haar vanzelf een keer.'

Benno's moeder zei niets, maar haar gezicht stond bezorgd. Ze kende haar zoon. Hij had de neiging het op te nemen voor de zwakkeren. Vaag herinnerde ze zich dat hij indertijd iets had gehad met dat meisje van Reimers. Ze wilde niet dat haar zoon met een dergelijke vrouw contact kreeg. Ze waren ongeveer van dezelfde leeftijd. Ze hoopte van harte dat die vrouw geen onrust bracht in het dorp.

Ze herinnerde zich nu weer dat het indertijd een bijzonder knap meisje was. Ze had altijd jongens achter zich aan gehad. De gevolgen waren dan ook niet uitgebleven. Men zei dat ze zwanger was toen ze verdween, maar niemand wist van wie. Men had uiteraard wel een vermoeden, maar zijn naam werd alleen gefluisterd.

'Als het die dochter van Reimers is, zou het bijzonder onverstandig zijn als ze terug is gekomen,' zei Benno's moeder. 'Wat heeft ze hier te zoeken? Ze heeft hier niemand. Hoe moet ze aan de kost komen?'

'Misschien wil ze wel in de bakkerswinkel werken,' antwoordde Benno, maar meer om zijn moeder dwars te zitten dan dat hij het werkelijk meende.

'Ik hoop niet dat je zoiets in je hoofd haalt. Dat is om moeilijkheden vragen,' reageerde zijn moeder stuurs.

Het gevolg was dat Benno steeds nieuwsgieriger werd naar het meisje. Was het werkelijk Pauline? Hoe zou ze er nu uitzien?

Toen Pauline en haar dochter het dorp naderden, vertraagde hun tempo. Ze passeerden enkele boerderijen, maar toen Sara Lynn vroeg: 'Zullen we daar vragen of ze werk voor ons hebben?' schudde Pauline het hoofd. 'Alleen als we niets anders kunnen vinden. Een boerderij is ons laatste redmiddel. Het werk is daar zwaar.' Dus liepen ze verder over een van de onverharde wegen die naar het dorp leidden.

'Het is alsof iedereen slaapt. Het lijkt wel een spookdorp,' zei Sara Lynn.

'De mensen werken,' antwoordde Pauline kortaf. Ze liep rustig verder, keek links noch rechts, hield haar rug kaarsrecht. Ze kwamen bij een kerkje en Pauline liep erheen. Ze probeerde de deur die krakend opendraaide.

Sara Lynn volgde, hoewel ze zich niet bepaald op haar gemak voelde. 'Straks worden we weggestuurd,' zei ze onwillekeurig fluisterend.

'Een kerk mag je altijd binnengaan,' antwoordde Pauline. Er was niemand en Pauline liep door het middenpad tot voor in de kerk, waar een smalle avondmaalstafel stond. Ze ging op een van de banken zitten en sloot haar ogen. Sara Lynn zag dit met verbazing aan, maar zei niets. Pauline bleef enkele minuten zo zitten. Toen ze haar ogen weer opende, keek ze haar dochter met een glimlach aan.

'Bidden is nu het enige wat ons rest,' zei ze zacht.

'Maar je gaat nooit naar de kerk,' antwoordde Sara Lynn verbaasd.

'Om te bidden hoef je niet naar de kerk... Ik had trouwens best weleens willen gaan, maar ik mocht nooit van hem.' Het leek of haar moeder zelfs moeite had om Karels naam uit te spreken, dacht Sara Lynn. Eerlijk gezegd hoopte zij die naam ook nooit meer te horen.

Even later liepen ze de kerk uit. Het leek of haar moeder ineens wat meer zelfvertrouwen had gekregen. Misschien had haar korte gebed echt geholpen, veronderstelde Sara Lynn.

Even buiten het dorp liep Pauline een zijweg in. Hier en daar stond nog een arbeidershuisje. Dit kon toch niet de omgeving zijn waar haar moeder dacht werk te vinden, dacht Sara Lynn. Maar ze zei niets.

Pauline leek precies te weten wat ze wilde. De weg ging over in een zanderig bospad en Pauline ging in de berm van de weg zitten. 'Ik wil daar niet uitgeput aankomen,' verduidelijkte ze.

'Waar gaan we heen, mam?' Het klonk ongeduldig en Pauline begreep dat ze haar dochter niet langer als een onmondig kind kon behandelen.

'Hier in de buurt is een landhuis waar ze misschien werk voor ons hebben. Ze zijn mij daar wel iets verschuldigd,' zei ze.

'Wat voor werk?' wilde Sara Lynn weten.

'Vertrouw mij nu maar,' antwoordde Pauline.

'Ik vertrouw je heus wel. Maar de mensen die hier wonen…'

'Dat zullen we moeten afwachten. In elk geval laat ik me nooit meer als een slaaf behandelen,' zei Pauline.

Langs het pad kwam nu een man aan, lopend naast zijn fiets. Voor op de fiets stond een grote mand. 'De bakker. Laten we wat brood kopen. Ik wil daar niet uitgehongerd aankomen.' Pauline stond op.

De man stopte en keek vragend van de een naar de ander.

'Wil je ons wat brood verkopen?' vroeg Pauline.

De man aarzelde. 'Dit brood is allemaal besteld. Ik heb nog wel een halfje van gisteren. Dat is eigenlijk bestemd voor een ezel.'

Pauline schoot in de lach en de man ook. 'Ik bedoel een echte ezel op vier poten. Dacht je dat ik iemand uitschold voor ezel?'

Pauline haalde de schouders op. 'Ik zou het niet weten.'

De man nam nu een half brood uit de mand. 'Heb je iets van beleg?'

'Nee. Maar dat maakt niet uit.'

'Waar moet je heen?' vroeg de man nu.

'Naar het landhuis. De Ravenhorst. We zoeken werk.'

De man floot tussen zijn tanden. 'Ik hoop dat ze wat voor jullie hebben.'

Ineens leek hij Pauline te herkennen. Hij keek haar met gefronste wenkbrauwen aan. 'Ben jij het, Pauline? Vrouw Lukasse dacht al dat jij het was.'

'Dus er wordt nu al over mij gepraat. Ik had het kunnen

weten,' zei Pauline.

'Waarom ben je destijds weggegaan?' vroeg de man toen. Hij keek daarbij veelzeggend naar Sara Lynn.

'Het beviel me hier niet. Daarom ben ik vertrokken.' Pauline brak een stuk van het brood en gaf het aan haar dochter.

'Nou, ik hoop voor je dat je vindt wat je zoekt. Misschien zien we elkaar nog.' De man knikte en liep verder om even later op zijn fiets te springen. Even slingerde hij, maar algauw reed hij in een kalm tempo verder.

Pauline en Sara Lynn keken hem na. 'Ken je hem?' vroeg Sara Lynn.

'Echt kennen is een groot woord. Maar volgens mij is hij de zoon van de bakker. Benno heet hij. Hij was nog maar een jongen toen ik vertrok. Nu is hij een man. Een knappe man bovendien. Jammer dat hij bakker is. Kom, laten we verdergaan. Ik vermoed dat het nog zo'n tien minuten lopen is.'

'Volgens mij kende hij jou wel,' hield Sara Lynn aan.

'In die tijd ben ik bekend geworden doordat ik plotseling weg moest naar tante Tine. Dat heb ik je toch verteld? Op een dag hoor je mijn hele geschiedenis, maar denk niet dat het een leuk verhaal is.'

'Toch wil ik alles weten. Het gaat ook over mij,' hield Sara Lynn halsstarrig vol. Jammer dat hij bakker is, had haar moeder gezegd. Zou ze dan nooit veranderen? Wat was er mis met een bakker!

'Goed. Maar nu gaan we eerst daarheen.'

Op hetzelfde moment zagen ze het imposante landhuis liggen.

'Moeten we daar zijn?' Sara Lynn bleef abrupt stilstaan.

'Het is een groot huis, ze hebben daar veel personeel. We hebben daar meer kans op werk dan op een boerderij. Misschien kunnen we bij elkaar blijven.'

Sara Lynn opende haar mond en sloot hem weer. Misschien konden ze bij elkaar blijven? Ging haar moeder ervan uit dat ze niet samen zouden blijven? Nou, daar werkte zij niet aan mee. Ze was heus geen moederskindje, maar ze wilde niet alleen zijn. Helemaal niet hier. Ze was hier volkomen vreemd, kende er niemand.

Sara Lynn voelde de tranen opkomen, maar slikte deze dapper weg. Ze zou zich niet laten kennen. Ze hadden zo veel meegemaakt samen; haar moeder zou haar niet zonder meer zomaar ergens achterlaten.

Ze voelde dat Pauline haar hand vastgreep. 'Vertrouw me nou maar, liefje. Ik heb jou ook nodig.'

Sara Lynn voelde de hand van haar moeder beven en begreep: zij is ook bang. Haar moeder wist tenslotte evenmin wat haar te wachten stond.

Pauline liep regelrecht op de brede voordeur af.

'Kunnen we niet beter omlopen?' aarzelde Sara Lynn.

'Wat maakt het uit? Als ze ons niet willen ontvangen, maakt het niet uit voor welke deur we staan.'

Er was een grote koperen trekbel en het geklingel daarvan moest wel in het hele huis te horen zijn, dacht Sara Lynn. Ze hoorden nu langzame voetstappen dichterbij komen en even later werd de deur geopend door een vrouw van middelbare leeftijd, die er niet al te vriendelijk uitzag. Tot haar opluchting zag Pauline dat de vrouw niet dezelfde huishoudster was als toen zij vroeger op De Ravenhorst werkte. Pauline was weliswaar ouder geworden en zag er heel anders uit dan het meisje van vijftien dat ze toen was, maar de vrouw zou haar herkend kunnen hebben aan haar stem.

'Leveranciers achterom,' zei de vrouw kortaf.

'Ik ben geen leverancier,' antwoordde Pauline.

'Wat ben je dan wel?' De vrouw keek haar scherp aan.

'Ik wil met meneer zelf spreken,' antwoordde Pauline zonder antwoord te geven op de vraag.

'Met meneer zelf? Nou, dan geef ik je niet veel kans.'

'Wil je zeggen dat ik er ben?'

'En wie kan ik zeggen dat er is?' Het klonk spottend.

'Iemand van lang geleden.'

De vrouw fronste haar voorhoofd, draaide zich dan plotseling om en slofte weg. De deur bleef op een kier staan. Pauline greep haar dochter bij de hand en liep achter de vrouw aan naar binnen.

'Blijf waar je bent,' zei de vrouw zonder zich om te draaien. Tot Sara Lynns opluchting deed haar moeder wat er werd gezegd. Ze gingen op de bank zitten die in de ruime hal stond. Toen er aan het eind van de gang een deur werd geopend, stond Pauline op. Het was een jonge man die hun richting uit kwam.

'Op wie wachten jullie?' vroeg hij vriendelijk.

'Ik wil meneer Van Ravenstein spreken. En als dat niet kan, dan mevrouw.'

'Dat laatste zal moeilijk gaan. Mijn tante Sigrid is enkele jaren terug overleden. Neem me niet kwalijk, dit klonk niet bepaald respectvol.'

'Ben jij soms Francis?' vroeg Pauline. Sara Lynn bleef zich verwonderen over de vrijmoedigheid van haar moeder. Het leek erop dat zij hier niet voor het eerst kwam.

'Inderdaad, ik ben Francis Bronckhorst. Kent u mij?'

'Ik heb je gekend toen je een jaar of negen was. Toen heb ik weleens op je gepast,' zei Pauline.

'Het spijt me, ik herinner me dat niet meer,' zei Francis. Hij lachte naar Sara Lynn. 'Je kijkt of ik de koning zelf ben.' Hij draaide zich om toen de deur opnieuw werd geopend en een wat oudere man hun richting uit kwam. Hij liep kaarsrecht, maar wel met een stok. Sara Lynn wist echter dat belangrijke personen soms een stok bij zich hadden, alleen als statussymbool.

De blikken van de oudere man gleden taxerend over de twee vrouwen heen. Zijn zware wenkbrauwen verborgen een deel van zijn felle, blauwe ogen. Hij zag er heel wat minder vriendelijk uit dan de jongeman, die ook nog steeds in de gang stond.

Sara Lynn keek Francis aan en kreeg een kleur toen hij knipoogde.

'Wij zoeken werk,' viel Pauline met de deur in huis.

'Werk?' bromde de oudere man. 'Dan moet je niet bij mij zijn. Voor zover ik weet heb ik trouwens personeel genoeg. Zou je willen dat ik iemand ontsloeg zodat jullie hier kunnen werken?'

'Als wij beter zijn, waarom niet?'

Sara Lynn keek verbijsterd naar haar moeder. Ze gedroeg zich wel erg brutaal.

'Ik heb het idee dat ik jou weleens eerder heb gezien,' zei de man plotseling.

'Dat lijkt me niet,' zei Pauline. Ze keek daarbij naar Francis en hoopte dat die zijn mond zou houden over dat ze vroeger op hem gepast had. 'Wilt u ons een kans geven? Ik pak alles aan en mijn dochter ook.' Pauline leek plotseling onderdanig. 'Oom Richard, echt goed personeel hebben we niet,' zei de jongeman nu. 'U weet evengoed als ik dat er geen leiding meer is, nu tante Sigrid er niet meer is. Martje is er nooit als je haar nodig hebt en Nelis scharrelt alleen maar wat in de tuin. Vandaag waren mijn laarzen weer niet gepoetst.'

'Kun je dat zelf niet?' Sara Lynn had het eruit geflapt voor ze had nagedacht. Ze beet op haar lip. Nu had ze alles verknoeid.

De oudere man nam haar scherp op. 'Moeten we dergelijk brutaal volk in huis halen?' zei hij knorrig.

'We kunnen er in elk geval over praten,' zei de jongeman.

'Goed dan. Kom in de salon en roep Martje en Nelis er ook bij.' De oudere man beende weg en verdween door de deur aan het eind van de gang. De jongeman wenkte hen en Pauline begon hem te volgen. Sara Lynn wist niet anders te doen dan hen ook achterna te gaan.

De salon was rijk gestoffeerd met fluwelen gordijnen en een Perzisch kleed op de vloer. Even dacht Sara Lynn aan de overdadig gemeubileerde maar smakeloze woonkamer waar ze met Karel hadden gewoond. Voorzichtig raakte ze een van de met velours beklede stoelen aan. Dit was nog maar om op te zitten. Hoe zouden de bedden er wel niet uitzien? Misschien hadden ze wel bontvachten.

Ze ving de blik van de jongeman op en kreeg een kleur. Ze had het gevoel dat hij wist wat ze dacht. De tegenover hen liggende deur werd geopend en achter elkaar kwamen ze binnen. Meneer Van Ravenstein zelf en twee oudere mensen, waarschijnlijk waren dat Martje en Nelis. En dan de vrouw die ze eerder had gezien bij de voordeur. Gekleed in stemmig zwart, met een gezicht dat het lachen voorgoed verleerd leek te hebben.

'Ga zitten,' zei meneer kortaf. Sara Lynn liet zich voorzichtig in een van de stoelen zakken. Ze dacht eraan dat ze al enkele dagen niet goed had geslapen. Als ze even haar ogen dichtdeed…

'Hebben we werk voor deze mensen, Reina?' vroeg meneer nu.

'Als u van mening bent dat wij het werk niet aankunnen…'

'Het loopt niet helemaal zoals ik zou willen. Martje en Nelis zitten meer met hun voeten op een stoel dan dat ze in beweging komen,' zei meneer Van Ravenstein.

'Maar meneer,' begon Martje met een schichtige blik in zijn richting.

'Houd je mond maar,' beet hij haar toe. 'Ik houd jullie alleen maar aan omdat mijn vrouw dat heeft gevraagd.'

'Zij was goed voor ons, meneer,' zei de oudere man onderdanig.

'Mijn vrouw heeft ervoor gezorgd dat jullie hier nog zijn. Wat zouden deze twee kunnen doen?' wendde hij zich tot Reina.

Sara Lynn ging wat rechter zitten. Was ze werkelijk even in slaap gevallen? Ze keek naar de jongeman tegenover haar en zag aan zijn gezicht dat hij het had opgemerkt.

'Als ze handig zijn, is hier genoeg te doen,' antwoordde Reina. 'Kun je koken?' vroeg ze aan Pauline.

Deze aarzelde even. Tante Tine had haar genoeg over de fijne keuken geleerd, maar zou dat voor hier wel voldoende zijn? Dus zei ze: 'Ik kan wel koken, maar misschien niet zoals jullie gewend zijn.'

'Nou goed, dat valt te leren. Het meisje zou op mevrouw Louisa kunnen passen.'

'Reina, dat kun je haar niet aandoen,' liet de jongeman zich horen.

'Ik vind dat niet zo'n slecht idee,' zei meneer Van Ravenstein langzaam. 'Maar we zullen zien. Louisa heeft daar ook een stem in. Waar wonen jullie nu?' vroeg hij Pauline.

'Nergens. We sliepen vannacht in die bouwval op de hei.'

De man keek Pauline weer scherp aan. 'Je bent hier eerder geweest, is het niet?'

Pauline schudde het hoofd.

'Ik kom er wel achter,' zei de man. Het klonk haast dreigend. 'Zijn er boven nog slaapplaatsen, Reina?'

'Op de zolder zijn twee kleine kamers voor personeel.'

'Goed, dan kunnen ze daar gebruik van maken. Ik vertrouw erop dat je het goed regelt. En dat jullie geen streken uithalen.' Dit laatste was voor de twee oudere mensen bedoeld, hetgeen Sara Lynn nogal verbaasde. Je verwachtte toch niet dat dergelijke oudere mensen streken uithaalden – wat meneer daar dan ook mee bedoelde. Misschien maakte hij een grapje, maar hij leek haar bepaald geen type voor grapjes.

Meneer Van Ravenstein verliet de kamer en wenkte de jongeman, die gehoorzaam met hem meeliep. Het is wel duidelijk wie hier de baas is en dat ook laat merken, dacht Sara Lynn. Ze voelde zich opgelucht: ze hadden werk, en weer een dak boven hun hoofd!

Ook Pauline was opgelucht. Nelis en Martje hadden haar blijkbaar niet herkend, ze hadden er tenminste geen opmerking over gemaakt. Ze was weer terug op De Ravenhorst, wie weet ging het nu weer bergopwaarts met haar.

HOOFDSTUK 4

'Liggen er nog spullen van je in de oude schuur?' vroeg Reina aan Pauline.

Deze knikte. 'Alles wat we hebben zit in een rieten koffer, die ik onder een stapel zakken heb verstopt.'

'Ik zal de staljongen vragen om hem te halen. Met het twee-wielig wagentje is hij zo terug. Ik zal je hier eerst alles wij-zen, dan kun je daarna boven kijken en alles opruimen.'

Daar zouden ze niet lang over doen, dacht Sara Lynn. Zo veel spullen hadden ze niet mee kunnen nemen op hun vlucht.

Even later zaten ze aan tafel in de keuken: Reina, Martje, Nelis en Pauline en haar dochter. Reina nam het woord.

'Zoals je inmiddels wel zult begrijpen: ík heb hier de leiding. Als jullie doen wat ik zeg, zullen wij het wel kunnen vinden. Het werk voor jou, Pauline, komt in hoofdzaak neer op huis-houdelijke taken. De andere twee' – ze maakte een bewe-ging naar de twee oudere mensen – 'zijn hier in hoofdzaak door de goedheid van mevrouw. De jongeheer Francis wil ook niet dat ze vertrekken. Trouwens, waar zouden ze heen moeten? Kijk maar niet zo, Nelis, je weet best dat je de kant-jes eraf loopt.'

De oude man mompelde wat, maar zweeg op een duw van zijn vrouw.

'En ik? Wat moet ik doen? Wie is Louisa?' waagde Sara Lynn eindelijk te vragen.

'Mevrouw Louisa is de zus van meneer,' legde Reina uit. 'Ze weet niet alles meer zo goed. Ze is zogezegd de weg een beetje kwijt. Zij is soms net een kind waar op gepast moet worden. Ze heeft de neiging om weg te lopen.'

Op dat moment klonk het doordringende geluid van de bel.

'Ga jij maar,' zei Reina tegen Pauline op een toon die geen tegenspraak duldde.

Pauline liep de gang door naar de achterdeur.

'Wel, wel, ik had niet gedacht je zo vlug terug te zien,' klonk een vrolijke stem. Sara Lynn herkende de stem van de bak-ker. 'Is het de bedoeling dat je hier gaat werken?' vroeg hij.

'Hoewel het je niks aangaat, ja, ik ga hier werken,' zei Pauline stug.

Hij pakte enkele broden in papier en gaf haar die.

'Ik weet wel leukere plaatsen om te werken. Bij ons in de bakkerij bijvoorbeeld. Wees maar voorzichtig, ze zien hier graag mooie jonge vrouwen. Wees zuinig op jezelf en op je dochter.' Hij draaide zich om en stapte weer op zijn fiets.

Pauline keek hem even na. Ze voelde zich onrustig door zijn woorden. Er was natuurlijk weinig veranderd. Het verschil was dat zij inmiddels wist hoe de wereld in elkaar zat. En dat was een harde leerschool geweest.

'We houden er hier niet van als er aan de deur praatjes worden gehouden,' zei Reina toen ze terugkwam.

Pas maar op, zij is de baas in de keuken, dacht Sara Lynn. Ze liet ongetwijfeld niet met zich spotten. Nu, zij hoefde niet bang te zijn dat Sara Lynn streken uit zou halen.

Die avond maakten ze hun kamertjes in orde. Geen bontvachten, dacht Sara Lynn. Maar het was in elk geval beter dan de schuur waar ze de vorige nacht hadden gebivakkeerd. En muizen zouden hier vast ook niet zijn. Alles leek degelijk en solide gebouwd, zonder kieren of spleten in de muren of het dak.

'Slapen we bij elkaar, of ieder apart?' vroeg ze haar moeder. Bij tante Tine hadden ze elk een aparte kamer gehad, en ook bij Karel had ze een eigen kamer.

'Ik kreeg de indruk dat we ieder een kamertje mochten gebruiken. Maar als je bang bent alleen en liever bij mij slaapt, is dat prima. Hoewel het bed wel smal is.' Pauline keek haar afwachtend aan.

'Laten we maar apart slapen,' zei Sara Lynn dapper. Ze wilde zich niet laten kennen. Ze vond het wel wat eng in dit grote huis, maar ze was te groot om bij haar moeder te slapen. En ze hoefde hier toch nergens bang voor te zijn, Karel was ver weg.

Sara Lynn maakte haar bed op en toen even later de koffer kwam, hing ze enkele kledingstukken op. 'Het is een armzalig zootje,' merkte haar moeder op toen alles een plaatsje had. 'Ik hoop dat er ooit een kans komt om nog wat spullen bij Karel weg te halen.'

'Daar kunnen we niet meer heen. Stel je voor dat hij erachter komt waar we nu zijn. Dan komt hij ons vast achterna.'

Sara Lynn probeerde niet paniekerig te klinken, wat niet erg lukte.

'Hij zal ons hier niks durven doen,' zei Pauline.

Haar dochter keek haar twijfelend aan. Pauline had wel erg veel vertrouwen. Was ze soms vergeten hoe ze soms was geslagen en geschopt?

'Ik laat het niet meer gebeuren,' zei Pauline die leek te weten wat er in haar dochter omging. 'Als hij me nog eens schopt, schop ik terug.'

Sara Lynn aarzelde. Het klonk allemaal wel erg dapper, maar ze had nooit tegen Karel op gekund. Waarom zou ze dan nu ineens zo veel sterker zijn? Maar misschien had ze in zoverre gelijk, Karel zou hier niet binnen komen.

'Als hij nadenkt zal hij begrijpen dat we hier zijn. Hij weet ook dat we nergens heen kunnen,' zei ze toen.

'Karel denkt niet na,' zei Pauline kortaf. 'Houd nu eens op, Sara Lynn. Je maakt jezelf van streek. Wij hebben drie dagen gelopen om hier te komen. Dat gaat Karel heus niet doen. Daar is hij veel te lui voor.'

Sara Lynn snoof. 'Alsof Karel zo'n eind zou lopen,' zei ze schamper. 'Hij heeft geld genoeg om een koets te huren.'

Pauline wilde daar niet over nadenken. 'Je moet het positief zien,' zei ze. 'We hebben werk en onderdak. Had jij gedacht dat we zo snel iets zouden vinden?'

Sara Lynn moest toegeven dat ze zich dat inderdaad niet had kunnen voorstellen. Ze had zichzelf al weken als zwerfster langs de wegen zien dwalen, levend van datgene wat mensen haar toestopten. Haar moeder had gelijk, ze moest het wat positiever zien allemaal.

Ze ging haar eigen kamertje binnen en zakte op de rand van haar bed. Het was maar een armoedig hokje. Haar kamertje in Karels huis was gezelliger, met een kleed op de vloer en een kleurige deken op het bed. Maar ze had zich daar niet veilig gevoeld. Hier hoefde ze niet bang te zijn.

Toch schrok ze toen ze voetstappen op de trap hoorde. Ze bleef als verstijfd zitten.

Het was Francis. Toen ze hem zag, stond Sara Lynn haastig op.

'Blijf toch zitten,' zei hij lachend. Hij plofte ongedwongen naast haar op het bed. 'Reina wilde juist de trap op klimmen om jullie te vragen beneden te komen. Ik heb het van haar overgenomen, want ik was nieuwsgierig hoe jullie hier zitten. Nou, zo te zien is het niet veel soeps.'

'Ach,' begon Sara Lynn, maar ze zweeg al snel weer. Het leek haar niet verstandig te klagen. 'Het is in elk geval beter dan in een schuur op de hei,' zei ze.

'Ik vroeg aan oom Richard of hij geen betere kamers had. Maar hij werd boos, zoals vaak als ik met een voorstel kom.'

'Ik ben er heus tevreden mee,' verzekerde Sara Lynn hem.

Hij glimlachte. 'Volgens mij ben jij met weinig tevreden.'

Toen Pauline binnenkwam, stond hij op. 'Of jullie beneden komen,' zei hij vormelijk.

'Natuurlijk,' zei Pauline al even afstandelijk. Haar blik gleed van de een naar de ander en was zonder meer wantrouwend. Francis ging naar de deur, glimlachte naar Sara Lynn en verdween.

'Wat mankeert jou om zo vertrouwelijk met die jongen om te gaan?' vroeg Pauline boos toen hij weg was.

'Vertrouwelijk?' herhaalde Sara Lynn. 'Ik heb nauwelijks iets gezegd. Hij vroeg of de kamertjes in orde waren, dat was alles.'

'Hij keek op een bepaalde manier naar je,' zei Pauline strak.

Sara Lynn wist niet wat ze hoorde. 'Mam, dat is echt onzin. Ik zie hem voor het eerst. Daarbij is hij veel ouder.'

'Niet meer dan een jaar of tien. Sara Lynn, ik heb al meer van de wereld gezien dan jij. Je moet oppassen. Als hij je leuk vindt, hoeft dat wat hem betreft niets te betekenen. Hij kan alle meisjes krijgen die hij wil.'

Sara Lynn had helemaal geen zin in deze discussie. Ze stond op. 'Laten we teruggaan naar de stad, mam. Op zo'n manier wil ik hier niet zijn.'

Ze schrokken allebei op door het schelle geluid van een bel. 'Dat zal voor ons zijn. Het spijt me, Sara Lynn, ik heb te veel meegemaakt.'

'Ik ben banger voor Karel dan voor Francis,' zei Sara Lynn nog.

'Karel is een gevaar dat je ziet. Maar sommige gevaren zie je pas als ze je overkomen zijn.' Na deze opmerking verliet

Pauline het kamertje en ze liep de trap af. Sara Lynn liep achter haar aan.

Beneden stond Reina te wachten. 'Het is de bedoeling dat je direct naar beneden komt als ik dat vraag,' zei ze nors. Pauline klemde haar lippen op elkaar en zei niets.

Sara Lynn dacht bij zichzelf dat haar moeder er veel moeite mee zou hebben anderen te gehoorzamen. Ze hield haar hart vast voor de periode die zou volgen.

'Meneer Francis vroeg zich af of jullie wel tevreden waren met de slaapplaatsen boven.' Reina zei het op een toon alsof dit het meest belachelijke was dat ze ooit had gehoord.

'En als we dat niet zijn?' vroeg Pauline uitdagend. Reina wierp haar een geërgerde blik toe.

'Dat zal niets aan de zaak veranderen. Ga zitten, dan zal ik je zeggen wat er van je wordt verwacht.'

Op dat moment kwam Francis weer binnen. Hij pakte een appel van de fruitschaal en wilde weer verdwijnen toen Reina zei: 'Laat jij dit meisje kennismaken met mevrouw Louisa?'

'Natuurlijk. Ga maar mee.' Zijn grijsblauwe ogen lachten alweer. Sara Lynn volgde hem de tuin in. Blijkbaar was mevrouw Louisa daar te vinden.

'Tante Louisa is soms een beetje vreemd,' verklaarde Francis. 'Maar ze is lang niet zo ver heen als sommigen denken. Ik geloof soms dat ze het wel gemakkelijk vindt om te doen alsof. Ze kan nu dingen zeggen die ze als beschaafde, intelligente dame nooit gezegd zou hebben.' Hij lachte. 'Soms ben ik daar jaloers op.'

Ze vonden de oude dame in de tuin aan de achterkant van het huis, zittend bij de vijver. Ze hield haar rug kaarsrecht en zag er verzorgd uit. Sara Lynn voelde dat ze haar opnam.

'We hebben een nieuw personeelslid, tante Louisa,' zei Francis. Hij gaf Sara Lynn een zetje en deze stak haar hand uit, maar tante Louisa negeerde die.

'Heb jij haar uitgezocht?' wendde ze zich tot Francis.

'Ze kwam zomaar binnenlopen, samen met haar moeder.'

'Aha, Ik heb hen gezien. Haar moeder kende ik al. Zij was hier al eerder.'

Tot Sara Lynns opluchting ging Francis daar niet op in. Het

was haar zo langzamerhand duidelijk dat de meeste mensen in het dorp wisten dat haar moeder het dorp had moeten verlaten omdat ze zwanger was. Het was alleen de vraag van wie, maar daar zou ze misschien nog wel achter komen. Ze had het recht te weten wie haar vader was.

'Sara Lynn komt u gezelschap houden,' zei Francis. Hij ging ook op de bank zitten en maakte een uitnodigend gebaar naar Sara Lynn.

'Dus jij komt op mij passen, Sara Lynn?' De vrouw keek haar aan en Sara Lynn sloeg haar ogen neer voor deze heldere blik. 'Laten we dan maar een stukje lopen,' stelde de dame voor. 'Je mag me tante Louisa noemen. En Francis, ga jij naar huis. Je hebt dit meisje nu wel genoeg bekeken.'

Francis grinnikte, maar deed wat ze zei.

Tante Louisa pakte Sara Lynn bij de arm. 'Een beetje steun heb ik wel nodig. Het meisje voor jou liet me op een keer onverwacht los en daar lag ik. Zoiets moet je dus niet doen, dan kun je gelijk op zoek naar een ander baantje. Ik ben niet echt gek, moet je weten.'

'Dat dacht ik ook niet,' zei Sara Lynn verlegen.

'O nee? Dan ben je een van de weinigen. Zeg, heet jouw moeder soms Pauline?' Tante Louisa keek haar indringend aan.

Sara Lynn hield van schrik haar adem in.

Het leek de ander echter niet op te vallen dat ze geen antwoord kreeg. 'Het arme kind,' ging ze verder. 'Overweldigd door een vriend van mijn broer. Het is nooit echt bekend geworden, maar ik weet haast zeker dat hij het was. En mijn broer heeft dat laten gebeuren. Dat was ook zo'n lieverdje niet. Ik snap niet wat Sigrid in hem zag. Maar zij hebben nooit kinderen gekregen. Francis is hun zoon niet. Hij is de zoon van de zus van Sigrid. Ja, het is allemaal ingewikkeld. Maar ik weet die dingen. Ik weet meer dan ze denken.'

Sara Lynn begon te vermoeden dat de oude dame inderdaad van veel zaken op de hoogte was. Vooral van zaken uit het verleden. Daar zou ze haar moeder voor moeten waarschuwen. Voor tante Louisa waren er blijkbaar geen geheimen. Francis was dus niet de zoon van meneer Van Ravenstein. Gek genoeg was ze daar blij om. En dat verklaarde meteen waarom zijn achternaam Bronckhorst was en niet Van Ravenstein.

'Waarom zijn jullie hierheen gekomen?' vroeg tante Louisa verder. En toen Sara Lynn niet direct antwoordde, voegde ze er fluisterend aan toe: 'Je kunt het mij gerust vertellen. Ik kan een geheim bewaren.'

Sara Lynn vroeg zich af of dat inderdaad zo was. Het was duidelijk dat tante Louisa graag en veel praatte.

'Je moeder heeft hier eerder gewerkt. Maar dat liep niet goed af. Ik had nooit gedacht dat ze terug zou komen,' zei tante Louisa toen.

Weer ging Sara Lynn er niet op in.

'Gisteren was hier een onbekende man die naar jullie vroeg,' was tante Louisa's volgende opmerking.

Sara Lynn probeerde niet te laten merken hoe ze schrok. Het kon toch niet zo zijn dat Karel hen al had gevonden? Ze voelde de scherpe blik van de vrouw op zich rusten.

'Ben je bang voor mannen?' vroeg tante Louisa rechtstreeks.

'Voor één bepaalde man ben ik bang,' gaf Sara Lynn toe. 'We zijn bij hem weggegaan, maar ik denk niet dat hij dat zonder meer accepteert. Hij zal ons vast weten te vinden.'

'Mannen kunnen het niet hebben als ze worden dwarsgezeten,' zei tante Louisa zwaaiend met haar stok. 'Maak je niet druk, hij zal hier niets durven. Ik heb hem gisteren weggestuurd. Ik heb gezegd dat ik nooit van jullie had gehoord. Dat loog ik toen niet, voor gisteren wist ik niet eens van jullie bestaan. Maar ik dacht meteen al: die komt hier niet om een cadeautje te brengen,' zei tante Louisa.

Deze vrouw was zeer zeker niet gek, constateerde Sara Lynn. En ze stond blijkbaar aan haar kant. Maar wat kon zo'n broos dametje uitrichten tegen een vent als Karel? Ze deed er goed aan haar moeder in te lichten. Hoe meer mensen wisten dat hij hier rondliep, hoe beter.

Na een kwartiertje kondigde Louisa aan dat ze moe was en naar binnen wilde. In de gang kwamen ze meneer Van Ravenstein tegen.

'Ga je slapen, Louisa?' vroeg hij vriendelijk.

'Waarom denk je toch altijd dat ik een ouwe sok ben die midden op de dag moet slapen?' klonk het kribbig.

'Er is vaak genoeg gebleken dat je het nodig hebt,' reageerde haar broer.

'We gaan naar de keuken. Ik wil je moeder ontmoeten,' kondigde Louisa aan.

Sara Lynn kon dat moeilijk weigeren. Ze hoopte echter dat de oude dame niet over het verleden zou beginnen.

In de keuken was Pauline bezig met zilver poetsen. De tafel lag vol met allerlei soorten bestek, maar er waren ook zilveren schalen en vaasjes.

'Je vraagt je af wat een mens ermee moet,' zei Louisa die Sara Lynns bewonderende blik opving. 'Het zijn maar spullen, laat je daar niet door verblinden, meisje.'

'Ik had alleen enkele delen bestek van een soort metaal dat al snel begon te roesten,' zei Pauline.

'Maar dat was niet de reden dat je hier kwam werken,' zei Louisa. 'Het ging jou niet om zilver bestek, maar om de mens achter de rijkdom.'

'Ik weet niet wat u bedoelt,' reageerde Pauline kortaf. 'Hebt u mijn dochter nog nodig, of kan ze mij helpen?'

'Ik ga naar mijn eigen kamer. Ik zal bellen als ik haar nodig heb. Pas goed op haar, hoewel ik denk dat ze verstandiger is dan jij indertijd. Wil je mij even brengen, meisje?'

Bereidwillig liep Sara Lynn met haar mee. Ze kwamen in een ruime kamer waar een grote ligstoel stond.

'Pas goed op je moeder. Ik betwijfel of ze veel is veranderd,' zei Louisa en ze hief een waarschuwende vinger op.

Sara Lynn ging er niet op in. Ze wilde niet over haar moeder praten. Het voelde als een soort verraad. Hoewel mevrouw meer scheen te weten dan ze eerst had gedacht, helemaal goed leek ze haar ook niet. Ze nam in elk geval geen blad voor de mond, wat in deze kringen niet zo gebruikelijk was, had ze begrepen.

Ze schikte de plaid om mevrouws schouders. 'Zo meisje, je mag nog eens terugkomen. En dat vooral omdat je weet te zwijgen.'

In tegenstelling tot u, dacht Sara Lynn. Maar ze keek haar niet aan. Ze had het vreemde gevoel dat deze vrouw gedachten kon lezen.

Op de gang kwam ze Francis tegen die haar even staande

hield. 'Lukt het een beetje met haar?' vroeg hij bezorgd.

'Prima. Ze is veel meer bij de tijd dan je op het eerste gezicht zou denken.'

'Nou, ik ben blij dat jij dat ook hebt gemerkt. Wij zijn zo'n beetje de enigen.' Hij lachte haar vertrouwelijk toe en Sara Lynn kreeg het er warm van. Ze bloosde ervan en liep hem nu snel voorbij naar de keuken.

Pauline schoof haar wat spullen toe en gaf haar een doek om het zilver glanzend te poetsen. Ze zei eerst niets en Sara Lynn deed er ook het zwijgen toe. Ze wilde haar moeder wel van alles vragen, maar wist niet hoe te beginnen.

Toen zei Pauline: 'Denk maar niet dat je iets met Francis kunt beginnen.'

Stomverbaasd keek Sara Lynn haar aan. 'Wat bedoel je precies?'

'Ik zag je met hem lachen en praten. Je moet niet denken dat hij je serieus neemt. Ik ken zijn soort... Loop niet in dezelfde val als ik indertijd.'

'Hij is gewoon aardig. En wat betreft die val waar je indertijd in gelopen bent: je zult mij toch eens over vroeger moeten vertellen. Tante Louisa lijkt er alles van te weten.'

'Je gelooft toch niet in de onzin die zij uitkraamt? Ze had ze vroeger al niet allemaal op een rijtje, ze weet niet wat ze zegt.'

'Volgens mij weet zij dat juist heel goed.'

Pauline antwoordde niet, ze poetste verwoed aan een schaal waar ze zichzelf al in kon spiegelen. Toen zei ze: 'Je bent nog een kind. Als je problemen maakt moet je ander werk zoeken. Misschien is er hier voor een van ons tweeën geen plaats, en ik wil hier niet weg.'

Sara Lynn nam haar moeder zwijgend op. Het leek alsof Pauline in één dag veranderd was. Alsof ze het maar lastig vond dat haar dochter hier ook was.

'Tante Louisa zei dat een man naar ons gevraagd had,' zei ze toen.

'Natuurlijk,' zei Pauline schamper. 'De mannen staan in rijen voor het hek. Geloof haar toch niet, Sara Lynn. Wie zou er naar ons op zoek zijn?'

'Misschien Karel,' waagde Sara Lynn.

'Dat geloof je toch niet echt? Zo belangrijk waren wij nu ook weer niet voor hem.' De poetsbewegingen werden steeds driftiger.

Sara Lynn zweeg. Haar moeder was onderweg toch ook steeds bang geweest dat hij hen achternakwam? Het leek wel alsof haar moeder hier een compleet nieuwe start wilde maken. Alsof ze haar verleden wilde uitvegen. Maar voordat dat zou gebeuren, wilde Sara Lynn weten hoe alles in elkaar zat. Ze wilde niet allerlei opmerkingen te horen krijgen, terwijl ze niet wist waarover het ging.

Toen Reina binnenkwam en haar opdroeg het bestek op te ruimen in de lades van een groot buffet, was ze blij dat ze even weg kon. In diezelfde kamer zat Francis aan tafel met allerlei papieren voor zich.

'Weet je wel waar alles moet worden opgeborgen?' vroeg hij. 'Reina is daar erg precies in.'

'Het wijst zichzelf wel,' zei ze kortaf.

Ze glimlachte toen ze zijn teleurgestelde gezicht zag. Ging ze nu onvriendelijk tegen hem doen vanwege haar moeder?

'Tante Louisa is zeer tevreden over je,' zei hij.

'Echt waar? Ik heb niets bijzonders gedaan.' Zorgvuldig legde ze het bestek in de daarvoor bestemde vakjes.

'Ze zei: 'Ze behandelt mij net alsof ik een gewoon mens ben.' De meeste mensen schijnen met haar om te gaan alsof ze een kind is dat je maar beter in toom kunt houden.'

'Ik vind haar volkomen normaal,' reageerde Sara Lynn. 'Misschien is ze wat vergeetachtig, maar dat hebben zo veel oudere mensen. Ze weet juist heel veel.'

Op dat moment kwam Pauline binnen met nieuwe voorraad. Ze keek van de een naar de ander, maar ze zei niets. Sara Lynn twijfelde er niet aan of ze zou later weer iets te horen krijgen over het feit dat Francis hier ook was.

'Wordt dit echt allemaal gebruikt?' vroeg ze zich hardop af toen ze de laatste van zesendertig lepels een plaatsje gaf.

'Vroeger, toen mijn tante Sigrid nog leefde, gaven ze soms diners,' vertelde Francis. 'Ik was toen nog een kind en mocht niet aan tafel mee-eten. Destijds fonkelde de tafel van al het zilver en kristal. Toen tante Sigrid is gestorven, is alles veranderd. Oom Richard mist haar nog steeds. En ik eigenlijk

ook. Het is door haar dat ik hier terecht ben gekomen.'
'Maar je bent toch familie?' waagde Pauline te vragen.
'Ja, mijn moeder was een zus van tante Sigrid. Toen zij overleed, nam tante Sigrid mij onmiddellijk in huis en zorgde zij als een moeder voor me.'
'En je vader?'
Francis zei aanvankelijk niets en Pauline dacht dat ze te ver was gegaan. Maar even later zei Francis: 'Mijn vader raakte aan de drank en dat werd hem fataal. Ik sta dus zo'n beetje alleen op de wereld.'
Hij boog zich weer over zijn boeken en beschouwde het gesprek kennelijk als afgelopen.
'Wat studeer je?' vroeg Pauline nog.
'Ik verdiep me in het leven van een landgoedeigenaar,' antwoordde Francis kortaf. Sara Lynn ergerde zich aan het feit dat haar moeder blijkbaar niet merkte dat Francis geen zin meer had om te praten. Ze verliet het vertrek in de hoop dat haar moeder zou volgen. Tot haar opluchting gebeurde dat ook.
'Hij zal dit alles hier waarschijnlijk erven,' zei Pauline toen ze in de keuken waren. 'Meneer Van Ravenstein heeft verder geen erfgenamen.'
'Wat maakt het uit,' reageerde haar dochter geïrriteerd.
Haar moeder zei niets, maar dacht des te meer. Sara Lynn wist niet wat goed voor haar was. Maar zij, Pauline, was niet van plan ooit nog in armoede te gaan leven. Er waren heus mogelijkheden. Ze zou een plan moeten opstellen. Om te beginnen zou ze met Sara Lynn moeten praten. Haar dochter kon dwars en koppig zijn. Zij zou zich moeten realiseren dat haar moeder wist wat er in de wereld te koop was.
Sara Lynn keek tersluiks naar haar moeder en vond dat ze eruitzag alsof ze iets belangrijks had gevonden. Daarbij leek ze niet van plan dat met iemand te delen. Sara Lynn besloot haar ogen en oren goed open te houden. Ze was er niet gerust op.

De daaropvolgende dagen zaten moeder en dochter in de avond vaak bij elkaar Als er geen extra werkjes werden opgedragen, gingen ze vaak bijtijds naar boven. Reina trok zich dan ook terug in haar eigen vertrek, maar was via een bel altijd bereikbaar. Martje en Nelis bewoonden een huisje in de tuin. Het bouwsel had maar één kamer, maar volgens Reina was het groot genoeg. Eten deden ze in de grote keuken, dus de twee oudere mensen maakten alleen gebruik van hun onderkomen in de avond. Meestal vlogen ze elkaar dan om niks in de haren, beweerde Reina niet zonder enige minachting.

Sara Lynn ging hun liever uit de weg. Ze had de indruk dat die twee ook alles van haar moeder wisten. Juist om die reden wilde zij zelf ook op de hoogte zijn van haar moeders verleden. Ze zocht naar een gelegenheid om daar vragen over te kunnen stellen.

Op een avond besloot ze: ik wacht niet langer. Pauline was in een opgewekte stemming. Sara Lynn had het gevoel dat het feit dat ze met Francis had gepraat daaraan had bijgedragen. De jongeman had haar zelfs geholpen met het schoonmaken van de groenten. Sara Lynn had hen gezien, en daarbij was de blik in de ogen van haar moeder als ze Francis aankeek, haar niet ontgaan. Vol schrik had ze gedacht: ze zal toch niet verliefd op hem zijn?

Sara Lynn had de indruk dat Reina de bezoekjes die Francis aan de keuken bracht ook niet prettig vond. En zijzelf had er ook geen goed gevoel bij. Pauline was zichzelf niet. Het leek wel alsof ze probeerde Francis in te palmen.

Toen Reina dit een keer tegen Sara Lynn zei, schudde deze echter het hoofd, waarbij de wens de vader van de gedachte was. 'Daar geloof ik niets van. Hij is jaren jonger dan mijn moeder.'

'Jouw moeder heeft blijkbaar wel vaker vreemde dingen gedaan. Maar ik geef toe: wat betreft leeftijd zou Francis beter bij jou passen. Maar het heeft geen zin je iets in het hoofd te halen,' zei ze er waarschuwend achteraan.

Sara Lynn antwoordde niet. Natuurlijk haalde zij zich niets in het hoofd. Even dacht ze aan Karel, en ze huiverde onwillekeurig. Dit alles deed haar ertoe besluiten haar moeder enkele vragen te stellen. Pauline was op dat moment bezig een scheurtje in een rok te herstellen.

'Vind jij het hier eigenlijk leuk?' begon Sara Lynn.

'Niet als ik dit soort dingen moet doen.' Pauline wees op de rok.

'Hoe is dat gekomen?' vroeg Sara Lynn, niet goed wetend hoe ze nu verder moest.

'De staljongen, Samuel, wilde mij beetpakken en ik rukte me los.'

'Echt waar?'

Pauline lachte even om haar dochters verbouwereerde gezicht. 'Jou overkomt dat nog niet. Je bent nu nog te jong. Maar er zal een tijd komen dat je de mannen van je af moet slaan.'

'Niet alle mannen zijn zo,' antwoordde Sara Lynn.

'Er zijn er anders maar weinig die zich weten te gedragen.'

'En Francis dan? Die gedraagt zich keurig.'

'Tot nu toe, ja,' zei Pauline. Ze richtte haar aandacht weer op de rok en deed een nieuwe draad in de naald. Sara Lynn zag een klein glimlachje op haar gezicht.

'Ben je verliefd op hem?' vroeg ze rechtstreeks.

'Op Francis? Dat zou geen enkele zin hebben. Ten eerste heeft meneer Van Ravenstein al een vrouw voor hem geregeld. Ten tweede is hij, vergeleken met mij, nog maar een kind. Maar het kan geen kwaad hem een beetje wakker te schudden.'

'Is hij dan al verloofd?' wilde Sara Lynn nu weten.

'Dat wordt in de keuken gezegd, alleen weet ik niet of hij zelf al op de hoogte is. Maar als meneer Van Ravenstein iets voor hem regelt, dan gaat het meestal door. Weet je wie er goed bij jou zou passen?' ging ze toen over op een ander onderwerp. 'Benno van de bakker. Hij ziet je graag, heb je dat nooit gemerkt?'

'Nee,' antwoordde haar dochter kortaf. Benno was een aardige jongen, maar hij was minstens net zo oud als haar moeder. Bovendien wilde ze niet dat hun prettige contact werd verbroken door allerlei bijgedachten. Ze wilde maar dat ze dit gesprek nooit was begonnen. Het liep heel anders dan de bedoeling was geweest.

'Ik zou graag willen weten wie mijn vader is,' zei ze niettemin.

'Ik heb hem hier nog niet gezien,' antwoordde Pauline luchtig, alsof het een doodgewone vraag was die ze stelde.

Sara Lynn reageerde niet direct, maar dacht des te meer. Het moest dus wel iemand zijn die hier op het landhuis kwam. Iemand van het personeel, of een gast die na korte tijd weer was vertrokken. Er waren vast wel mensen die haar meer konden vertellen. Meneer Van Ravenstein, of tante Louisa. Misschien Francis ook wel. Sara Lynn kreeg het warm als ze eraan dacht. Ze was lange tijd van mening geweest dat haar moeder slachtoffer was geworden van geweld. Maar nu was ze daar niet meer zo zeker van. 'Je moeder heeft blijkbaar wel vaker vreemde dingen gedaan,' herinnerde ze zich een opmerking van Reina. Wat kon ze daarmee bedoeld hebben? 'Waarom vertel je mij niet eens wat meer over je leven van vroeger? Over je jeugd, over je ouders bijvoorbeeld,' drong Sara Lynn aan.

Pauline zuchtte. 'Daar is weinig positiefs over te vertellen. Mijn ouders, jouw opa en oma dus, waren erg streng. Ze wisten zeer precies wat goed en wat kwaad was. De Bijbel was hun richtlijn. Ze waren oprecht in hun geloof en wilden mij dat ook opleggen. Ik kwam daartegen in opstand. Ik geloofde in die tijd wel in liefde en vergeving. Toen ik in verwachting was, lieten ze mij vallen. Ze zagen dat als een grote zonde. Ik werd gewoon weggestuurd.'

Haar moeder zweeg. Ze was kennelijk met haar gedachten in die tijd lang geleden.

Sara Lynn reageerde ook niet direct. Haar moeder vertelde nu wel over vroeger, maar ze sloeg daarbij een heel stuk over.

'De mensen hier vonden het waarschijnlijk een schande,' waagde ze.

'Ja,' zei Pauline bitter. 'Ze hielden zich niet aan de woorden uit de Bijbel over liefde en vergeving.'

'Was er niemand van wie je hield? Wilde hij, mijn vader dus, niet met je trouwen?' Sara Lynn had die vraag al eerder gesteld, maar ze had daar toen een weinigzeggend antwoord op gekregen.

'Ik was niet verliefd, als je dat bedoelt. Het is mij gewoon overkomen. Ik werkte destijds ook op De Ravenhorst. Ik was een vrolijk kind, ik verwachtte geen kwaad. Op een avond was er op De Ravenhorst een gemaskerd bal. Veel van de mannen waren dronken. Ik had op tijd moeten vertrekken. Maar ik genoot zo van alles wat ik zag, dat ik niet weg wilde. Ik verborg mij achter een gordijn om alles te kunnen zien. Er waren enkele jongens die mij ontdekten, en toen ik wegvluchtte achtervolgden ze me tot in de tuin. Ik zag het nog steeds als een grapje. Ik was naïef. Maar het was geen grapje en ze waren zo veel sterker dan ik.'

'Wat heb je toen gedaan? Ik bedoel daarna?'

Pauline keek op en Sara Lynn zag dat dit gesprek haar aangreep. 'Ik ging naar huis en hoopte dat het zonder gevolgen zou blijven. Dat was dus ijdele hoop. Na enkele weken ging ik naar meneer Van Ravenstein en ik vertelde hem wat er gebeurd was. Ik zei hem ook dat het een van zijn gasten was geweest. En hij niet alleen.' Pauline zweeg.

Sara Lynn staarde voor zich uit. Van die ene avond was zijzelf dus het resultaat, zo veel was wel duidelijk. Haar moeder schaamde zich er blijkbaar voor, maar in Sara Lynns ogen had ze niets verkeerds gedaan. Ze was alleen te goed van vertrouwen geweest. En toen het uitkwam, werd Pauline nagewezen. Mannen waren immers nooit schuldig. Zo veel had ze in de tijd bij Karel wel geleerd.

'Wat zei meneer Van Ravenstein? En zijn vrouw, zij was toch aardig?' vroeg ze dan.

'Hij lachte me uit. Hij zei dat ik natuurlijk aanleiding had gegeven. Zijn vrouw bemoeide zich er nauwelijks mee. Meneer zei dat ik op een bepaalde manier naar mannen keek, dat ik hen uitdaagde. Ik werd ontslagen. Mevrouw gaf me wat geld, en dat was het. Ik kon nergens terecht. Mijn moeder en vader wilden de schande niet, en mijn vader wist een oplossing: tante Tine. Nou, de rest van het verhaal ken je. Nu weet je het. Ik stel voor dat we het er nooit meer over hebben.'

'Was je toch blij met mij?' vroeg Sara Lynn aarzelend.

Pauline haalde haar schouders op. 'In het begin was ik wel trots. Ik had een kind, een mooie baby. Maar al snel ontdekte ik dat ik mijn vrijheid kwijt was. Ik was nog zo jong. Nog maar iets ouder dan jij nu...'

Sara Lynn zei niets. Ze had niet echt antwoord op haar vraag gekregen, maar dat hoefde ook niet. Ze wist nu dat Pauline niet echt van haar hield. Niet zoals andere moeders van hun kinderen hielden. Ze beet op haar lip om de tranen terug te dringen.

'Waarom ging je bij Karel wonen?' vroeg ze toen.

'In het begin was hij aardig. Hij zorgde voor mij. Maar toen wilde hij dat ik voor hem ging werken. Je weet wat voor soort werk dat was. Ik wilde niet met hangende pootjes teruggaan naar tante Tine, dus bleef ik bij hem en deed ik wat hij wilde. Toen jij in zijn ogen oud genoeg was, wilde hij ook jou in dat werk betrekken. Maar daarmee was voor mij de maat vol. Ik besloot te vertrekken. Daarom zijn we nu hier.'

'Maar met welk doel?'

'Ik wil een rijke vent aan de haak slaan. Ik weet nu inderdaad hoe ik mannen moet verleiden.'

'Weet meneer Van Ravenstein wie je bent?' vroeg Sara Lynn in de hoop dat haar moeder dat laatste niet serieus meende.

'Ik denk dat hij wel iets vermoedt. Hij zal wel begrijpen dat ik mijn mond niet houd als ik opnieuw word ontslagen. Hij zal er nooit meer iets over willen horen.'

'Leeft die man... mijn vader nog?' vroeg Sara Lynn opnieuw.

'Noem hem niet zo. Je vader is degene die zich als een vader gedraagt. Niet de kerel die een jong meisje misbruikt en haar dan aan haar lot overlaat.'

'Stel dat hij hier langskomt en jou herkent.'

'Nou en? Ik ben nu ouder en wijzer. Ik laat zoiets niet weer gebeuren. Hij zal mij trouwens niet herkennen. Het was donker.'

Sara Lynn zweeg. Het was haar nog steeds niet duidelijk waarom haar moeder hier per se terug had willen keren.

'Ik had een broertje,' zei Pauline toen onverwacht, alsof het haar nu pas weer te binnen schoot.

'Een broertje?' herhaalde Sara Lynn verbaasd. 'Waar is hij dan nu?'

'Dat weet ik niet. Van tante Tine hoorde ik indertijd dat mijn ouders zijn overleden. Ik vroeg hoe het dan met Bart moest en zij zei dat daar een oplossing voor was gevonden. Bart was niet helemaal goed. Hij zal wel in een of ander tehuis zitten.'

Ze beet de draad door en vouwde de rok op. 'Sara Lynn, je bent nu op de hoogte. Nogmaals, laten wij er nooit meer over praten. Pas goed op jezelf. Wij moeten allebei voorzichtig zijn.'

HOOFDSTUK 5

Sara Lynn had die avond veel om over na te denken. Ondanks alles wat Pauline haar had verteld, begreep ze nog steeds niet waarom haar moeder was teruggegaan naar dit dorp. Hier hadden ze haar veroordeeld. Hier was ze niet welkom geweest met haar kindje, ondanks dat de meeste mensen vast wel hadden begrepen dat ze het slachtoffer was geworden van een dronken kerel.

Ineens dacht ze aan Benno van de bakker. Hij was aardig tegen hen. Ze wist haast zeker dat hij op de hoogte was van haar moeders verleden.

Terwijl ze op het smalle bed lag na te denken viel er een streep maanlicht door het hoge raam. Tegelijkertijd meende ze iets te horen. Voetstappen! Wie liep daar zo laat nog rond? Iemand van het personeel die naar huis ging? De staljongen misschien? Het was wel erg laat.

Sara Lynn ging op haar bed staan en kon zo net door het raam kijken. De maan verlichtte enkele plaatsen in de tuin, waardoor andere hoekjes nog donkerder leken. Zag ze daar iets bewegen? Het leek de gestalte van een man, maar hij zag er een beetje raar uit. Hij droeg een lange jas met een capuchon. Sara Lynn bleef roerloos staan, ze durfde zich niet bewegen. Wie liep daar zo laat nog door de tuin, onherkenbaar vermomd?

Ze herinnerde zich ineens dat ze in een dorpje dat ze passeerden de muren van een klooster had gezien. Monniken droegen dergelijke kleding. Maar wat had een monnik hier te zoeken?

De man liep door de tuin, maar bleef nu en dan stil staan kijken naar het huis. Het leek alsof hij alle ramen afzocht. Waarnaar of naar wie was hij op zoek? Was het Karel? Maar hoe kon die weten dat hij hen hier moest zoeken? Door na te denken, beet ze zichzelf toe. Karel was zeker niet dom. Hij zou het niet zonder meer accepteren dat Pauline hem zomaar in de steek had gelaten. Sterker nog, hij zou wraak willen nemen.

Sara Lynn bleef kijken tot de figuur niet meer te zien of te horen was. Daarna ging ze weer liggen, gespannen en daardoor klaarwakker. Het hoefde Karel niet te zijn. Bovendien, hoe kwam Karel aan een pij? Waarschijnlijk was het toch een bewoner van het klooster. Misschien zocht hij een soort kruid dat alleen bij maanlicht bloeide. Sara Lynn had bij tante Tine weleens een boek gelezen over het kloosterleven. Maar hoe ze zichzelf ook probeerde gerust te stellen, het lukte niet erg. Kon ze er maar met iemand over praten. Pauline zou haar waarschijnlijk uitlachen, haar vragen of ze een spookverhaal had gelezen. Tante Louisa was een mogelijkheid, maar op haar kon ze niet echt bouwen.

De volgende morgen was zij degene die de bakker te woord stond. Zoals altijd maakte hij een praatje, hij vertelde over een bruiloft die eraan zat te komen. Ze moesten daarvoor veel rozijnenbroden bakken.

'Lust jij dat?' vroeg hij.

Sara Lynn haalde haar schouders op. 'Geen idee.'

'Je kent het niet?' vroeg hij. En toen ze haar hoofd schudde: 'Ik zal een keer een halfje voor jou en je moeder meebrengen.'

'Mag dat wel?' vroeg ze.

'Natuurlijk mag dat.'

'Komen hier weleens monniken uit het klooster?' informeerde ze terloops.

'Je bedoelt uit het klooster hier in de buurt? Die mensen zoeken geen contact. Als je hen wilt spreken moet je zelf naar hen toe gaan.' Hij keek haar opmerkzaam aan.

'Ik hoef hen niet te spreken. Het is alleen…' Ze zweeg toen haar moeder naar buiten kwam en Benno begroette. Tot Sara Lynns verbazing kreeg hij een kleur. Onbewust deed ze een stapje terug en ze nam de twee mensen in stilte op. Benno vertelde opnieuw over de komende bruiloft.

'Het lijkt me leuk om daar iets van te zien,' zei Pauline.

'Nou, misschien kun je binnenkort hier je hart ook ophalen. Het schijnt dat Francis gaat trouwen.'

Sara Lynn zag aan haar moeders gezicht dat ze van deze mededeling schrok. Haar eigen hart sloeg ook een slag over.

'Ik heb hem hier nooit met een vrouw gezien,' zei Pauline. Het klonk of ze het maar half geloofde.

'Er is al een tijdje sprake van een ophanden zijnde verloving.

Ze komt uit Den Haag en schijnt tot een deftige familie te behoren...'

'En wanneer gaat dat gebeuren?' vroeg Pauline sceptisch.

'Volgend jaar, als ik goed ben ingelicht. Ik hoop dat wij de bruidstaart mogen maken. Maar ik heb begrepen dat de bruid een banketbakker uit Den Haag wil, dus dat zal wel niet doorgaan.'

'Zijn ze verliefd?' vroeg Pauline, voortbordurend op haar eigen gedachten.

'Daar moeten we maar van uitgaan, vind je niet?' Benno keek Pauline indringend aan en opeens wist Sara Lynn: Hij is zelf verliefd. En wel op mijn moeder! De liefde is alleen niet wederzijds, want, zoals ze al eerder had vermoed, haar moeder was vast verliefd op Francis.

Sara Lynn liep langzaam met de broden naar binnen. Ze misten haar niet eens. Als dit echt waar was, dan reikte haar moeder wel erg hoog. Niet alleen vanwege het verschil in achtergrond en levensstijl. Francis was wel zes jaar jonger. Ze begreep nu de opmerking van haar moeder: 'Ik ga nooit meer armoede lijden.' Pauline zou daar alles voor overhebben. Zelfs een man die bij haar vergeleken een stuk jonger was. Hoe kon haar moeder denken dat er ook maar enige kans was dat Francis iets in haar zag?

Ze hoorde de voordeur dichtslaan en liep naar de keuken waar ze het brood in de betreffende trommel deed. Ze hadden het hier goed. Iedere dag vers brood. Wat over was ging de volgende dag naar de paarden. Ja, ze hadden het hier bijna net zo goed als destijds bij tante Tine. Zag Pauline dat niet? Stel dat Benno met haar wilde trouwen, dat zou toch prachtig zijn? Blijkbaar reikte ze naar het hoogste. En daardoor zou ze datgene wat voor het grijpen lag, over het hoofd zien.

'Ik ga nog een poosje met tante Louisa wandelen,' zei ze.

'Sara Lynn?' vroeg Pauline. Haar dochter keek op.

'Wat vind jij van Benno?'

'Erg aardig en een leuke man om te zien,' zei Sara Lynn prompt.

'Het zou mooi zijn als je verliefd op hem werd. Hij vindt jou leuk,' zei Pauline.

'Ik ben niet verliefd. Hij is meer dan vijftien jaar ouder dan ik, mam. Hij vindt jou trouwens leuker.'

'Hij liep vroeger al achter mij aan,' zei Pauline. 'Zelfs toen bekend werd dat ik zwanger was, veroordeelde hij mij niet. Hij is een jaar ouder dan ik, dacht ik, en zal nu vier- of vijf-endertig zijn. Jij bent bijna achttien, het zou best kunnen, Sara Lynn.'

Sara Lynn zei niets. Wat mankeerde haar moeder? Waarom wilde ze dat zij iets met Benno begon? Hij was bijna twee keer zo oud als zij. Maar ze zou zich niet onder druk laten zetten.

'Ik denk er niet aan,' zei ze nog een keer ten overvloede. 'Wat leeftijd betreft past hij beter bij jou.'

'Ik heb andere plannen,' zei Pauline nors.

'Je denkt toch niet echt dat Francis iets in jou ziet? Hij is zo goed als verloofd.'

'Zelfs al is hij verloofd, verlovingen kunnen verbroken worden.'

'Hij is jaren jonger dan jij,' vond Sara Lynn een ander argument.

'Dat weet ik. Maar het is het proberen waard. En bemoei jij je er niet mee. Ik weet heus wel wat ik doe.'

Van dat laatste was Sara Lynn niet al te zeker. Ze vroeg zich af of Pauline al een plan had gemaakt voor ze hierheen gingen. Maar haar moeder had niet kunnen weten dat Francis hier nog woonde. En al evenmin dat ze hier zou komen te werken. Sara Lynn wist niet wat ze van dit alles moest denken. Ze voelde zich niet meer op haar gemak bij haar eigen moeder.

Even later stak Francis zijn hoofd om de deur. 'Tante Louisa vraagt of je meegaat de tuin in.'

Sara Lynn stond direct op. De keuken benauwde haar ineens.

'Wie bemoeide zich met je tante voor mijn dochter hier was?' vroeg Pauline.

'Meestal wandelde ik een halfuurtje met haar. Dat was geen straf, ze is gewoon een leuk mens.'

'En jij bent natuurlijk een leuke man,' zei Pauline met een verleidelijke blik in haar ogen.

Sara Lynn maakte dat ze wegkwam. Voor ze buiten was, had Francis haar al ingehaald. Ze keek even van opzij naar hem.

De frons boven zijn ogen maakte dat hij er bezorgd uitzag.

'Mag ik mee wandelen?' vroeg hij.

'Natuurlijk,' antwoordde ze verrast. Zwijgend liepen ze naast elkaar verder.

Voor de deur van tantes kamer hield hij haar even tegen. 'Ik vind het leuk dat jullie hier zijn,' zei hij hartelijk. 'Maar ik vind het niet prettig dat je moeder probeert me te versieren. Ik weet niet wat ze daarmee voorheeft.'

'Het zit een beetje in haar aard,' antwoordde Sara Lynn. 'Ze is vriendelijk en ze gaat gemakkelijk met mannen om. Ik kan dat niet.'

'Gelukkig maar.' Hij hield de deur voor haar open.

'Daar ben je eindelijk. Ik dacht dat jullie er samen op uit waren,' verwelkomde tante Louisa hen.

Sara Lynn ging er niet op in. Ze schikte een sjaal om tantes smalle schouders.

Tante Louisa keek haar opmerkzaam aan. 'Zit je iets dwars, meisje? Heeft iemand lelijk tegen je gedaan? Mijn broer misschien? Die kan er soms wat van. Trek het je niet aan. Sinds zijn vrouw er niet meer is, kan hij erg moeilijk zijn.'

'Het is ook een groot gemis,' zei Francis. Hij trok tante Louisa's arm door die van hem en Sara Lynn deed hetzelfde aan de andere kant. Eenmaal buiten bleven ze even staan. De tuin vertoonde nu allerlei kleuren van het vroege voorjaar.

'Laten we naar de vijver gaan,' stelde tante voor. Het klonk alsof dit iets volkomen nieuws voor haar was, terwijl ze elke dag naar de vijver liepen. Waarschijnlijk was het elke keer weer nieuw voor tante Louisa.

'Ga jij ook mee?' vroeg ze aan Francis, alsof ze hem nu pas voor het eerst opmerkte.

'Als u het goedvindt,' lachte hij. Zo liepen ze gedrieën de tuin in.

'Ik hoorde dat je je gaat verloven,' zei tante dan.

Francis slaakte een zucht. 'Dat hoorde ik ook. Oom wil het erg graag. Ik ben al zevenentwintig, het wordt tijd om aan een vrouw en kinderen te denken, zegt hij.'

'Hij kwam zelf ook niet veel verder dan denken,' merkte tante zuur op. 'Arme Sigrid, ze wilde zo graag kinderen. Men zei natuurlijk dat het aan haar lag. Dat zegt men altijd. Maar goed, het doet er niet meer toe. Jij bent er en nu wil hij dat je gaat trouwen. Laat je niet dwingen. Ben je verliefd op dat meisje?'

'Ik dacht eerst van wel, maar de laatste tijd is het niet meer zo duidelijk.'

'Aha. Ik weet wel hoe dat komt,' zei tante Louisa. Ze wierp een korte, veelbetekenende blik op Sara Lynn, die strak voor zich uit keek.

'Ik zou het liefst zeggen: volg je hart. Maar in dit geval is dat natuurlijk onmogelijk.'

Sara Lynn hoorde Francis zuchten.

Ze waren nu bij de bank bij de vijver aangekomen en tante ging met een zucht zitten. Een stenen vrouwenbeeld hield een kruik vast, waaruit voortdurend water stroomde.

'Weet mijn broer dat je interesse ergens anders ligt?' vroeg ze na een tijdje aan Francis.

'Nee, want dat weet ik zelf niet eens. In het weekend komt Lenore, hoorde ik, maar ik heb haar niet uitgenodigd. Ik denk dat oom Richard dat gedaan heeft.'

Tante Louisa bromde wat onverstaanbaars en het bleef geruime tijd stil. Sara Lynn dacht aan alles wat er gezegd was, maar waarvan ze de bedoeling niet precies begreep. Tante Louisa ging ervan uit dat Francis niet verliefd was op zijn aanstaande verloofde, maar op iemand anders. Kon ze daarmee haar moeder bedoelen? Dat klopte wel met haar opmerking dat het onmogelijk was. Maar niet alles wat tante Louisa zei was serieus te nemen.

'Gisteravond zag ik een van de kloosterlingen in de tuin lopen,' verbrak tante Louisa toen de stilte.

Sara Lynn schoot van schrik bijna van de bank.

Francis glimlachte alleen. 'Die komen hier niet, tante, die hebben het veel te druk met bidden. Trouwens, wat heeft zo iemand hier te zoeken?'

'Misschien bepaalde kruiden,' veronderstelde tante. 'Jij gelooft me niet. Maar zij wel.' Ze wees naar Sara Lynn.

Francis keek Sara Lynn aan. 'Ik heb ook iemand gezien,' bevestigde het meisje. 'Hij droeg zo'n pij met een capuchon…'

Francis keek haar twijfelend aan. 'Dan moet mijn oom worden ingelicht. Zij hebben hier niets te zoeken.'

Sara Lynn voelde zich onrustig. Er was dus wel degelijk iemand in de tuin geweest die er niet hoorde. Waarom dacht ze nu dat dit iets met haar of met haar moeder te maken had? Tante Louisa ging er niet verder op in, en het gesprek ging over op een ander onderwerp.

'Je moet niet alles geloven wat tante zegt,' zei Francis later toen ze tante Louisa naar haar kamer hadden teruggebracht. 'Ze ziet soms dingen die er niet zijn.'

'In dat geval heb ik wel wat met haar gemeen,' zei Sara Lynn. 'Ik heb die man ook gezien.'

'Goed. We gaan dit zeker onderzoeken. Ik moet eerst even nadenken hoe we dit gaan aanpakken. Nu nog niet, want komend weekend word ik geacht mij bezig te houden met mijn aanstaande verloofde…'

Sara Lynn zei niets. Ze vond het niet prettig om hem over zijn aanstaande verloofde te horen praten, maar ze wilde er niet over nadenken waarom dat zo was. Misschien was hij niet verliefd op die Lenore. Maar dat waren haar zaken niet. En haar moeder moest zich niets in haar hoofd halen wat Francis aanging. Ze kon beter dankbaar zijn dat ze hier terecht waren gekomen. Ze hadden te eten en een dak boven hun hoofd. Er was echter maar een kleinigheid nodig of ze stonden op straat. En waar moesten ze dan heen?

Diezelfde vraag stelde ze die avond aan Pauline. Die leek daar echter niet mee te zitten.

'Waarom zouden ze ons op straat zetten? Wij doen ons werk goed,' zei ze luchtig.

'Daar gaat het niet om. Ik begrijp jou gewoon niet. Je zit achter Francis aan…'

'Wat een belachelijke veronderstelling. We vinden elkaar aardig. Het zou verstandig zijn als jij ook eens naar iemand uitkijkt die aardig voor je is.'

Sara Lynn negeerde dit. 'En die plannen dan die je met hem had? Francis gaat trouwen. Hij vindt het niet prettig dat je hem telkens probeert te verleiden. Dat zei hij vanmorgen tegen me.'

Er verscheen een geërgerde trek op Paulines gezicht. 'Ik weet wat ik doe. Waarom bemoei jij je niet met je eigen zaken?'

Sara Lynn zweeg. Haar moeder had zich blijkbaar iets in het hoofd gezet en was daar niet van af te brengen. Het was alsof ze nu pas zag hoe egocentrisch Pauline was. Haar moeder dacht alleen maar aan zichzelf. Ze had verteld dat ze een broertje had, maar waar hij gebleven was? Daar verdiepte ze zich niet in. Het was alsof ze bij zichzelf dacht: nu ben ík aan de beurt. Ook haar dochter was niet meer belangrijk. Het leek alsof haar moeder ineens een andere taal sprak.

Sara Lynn voelde zich ineens heel erg alleen. Ze vroeg zich even af of ze nog zou beginnen over die figuur in de tuin, maar zag er toch vanaf. Pauline zou haar toch niet serieus nemen.

Toen Benno de volgende morgen op De Ravenhorst kwam, vroeg hij Pauline of ze twee halfjes rozijnenbrood kwam halen. 'Ik heb het je dochter beloofd,' voegde hij eraan toe.

'Dan stel ik voor dat ze er zelf maar om gaat,' zei Pauline weinig toeschietelijk.

'Ik wilde graag dat jij eens zou zien hoe modern onze bakkerij geworden is en hoe keurig alles eruitziet.'

'Ik geloof je op je woord. Sara Lynn, kun jij vandaag even naar de bakker?'

Haar dochter aarzelde. Ze had tussendoor wel even tijd, maar Benno vroeg het haar moeder. Waarom reageerde zij zo afstandelijk? Als ze het goed begreep was Benno nu teleurgesteld. Hij zat niet op haar, Sara Lynn, te wachten. Hij wilde contact met Pauline.

'Vind je het goed als ik kom?' vroeg ze daarom.

'Natuurlijk vindt hij dat goed.' Pauline knikte haar nog even toe en verdween.

Benno zei niets meer. Sara Lynn zag dat hij teleurgesteld was. Dacht haar moeder nu echt dat ze op De Ravenhorst een of andere rijke kerel zou tegenkomen? Iemand die iets voor haar voelde, die met haar wilde trouwen? Waarom leek ze niet te zien dat Benno gek op haar was?

Sara Lynn begreep steeds minder van haar moeder, maar die werd er al met al niet leuker op, dacht ze geërgerd.

Toen tante Louisa die middag na haar wandelingetje een uurtje ging slapen, ging Sara Lynn op weg naar het dorp. Ze liep snel, want ze wilde op tijd weer terug zijn, omdat anders Reina haar allerlei vragen zou gaan stellen.

Het meisje liep over een smalle, onverharde weg. Evenwijdig aan die weg liep een bospaadje. Sara Lynn zag dat daar ook iemand liep. Was dat niet dezelfde figuur die ze in de tuin had gezien? Hij droeg nog steeds de pij met de capuchon, waardoor zijn gezicht verborgen bleef. Hij keek haar richting niet uit. Sara Lynn voelde zich niet op haar gemak. Wat deed die vent hier? Hij was in elk geval geen kruiden aan het zoeken. Ze bleef de weg volgen en wat later liep hij via een zijpad wat verder het bos in. Het zou Karel kunnen zijn. Althans wat zijn figuur betrof. Maar wat deed hij hier? Wilde hij Pauline terug? Ze zou nooit vrijwillig met hem meegaan. Dan zou hij geweld moeten gebruiken. Maar ze wist inmiddels dat hij daar geen problemen mee had.

Sara Lynn begon zich boos te maken. Waarom liet hij hen niet met rust?

Maar misschien was het Karel helemaal niet. Misschien was het toch een bewoner van het klooster. Ze zou het Benno vragen, besloot ze.

Even later liep ze de bakkerswinkel binnen. Er was niemand en er lag ook geen brood meer in de schappen. Toen het stil bleef, opende ze opnieuw de deur, zodat de winkelbel nog eens rinkelde. Een wat oudere vrouw kwam nu de winkel in en keek haar vragend aan.

Sara Lynn aarzelde. Ze kon toch moeilijk zeggen: 'Ik kom het rozijnenbrood halen dat Benno heeft beloofd'? Misschien was zijn moeder – ze ging ervan uit dat deze vrouw Benno's moeder was – het er helemaal niet mee eens.

'Ik kom voor Benno,' zei ze toen maar.

'Wel, wel. Jij moet wel haast de dochter zijn van Pauline Reimers. Of heet ze tegenwoordig anders?'

Sara Lynn was het liefst de winkel uit gevlucht. Zou iedereen in het dorp van haar moeders geschiedenis weten?

'Wat wil je van Benno?' vroeg de vrouw toen.

Sara Lynn opende haar mond om te zeggen dat ze een andere keer wel terugkwam, toen Benno de winkel binnenkwam. Sara Lynns opgeluchte glimlach verlichtte haar hele gezichtje.

'Laat maar, moeder, ik weet waarvoor ze komt,' zei Benno kortaf.

De vrouw keek van de een naar de ander, haalde de schouders op en liep weer naar achteren.

'Ik heb ze voor je klaargelegd,' zei Benno vriendelijk tegen Sara Lynn.

Ze nam de broden van hem aan en kreeg bijna de neiging om haar neus tegen de korst te duwen. Het rook zo lekker. Toen Benno haar een korstje met rozijnen gaf, hapte ze er gretig in. Hij lachte naar haar en Sara Lynn dacht bij zichzelf: wat is hij toch een aardige man. Ze wilde maar dat haar moeder dat ook inzag.

'Jouw moeder weet hoe mijn moeder heet,' zei ze.

Hij knikte. 'Dat weet bijna iedereen hier in het dorp. Wacht, ik loop even een stukje met je mee, langs de bosweg.' Hij deed het brood in een krakende papieren zak en opende de deur voor haar.

In een flits zag Sara Lynn zijn moeder voor het andere raam staan. 'Vindt je moeder dit wel goed?' vroeg ze.

'Ik vraag niet aan mijn moeder wat ze goedvindt,' klonk het kalm. 'Sinds mijn vader zich teruggetrokken heeft uit de zaak, ben ik de baas. Ik ben vierendertig.'

'Een jaar ouder dan mijn moeder.'

Hij glimlachte. 'Dat weet ik. Vroeger was ik erg verliefd op je moeder. Er is toen iets gebeurd, en vlak daarna was ze ineens vertrokken. Nu is ze terug en ze ziet er nog altijd even leuk uit. Ze is niets veranderd. En wat ook niet veranderd is: ze wil nog steeds niets met mij te maken hebben.'

Sara Lynn zei niets. Het had geen zin dit te ontkennen als je zag hoe Pauline zich tegenover Benno gedroeg.

'Maar ik geef de moed nog niet op,' voegde Benno er nog aan toe.

'Daar ben ik blij om,' antwoordde Sara Lynn eenvoudig.

'Mooi. Dus jij staat aan mijn kant.' Hij knipoogde en Sara Lynn hoopte met heel haar hart dat haar moeder tijdig zou inzien wat ze liet lopen. Want Benno zou een keer genoeg krijgen van het wachten, en dan had haar moeder nog steeds dat waandenkbeeld voor ogen van een rijke man die verliefd op haar zou worden.

'Er loopt hier een kerel·rond,' vertrouwde Sara Lynn Benno toe.

'Het wemelt hier van de kerels. Kijk naar mij,' zei hij half plagend.

Ze lachte even, voordat ze zei: 'Maar ik meen het serieus. Hij maakt me bang. We zijn hierheen gekomen op de vlucht voor een man. Hij laat het er niet bij zitten, dat weet ik zeker.'

'Maar hij kan toch niet weten waar jullie zijn?'

'Als hij nadenkt – en soms doet hij dat – dan kan hij het vermoeden. Hij weet waar mijn moeder vandaan komt.'

'Je bent echt bang. Maar er kan hier geen vreemde kerel rondlopen, zonder dat het hele dorp daarvan op de hoogte is. Hoe zag hij eruit?'

'Ik kon zijn gezicht niet zien. Hij droeg een soort monnikspij met capuchon.'

'Ah. Maar dat is Bart,' lachte Benno. 'Voor Bart hoef je helemaal niet bang te zijn. Hij doet niemand kwaad.'

'Bart?' herhaalde ze. 'Mijn moeder had een broertje die Bart heette. Zou dat hem zijn? Ze weet niet wat er van hem geworden is.'

'Toen zijn ouders zijn overleden, kwam Bart in een tehuis terecht. Ik zocht hem soms op, hij kon daar niet wennen. Daarom woont hij nu bij ons,' zei hij alsof het de gewoonste zaak van de wereld was. 'Hij doet allerlei karweitjes voor mensen, en werkt soms ook in de tuin van De Ravenhorst. Ik dacht dat je moeder hem wel herkend zou hebben.'

Mijn moeder kijkt niet verder dan de rijke bezoekers die op De Ravenhorst komen, dacht Sara Lynn. Ze zagen nu het landhuis liggen en bleven staan. 'Ik kan nu verder wel alleen,' zei ze.

'Natuurlijk kun je dat. Maar om problemen te voorkomen, ga ik toch even mee. Ik wil niet dat Martje of Nelis hun tanden in het brood zetten.'

Sara Lynn schoot in de lach.

'Die twee moeten dankbaar zijn dat ze daar mogen wonen,' zei Benno. 'Ik geloof niet dat ze veel uitvoeren.'

Sara Lynn dacht aan de twee mensen die er hun dagtaak van hadden gemaakt voortdurend op elkaar te mopperen.

'Het is allemaal aan mevrouw Van Ravenstein te danken. Zij

wilde ons ook betalen toen we Bart in huis namen...'

'Ze moet een bijzonder iemand zijn geweest,' zei Sara Lynn.

'Ze was heel sociaal en vriendelijk. Maar we hadden Bart toch wel in huis genomen. Hij was daar doodongelukkig en liep steeds weg. We konden hem toch niet op straat laten leven, afhankelijk van wat mensen hem toestopten? De pij die hij draagt heeft hij begin deze week van iemand uit het klooster gekregen. Hij is er hartstikke blij mee.'

Ze liepen achterlangs de keuken in, waar Pauline bezig was vlees te braden. Sinds Reina had ontdekt dat Pauline erg lekker kon koken, had ze dat direct aan haar overgelaten, en ook meneer was enthousiast over Paulines kookkunst.

'Je bleef lang weg,' zei ze, Benno negerend.

Sara Lynn, nog onder de indruk van alles wat ze had gehoord, ergerde zich. 'Benno is met me meegekomen,' zei ze.

'Dat zie ik. Kon je het brood zelf niet dragen?'

'Ik zag die man weer waar ik je over verteld heb,' zei het meisje.

'En toen durfde je niet alleen terug,' meende Pauline te begrijpen. 'Ik zag vanmiddag hier in de tuin een onbekende man werken. Ik geloof niet dat je bang voor hem moet zijn.'

'Nee, dat denk ik ook niet. Hij is namelijk jouw broer, dus mijn oom.'

Pauline draaide zich snel naar haar om. 'Mijn broer? Bedoel je Bart? Loopt die hier rond?'

'Hij woont bij ons en doet hier en daar wat karweitjes,' zei Benno nu. 'We konden hem niet in dat tehuis laten. Hij werd depressief...'

'Moet ik je nu bedanken?' vroeg Pauline.

'Waarom zou je?' antwoordde Benno koel.

Pauline was duidelijk wat met de zaak verlegen. 'Ik heb hem niet herkend. Dus hij woont bij jullie? Ik dacht dat hij in een inrichting zat...'

'Daar was hij ook, maar hij is daar te goed voor. Hij had niemand meer.'

Pauline keek hem eindelijk aan. 'Je kunt naastenliefde ook overdrijven,' zei ze.

'Bart is een prima vent. We hebben veel plezier van hem,' antwoordde Benno. 'Nu, ik ga maar weer eens. Overigens weet Bart niet dat je hier bent. Ik weet niet of hij je nog herkent.'

'Dat moeten we dan maar zo laten,' zei Pauline, waarna ze hem de rug toekeerde.

Even later was Benno verdwenen.

'Waarom doe je zo onaardig tegen hem?' vroeg Sara Lynn, hoewel ze niet verwachtte een duidelijk antwoord te krijgen.

'Benno is verliefd op mij. Ik wil niet dat hij hoop krijgt. Hij is bijzonder hardleers.' Pauline keek haar dochter aan. 'Ik hoop dat hij zijn aandacht op jou gaat richten. Daar kun je zelf veel aan doen. Je vindt hem toch zo aardig?'

'Maar ik ben niet verliefd op hem,' zei Sara Lynn verontwaardigd.

Op dat moment kwam Francis de keuken in. 'Op wie ben jij niet verliefd?' vroeg hij plagend. Sara Lynn kreeg een kleur maar zei niets. 'Tante Louisa wil graag naar buiten. Ze denkt dat we vanmiddag regen krijgen,' zei hij toen.

Sara Lynn stond al bij de deur. Ze vond het zeker geen straf om met de oude dame te wandelen. Als ze in de stemming was, vertelde ze over vroeger. Sara Lynn hoopte wat meer informatie te krijgen over de tijd dat haar moeder hier werkte, maar dat was tot nu toe niet gebeurd.

Toen Francis aanstalten maakte om met Sara Lynn mee te gaan, zei Pauline: 'Ik zou niet steeds met haar meegaan als ik jou was.'

'Je bent mij niet,' reageerde Francis kortaf.

'Als Sara Lynn hier weg is, denkt mevrouw Louisa dat jij die taak wel zult overnemen. Ik denk dat je wel iets anders te doen hebt.'

'Gaat Sara Lynn weg?' vroeg Francis, duidelijk verontrust.

'Als ik ga, dan gaat zij ook.'

'Ga jij weg?'

'Zou jij dat vervelend vinden?' Pauline keek hem verleidelijk aan. Francis werd er verlegen van. Hij ging er niet verder op in. In het bijzijn van Pauline voelde hij zich niet op zijn gemak. Hij had voortdurend het gevoel dat ze iets van hem wilde, al kon hij zich niet voorstellen dat zij op haar leeftijd avances maakte naar iemand zo jong als hij.

'Ik vind je dochter erg leuk,' vertrouwde hij haar desalniettemin toe.

'Dat heb ik begrepen. Maar je moet haar uit je hoofd zetten. Je bent toch min of meer verloofd?'

'Dat zou oom Richard graag willen, maar ik wil zelf beslissen met wie ik trouw.'

'Sara Lynn is veel te jong voor je. Zij is nog geen achttien. En jij bent toch al zevenentwintig?'

'Inderdaad,' antwoordde Francis geïrriteerd. Stapje voor stapje verliet hij de keuken. Hij was dit gesprek allang zat. Hij vond Pauline opdringerig en vermoedde zo langzamerhand waar ze op aanstuurde. Als ze dacht dat hij iets voor haar voelde, dan had ze het echt niet goed begrepen. Sara Lynn mocht dan jonger zijn dan hijzelf, Pauline was zeker zes jaar ouder.

Hij verliet de keuken zonder nog iets te zeggen. Pauline begon met snelle gebaren het fornuis en het aanrechtblad schoon te maken. Francis liet duidelijk merken dat hij haar niet mocht. Ze kon hem beter uit haar hoofd zetten. Hij was nog maar een jongen. Er kwamen hier heus nog wel meer mogelijkheden.

Pauline wist dat ze er goed uitzag. Ze kon daar maar beter gebruik van te maken. Ze had genoeg van een leven in armoede, en van het feit dat ze geen eigen huis had, alleen maar een armzalige slaapplaats in een landhuis. Soms vroeg ze zich af of ze niet alsnog voor Benno moest kiezen. Hij had een eigen zaak dus vast werk, en daarbij een eigen huis. Maar haar eisen gingen zo veel hoger. Ze had zo veel rijkdom en luxe gezien. Was het vreemd dat ze daar ook een graantje van wilde meepikken? Binnenkort kwamen er weer een paar gasten logeren. Ze zou zich dan meer moeten laten zien. Ze kon zorgen dat mannen naar haar keken, dat had ze de laatste jaren wel geleerd.

HOOFDSTUK 6

Sara Lynn liep haar gebruikelijke rondje, terwijl ze met een half oor luisterde naar wat tante Louisa vertelde. Het ging over de gasten die over enkele dagen werden verwacht. Sara Lynn vond het niet prettig als ze overal mensen tegenkwam die ze niet kende, hoewel de meesten haar gewoon negeerden. Haar moeder was dan helemaal onbereikbaar voor haar. Zo langzamerhand wist ze niet meer hoe ze met haar moeder moest omgaan. Zij hadden met z'n tweeën naar haar idee altijd een goede band gehad, maar sinds ze hier woonden leek alles veranderd. Sara Lynn meende te begrijpen wat de oorzaak hiervan was: Pauline was op zoek naar een man. En bij die zoektocht liep haar dochter haar in de weg. Zeker als ze af en toe openlijk kritiek had op haar moeders gedrag. Pauline was bijzonder fanatiek, vast van plan haar doel te bereiken.

'Er loopt hier een man,' zei tante Louisa. Mopperend voegde ze daaraan toe: 'En dat zeg ik nu al voor de tweede keer.'

'O, tante Louisa, het spijt me. Maar ik heb u wel gehoord. U bedoelt Bart.'

Sara Lynn keek om zich heen. Als ze Bart zag, zou ze zich voorstellen. Hij was tenslotte haar oom. Al zou hij wel vreemd opkijken als ze hem daarmee confronteerde.

'Het was Bart niet,' zei tante Louisa nu.

Gealarmeerd keek Sara Lynn haar aan. 'Wie was het dan?'

'Dat weet ik niet. Bart is een goede jongen. Dat is deze man niet, dat zie je zo.'

Sara Lynn vroeg zich af wat ze hier nu mee aan moest. Had tante Louisa werkelijk iemand gezien die hier niet thuishoorde?

'Hoe zag hij eruit?' vroeg ze toch maar.

'Hij droeg zo'n kloosterjurk,' zei tante Louisa. 'Net als die man van de week die hier 's avonds rondscharrelde.'

Het antwoord stelde Sara Lynn enigszins gerust. 'Benno vertelde dat Bart begin deze week een pij van een van de monniken gekregen heeft,' legde ze uit.

Maar tante Louisa schudde beslist haar hoofd. 'Die man in die pij was Bart niet.'

Sara Lynn wist niet wat ze ervan moest denken. Er zouden hier toch vast geen twee mannen rondlopen in dergelijke kleding? Bovendien: al zou het zo zijn, als die andere persoon hier ook overdag rondliep, zou hij vast geen kwaad in de zin hebben. Maar toch besloot ze haar ogen goed de kost te geven.

Toen ze met tante Louisa terugliep, zag ze Francis. Hij was niet alleen, er was een meisje bij hem. Dat moest wel zijn aanstaande verloofde zijn.

'Daar heb je haar,' zei tante Louisa. 'Lenore van Borghuis. Mijn broer wil dat Francis haar ten huwelijk vraagt, maar daar voelt Francis zelf weinig voor, heb ik begrepen. Als hij het toch doet, hebben we weer een feest. Weet je trouwens dat Francis niet de zoon van mijn broer is?' vroeg tante Louisa.

Sara Lynn knikte. Dat wist ze al.

'Ik denk dat Richard hem wil dwingen tot een gearrangeerd verstandshuwelijk,' vervolgde tante Louisa. 'Hij heeft er altijd last van gehad dat hij en Sigrid geen kinderen kregen. Sigrid heeft destijds Francis als haar zoon aangenomen. Dus nu de nalatenschap wel naar Francis zal gaan, wil hij ongetwijfeld dat het geld binnen een bepaalde kring blijft.' Tante Louisa knikte, als om haar woorden kracht bij te zetten. 'Hij heeft zich dat tot taak gesteld.'

Tante Louisa staarde voor zich uit. 'Ik hoop echter dat Francis zijn hart volgt.' Terwijl ze die woorden uitsprak, keek ze Sara Lynn doordringend aan.

Het meisje kreeg van de weeromstuit een kleur. Het kon toch niet zo zijn dat tante bedoelde dat Francis in haar geïnteresseerd was? Ze was tenslotte niet meer dan een dienstmeisje. Ze ving tantes blik op. Ze wist ineens zeker dat tante Louisa wist wat ze dacht.

Dat bleek ook zo te zijn. 'Ik ben te oud om nog te hechten aan rangen en standen, meisje,' zei ze vriendelijk, gevolgd door: 'Kom, dan kun je kennismaken met die jongedame.'

Ze zette koers naar de twee jonge mensen en dwong Sara Lynn om met haar mee te gaan door haar arm vast te blijven houden.

'Tante Louisa, dit is dus Lenore,' stelde Francis zijn gesprekspartner voor. Hij voelde zich duidelijk niet op zijn gemak.

'Ja, ik weet wie ze is, we hebben elkaar al eerder ontmoet,' antwoordde tante tamelijk kortaf. Sara Lynn had even met het meisje te doen. Tante Louisa liet zo duidelijk merken dat ze wat haar betrof niet welkom was.

'Ik laat haar de tuin zien,' was Francis' volgende opmerking.

'Zo. En wat vindt ze van de tuin?' vroeg tante tamelijk zuur.

'Het ziet er allemaal goed verzorgd uit,' zei het meisje.

'Hoe kan het ook anders met twee werkers voor de tuin. Maar ik ben blij dat het hier je goedkeuring kan wegdragen. Kom, Sara Lynn, laten we iets nuttigs gaan doen.'

Sara Lynn wierp Francis een verontschuldigende blik toe. Hij wist ook wel dat tante zelden iets nuttigs deed. Ze had duidelijk een slecht humeur. Waarom dat zo was, daar kon Sara Lynn slechts naar raden. Ze kende haar nu echter goed genoeg om de vraag te durven stellen.

'Mag u Francis' verloofde niet?'

'Hij is nog niet verloofd,' klonk het narrig. 'Daarbij zit ze achter zijn geld aan. Mijn broer zal haar wel hebben ingelicht dat hij op zijn dertigste rijk zal zijn, dan komt het geld vrij dat Sigrid voor hem vastgezet heeft. Lenore is drie jaar ouder dan hij. Heb je trouwens gezien dat haar neus scheef staat? Evenals haar tanden, trouwens.'

Sara Lynn schoot in de lach. 'Tante, dat mag niet belangrijk zijn.'

'Ha. Dat kun jij gemakkelijk zeggen met je mooie snoetje. Zij heeft nog nooit een verloofde gehad. Geen wonder dat ze Francis wil vasthouden. Ze is al oud.'

'Stokoud,' zei Sara Lynn.

'Spot je met me?'

'Zeker niet,' lachte Sara Lynn. 'Maar als die twee nu echt verliefd zijn, wat doet een scheve tand er dan toe?'

'Plus een scheve neus. Ze zijn trouwens niet verliefd,' zei tante met grote stelligheid. 'Kijk, daar heb je Bart.'

Sara Lynn vroeg zich juist af of tante wist dat Bart haar moeders broer was, toen ze eraan toevoegde: 'Hij is je oom.'

'Laat ik hem dan maar gaan begroeten,' hakte Sara Lynn de knoop door. Bart droeg een donkerblauwe overall. Toen ze dichterbij kwamen, zag Sara Lynn dat hij inderdaad op haar

moeder leek. Zijn ogen waren even blauw als die van Pauline.
'Dag mevrouw Louisa,' zei hij. Hij scheen blij haar te zien.
'Dag Bart. Alles goed met je?'
'Wie is zij?' vroeg hij naar Sara Lynn wijzend.
'Sara Lynn is mijn wandelvriendinnetje. Ze is trouwens familie van je. Haar moeder is jouw zus. Weet je dat je een zus hebt?'
Tante Louisa leek van plan alle kaarten maar gelijk op tafel te leggen.
'Dat weet ik van Benno. Ik heb haar gezien, maar ik denk niet dat zij mij aardig vindt. Vind jij mij aardig?' Zijn vinger prikte in Sara Lynns richting.
'Ik ken je niet zo goed, maar ik denk wel dat ik je aardig ga vinden,' antwoordde Sara Lynn.
Bart knikte bedachtzaam. 'Dat is mooi. Weet je dat hier een vreemde man rondloopt?'
'Ja. Hij staat tegenover mij,' zei tante Louisa plagend.
Bart fronste. 'Ik bedoel mezelf niet, mevrouw Louisa. Er loopt hier iemand rond die ik niet ken. Hij lijkt me ook niet aardig.' Hij haalde de schouders op. 'Hij vindt mij ook niet aardig. Iedere keer als hij mij ziet, gaat hij een andere richting uit.'
'Ik zal het aan meneer Van Ravenstein vertellen,' zei tante. 'Maak je geen zorgen, Bart. Je bent hier veilig.'
'Ja. Mevrouw Louisa zal me beschermen.'
'Zo is dat.'
'We moeten dat toch eens uitzoeken,' zei tante even later. 'Er loopt hier blijkbaar toch iemand rond die hier niets te maken heeft. Breng me nu maar naar mijn kamer, kind. Ik ben moe.'
Sara Lynn begeleidde haar en installeerde haar even later in haar stoel.
'Je moet niet bang zijn,' mompelde tante nog, terwijl haar ogen bijna dichtvielen.
Sara Lynn zei niets. Ze was inderdaad bang. Soms had ze het idee dat tante Louisa haar beter kende dan haar eigen moeder.
Die avond kwam er nog een aantal gasten en Pauline had het nergens anders over. Vooral één persoon had haar aandacht getrokken. Hij was een ver familielid van meneer Van

Ravenstein. Hij leek Sara Lynn ongeveer net zo jong als Francis.

'Ik zag meteen dat hij zich eenzaam voelde,' beweerde Pauline. 'Hij is vast nog niet getrouwd maar wel duidelijk op zoek naar een vrouw.' Ze zat op de rand van haar bed en praatte aan één stuk door.

'Hoe ben je dit allemaal te weten gekomen?' vroeg Sara Lynn.

'Hij praatte tegen mij. Hij had echt behoefte aan iemand die aandacht aan hem besteedde. Toen ik hem wat te drinken bracht, knipoogde hij. Hij zei dat ik mooi ben.'

'Was hij dronken?' vroeg Sara Lynn tamelijk bot. De schrik was haar om het hart geslagen. Ze wist dat haar moeder weinig reserves kende tegenover mannen. Eerst was dat in opdracht van Karel, maar later soms ook op eigen initiatief. Ze zei dan dat ze behoefte had aan iemand die lief voor haar was. Daarom had ze in het begin ook veel van Karel geaccepteerd.

Sara Lynn begreep niet hoe het was om zo respectloos te worden behandeld zoals Karel haar moeder had behandeld. Toch had ze meer gezien dan haar moeder wist. In het begin had ze haar moeder ook wel vergeven. Bijvoorbeeld voor het feit dat ze allerlei mannen belangrijker vond dan haar eigen dochter. Maar nu kon ze Paulines gedrag niet zomaar naast zich neerleggen. Niet als ze weer achter een man aan ging lopen. Haar moeder kon weten dat een dergelijk figuur absoluut geen belangstelling had voor een dienstmeisje. Hier kon alleen maar narigheid van komen.

Hoewel ze wist dat ze totaal geen invloed had op Pauline, zei ze: 'Die man waar jij het over hebt, bedenkt zich wel drie keer voor hij iets met een dienstmeisje begint.'

'Wees nou eens één keer positief,' verzuchtte Pauline. 'Ik ben op zoek naar een man die voor me zorgt. Ik ben dit leven zo zat. Eerst moest ik doen wat Karel zei en nu werk ik opnieuw voor anderen. Je kunt zeggen wat je wilt, maar ik leid mijn eigen leven en ik laat me niet van mijn voornemen afbrengen.'

Sara Lynn zweeg verder en verdween naar haar eigen kamertje. Maar het gedrag van haar moeder verontrustte haar wel. Hoewel zij niet verantwoordelijk was voor hetgeen haar moeder zei of deed, toch voelde het wel zo. Haar moeder was zo naïef. Zijzelf had veel van tante Tine geleerd. Vooral om haar gezonde verstand te gebruiken, zoals tante het altijd uitdrukte.

Ze kon niet in slaap komen en tuurde door het kleine raam naar de voortjagende wolken. Er was zo veel om over na te denken. Stel je voor dat Pauline echt probeerde een van de gasten te verleiden. Die kunst had ze in de bar van Karel wel geleerd. En ze was er goed in, had deze beweerd.

Af en toe verlichtte een streep maanlicht een deel van het kamertje.

Ze dacht ook aan Francis, die zich zou gaan verloven met een meisje waar hij volgens tante Louisa niet verliefd op was. Een meisje dat achter zijn geld aan zat. Ook alweer volgens tante Louisa. Zou Francis zo naïef zijn dat hij dat niet doorhad? Hij was geen type die snel kwaad over iemand dacht, dat had ze wel gemerkt.

Ze kreeg het warm van al die gedachten. Ze stond op en zette het raam een kiertje open. Tot haar verbazing zag ze Bart lopen. Wat deed hij om deze tijd nog in de tuin? Hij had weer zijn pij aan en de capuchon op.

Opeens realiseerde ze zich dat het helemaal niet per se Bart hoefde te zijn. Het kon ook iemand anders zijn. Iemand die Barts kloosterkleding had geleend. Maar nee, hij zou zijn kleren vast niet zomaar afgeven.

Ineens hoorde ze dichtbij een geluid. De trap kraakte. Er liep iemand de trap af, of er kwam iemand naar boven. Op haar tenen liep ze naar de deur, en legde haar oor luisterend tegen de kier.

Er ging iemand naar beneden. Dat kon niemand anders dan haar moeder zijn. Onwillekeurig vouwde Sara Lynn haar handen. Ze had zo vaak gebeden als haar moeder voor Karel op pad ging, of God Pauline weer veilig thuis wilde brengen. Maar dit was iets anders. Dit deed Pauline uit vrije wil.

Sara Lynn wist niet of God zich ermee bemoeide als mensen stommiteiten uithaalden. Een mens was verantwoordelijk voor zijn eigen daden, zeiden zowel tante Tine als tante Louisa. En als iemand nog eens beweerde dat de laatste niet serieus te nemen was, zou zij dat tegenspreken. Tante Louisa wist heel goed wat ze deed. Ze observeerde mensen en leek te weten wat er in hen omging.

Maar wat moest ze nu beginnen? Haar moeder achterna-gaan? Ze wilde geen scène maken, trouwens: Pauline zou zich door haar niet laten tegenhouden. Toch wilde ze weten wat haar moeder ging doen.

Ze trok een jas aan over haar nachthemd, opende de deur en sloop de trap af. Beneden bleef ze even staan. Was Pauline naar buiten gegaan? Had ze soms een afspraak? Sara Lynn trok de jas dicht om zich heen en liep de tuin in.

Er stond veel wind, de schaduwen bewogen onrustig, alles leek wel in beweging. Sara Lynn bleef staan en keek om zich heen. Ze kon zich niet voorstellen dat haar moeder in de tuin rondliep. Er waren enkele gasten die hier logeerden. Ze dacht aan wat Pauline had verteld. Waarschijnlijk was ze naar de man toe waar ze zo vol van was geweest. Hij zou vermoedelijk slapen, maar dat zou voor Pauline vast geen bezwaar zijn. O, ze moest er niet aan denken wat er zou kunnen gebeuren als haar moeder de kamer van een van de gasten binnenging. Mogelijk had ze afgesproken, maar dan nog. Ze had gemeend dat haar moeder veranderd was.

Ze dacht weer aan wat haar moeder zo stellig had beweerd: Ze zou nooit meer in armoede leven. Maar tegen welke prijs? Sara Lynn draaide zich om. Ze wilde teruggaan het huis in. Juist op dat moment viel er iets over haar hoofd. Ze wist niet wat er gebeurde, maar alles werd ineens zwart om haar heen. Ze werd vastgehouden en hoewel ze worstelde om los te komen, werd ze opgetild en weggedragen. Sara Lynn gilde, maar het geluid werd gesmoord door hetgeen ze over haar hoofd had en door de wind die aan leek te wakkeren.

Ineens gleed ze op de grond. Ze hoorde heftige geluiden, het leek wel een gevecht. Toen voelde ze dat de zak – of wat het was dat iemand over haar heen had getrokken – van haar hoofd werd geschoven en was ze vrij. In het vage maanlicht zag ze iemand wegrennen. Ze krabbelde met enige moeite overeind en leunde tegen een boom.

'Nounou,' klonk het naast haar. Stomverbaasd keek ze naar Bart, die gekleed was in een broek en een overhemd. Zou hij haar hebben overvallen?

'Nounou,' zei hij voor de tweede keer. 'Goed dat ik hier was. Die vent wilde je iets doen.'

'Bart, was jij het?' Ze keek naar hem, en zag dat hij moeilijk uit zijn woorden kwam.

'Nee. Ik was het niet. Het was die vent.'

'Welke vent?'

'Dat weet ik niet. H-hij heeft mijn mantel uit het klooster. D-dat heeft hij gestolen. I-ik was hier om het terug te vragen.' Bart stotterde van opwinding.

Vragen zou in deze zaak niet veel uithalen, dacht Sara Lynn. Ze legde haar hand op zijn arm, waardoor hij wat rustiger werd.

'Ik weet niet wat hij van plan was,' zei hij. 'Maar volgens mij wilde hij je meenemen. Waarom loop je ook in de late avond buiten?' schoot hem dan ineens te binnen. 'Dat moet je niet doen. Dat kan erg gevaarlijk zijn.'

'Ik zocht mijn moeder,' antwoordde ze.

'Waar is je moeder dan?'

'Dat weet ik juist niet.' Sara Lynn zuchtte moedeloos.

'Ze is niet buiten,' meende Bart te weten. 'Misschien zoekt ze een man.'

Sara Lynn keek hem aan. Dit getuigde van een inzicht dat ze niet had verwacht.

'Ik ga naar binnen,' zei ze. Ze stak hem haar hand toe. Bart greep deze en zwengelde hem wild heen en weer.

'Ik heb je gered,' zei hij trots.

'Dat denk ik ook,' antwoordde Sara Lynn die nog niet helemaal van de schrik was bekomen. 'Ga jij ook maar gauw naar bed,' zei ze bezorgd.

'Dat kan niet. Ik moet mijn mantel zoeken.'

'Zou je dat nu wel doen? Je hebt net gezien waartoe die man in staat is. Hij lijkt hartstikke gevaarlijk,' waarschuwde ze hem opnieuw.

'Dan sla ik hem.' Bart liep weg en Sara Lynn keek hem na. Dat laatste vond ze geen goed idee. Bart liep verder de tuin in, waar het erg donker was. Eigenlijk zou ze iemand moeten waarschuwen. Maar wie kon het iets schelen wat Bart uitvoerde?

Benno, schoot haar dan te binnen. Maar ze durfde echter niet naar het dorp te lopen.

Aarzelend en steeds om zich heen kijkend liep ze weer naar binnen. In de gang bleef ze staan. Wat nu? Ze wist waar de logés sliepen. Maar ze kon toch niet zomaar een kamer binnengaan om te kijken of haar moeder daar was? Mogelijk was Pauline alleen een glas water gaan halen en lag ze allang weer in bed. Maar ze geloofde dat niet echt.

Ze liep de lange gang door. Meneer Van Ravenstein zelf sliep een verdieping hoger. Ze stond stil voor de deur van een van de logeerkamers. Zou ze het wagen?

Terwijl ze daar nog stond te twijfelen, sloeg de deur plotseling open en schoot Pauline als een kanonskogel langs haar heen de gang door en de trap op. Ze zag haar dochter niet eens.

Sara Lynn wist niets anders te doen dan haar achterna te gaan, tot in haar slaapkamertje toe.

Pauline mikte haar pantoffels door de kamer en gleed in bed. Toen zag ze Sara Lynn en ze kwam weer overeind. 'Wat doe jij hier?'

'Ik kwam kijken hoe jij je vreselijk belachelijk maakt,' zei Sara Lynn, boos om alles wat ze had doorstaan.

'Waar bemoei jij je mee?' beet Pauline haar toe. 'Dat jij je kans niet grijpt bij Benno moet je zelf weten, maar zo stom ben ik niet. Deze man vindt mij leuk. Hij weet het alleen zelf nog niet. Maar dat komt wel, daar zorg ik voor.'

'Je was op zijn kamer en in zijn bed,' beschuldigde Sara Lynn haar.

'Nou en? Hij heeft me niet weggestuurd.'

'Dat komt nog wel.' Sara Lynn draaide zich om en liep naar haar eigen kamertje. Nu had ze nog niet kunnen vertellen wat er gebeurd was. Sinds ze hier waren leek het alsof haar moeder maar op één ding uit was, namelijk een man strikken. En zij, haar dochter, bestond niet meer voor haar. Stel dat die kerel van daarnet in de tuin haar inderdaad had meegenomen en ergens had opgesloten. Pauline zou haar niet eens hebben gemist!

Sara Lynn veegde de tranen van haar wangen. Haar moeder had haar zonder meer in de steek gelaten. Pauline holde blindelings achter een man aan. Zo was het met Karel ook begonnen. Ze had blijkbaar niets geleerd. De man die echt in haar geïnteresseerd was, liet ze lopen. Benno was tenminste betrouwbaar, dat wist Sara Lynn wel zeker.

Na veel gepieker viel Sara Lynn uiteindelijk toch in slaap, maar ze was 's morgens al vroeg weer wakker. Ze waste zich snel met water uit de lampetkan en besloot na enig nadenken toch naar haar moeder te gaan. Ze had het gevoel dat de rollen waren omgedraaid. Zij voelde zich verantwoordelijk voor Pauline, in plaats van andersom.

Misschien was Pauline nu voor rede vatbaar. Ze was in ieder geval wakker. Ze keek haar dochter zonder iets te zeggen aan.

'Je was vannacht niet bepaald vriendelijk,' begon Sara Lynn.

'Dat klopt. En jij nam daar gelijk een voorbeeld aan. Waarom lag je niet in bed?'

'Ik wilde je behoeden voor stommiteiten.'

'Toe nou, Sara Lynn, ik ben volwassen. Die man is duidelijk in mij geïnteresseerd. Het zou toch mooi zijn als...'

'Je blijft hier dus mee doorgaan?' viel Sara Lynn haar boos in de rede. 'Stel dat meneer Van Ravenstein erachter komt dat jij zijn gast lastigvalt.'

Er speelde even een lachje over Paulines gezicht. 'Dat noemt men geen lastigvallen. Nogmaals, laat mij met rust, ik zorg wel voor mezelf. Als jij nou iets met Benno onderneemt, zijn we alle twee onder de pannen.'

'Zo werkt het niet bij mij.'

Sara Lynn liep naar het raam. Ze zag maar een klein stukje van de tuin. 'Ik werd vannacht in de tuin overvallen. Een vent trok een zak over mijn hoofd. Je zou me kwijt zijn geweest als Bart me niet had gered.'

Als ze had gedacht dat haar moeder nu heel erg zou schrikken, had ze het mis.

'Wat deed je zo laat buiten? De nacht is voor het ongedierte, zou mijn moeder zeggen. Als je alleen buiten bent kan je van alles overkomen. Wat dat aangaat is er in achttien jaar weinig veranderd.'

'Ik denk dat Karel hier rondloopt,' zei Sara Lynn.

'Wat zou die hier nou moeten?' reageerde Pauline schouderophalend. Ze was haar angst van de dagen na hun vlucht blijkbaar vergeten.

'Jou,' zei haar dochter prompt. Even zag ze toch weer een trek van angst op haar moeders gezicht.

'Hij heeft allang iemand anders.' Pauline gleed haar bed uit en zocht haar pantoffels. 'En als ik je een goede raad mag geven: blijf 's nachts in bed. Dan heb je dergelijke ontmoetingen niet.'

Sara Lynn reageerde niet. Ze liet haar moeder alleen en liep de trap af. In de keuken was Reina bezig het ontbijt klaar te maken.

'Neem jij ook een blad mee? Er zijn enkele gasten,' zei ze. 'Tante Louisa blijft op haar kamer. Ik weet niet wat de reden is, maar ze wilde per se dat jij haar ontbijt verzorgt.'

Sara Lynn liep met een groot blad de kamer in. Meneer Van Ravenstein en nog twee heren zaten al te wachten. Sara Lynn nam hen vluchtig op. Wie van de twee zou haar moeder die nacht hebben bezocht? Toch vast niet de jongste, die leek haar niet veel ouder dan vijfentwintig. Aan de andere kant: hij was wel degene die haar blik probeerde te vangen en naar haar knipoogde. De andere man lette niet op haar. Misschien waren het vader en zoon.

Sara Lynn was verlegen, ze voelde zich niet op haar gemak. Ze was blij toen ze naar tante Louisa werd gestuurd. Deze was echter niet alleen, Francis was bij haar. Zijn ogen lichtten op toen hij Sara Lynn zag.

'Dit maakt je dag goed, is het niet, Francis?' zei tante ongedwongen.

Francis lachte even, maar ging er niet op in.

'Heb je al ontbeten?' vroeg tante aan Sara Lynn. Deze schudde het hoofd. Wat het ontbijt aanging, kwamen zij pas aan de beurt als iedereen voorzien was.

'Eet een hapje mee, kind,' nodigde tante haar uit.

'Ik weet niet of dat wel mag,' aarzelde Sara Lynn.

'In deze kamer ben ik de baas,' merkte tante onverstoorbaar op. 'Het is gezellig als ze mee-eet, nietwaar, Francis?'

'Zeker,' zei deze, een stoel voor haar aanschuivend. Sara Lynn ging zitten. Ze vroeg zich af of ze een hap door haar keel zou kunnen krijgen. Tante praatte echter voortdurend. Het was niet alles logisch wat ze zei, maar het maakte de sfeer wel ontspannen.

Sara Lynn vroeg zich af waar de aanstaande verloofde van Francis zich ophield, maar toen zei tante al: 'Francis' meisje slaapt nog. Heb jij het gisterenavond zo laat gemaakt, Francis?'

'Helemaal niet. Lenore slaapt altijd lang...'

'Weer iets waardoor ze niet bij jou past,' merkte tante Louisa vinnig op.

Francis reageerde hier niet op.

'Laat je niet onder druk zetten,' ging tante verder. 'Je moet je hart volgen. Ik snap niet wat Richard mankeert. Hij wilde zelf indertijd ook alleen maar Sigrid, terwijl hij keus genoeg had.'

'Er is helemaal niets te kiezen. Ik vind Lenore niet eens aardig,' zei Francis terneergeslagen.

'Nou dan?' Tante keek hem vragend aan.

Francis haalde diep adem en stak toen van wal. 'Alles wat ik heb, alles wat ik heb geleerd en nu nog mag studeren, dat heb ik naast tante Sigrid aan oom Richard te danken. Hij betaalt nog steeds alles voor me.'

'En?' Tante Louisa bleef hem aankijken.

'Ik wil hem niet de voet dwars zetten.'

'Lieve help, Francis. En zou je om die reden met dat schepsel trouwen?' riep tante Louisa verontwaardigd uit.

Het betreffende schepsel kwam op dat moment binnen. Ze moest wel iets hebben gehoord.

'Wie heeft het over trouwen?' zei Francis nog. 'Wat wil je eten, Lenore?'

'Ik heb niet zo'n trek,' zei het meisje.

Dat kon Sara Lynn heel goed begrijpen, ervan uitgaande dat Lenore inderdaad een en ander had opgevangen. Tante Louisa nam bepaald geen blad voor de mond.

Als Lenore had gehoopt dat Francis zou aandringen dat ze iets at, of op z'n minst bezorgdheid zou tonen, had ze misgerekend.

'Je moet eten, kind. Een gezonde eetlust zal je mooier maken.' Tante glimlachte erbij, maar het klonk toch of ze bedoelde dat Lenore niet bepaald moeders mooiste was.

'Ik ga de tafel afruimen,' zei Sara Lynn. 'Wil je echt niets eten?' vroeg ze nog aan Lenore.

Deze gaf niet eens antwoord. Ze wendde zich tot Francis met

de vraag wat ze die dag zouden gaan doen.

'Francis heeft geen tijd,' reageerde tante prompt. 'Hij moet met een paard naar de smid. Kun jij paardrijden?'

'Nee. Ik vind paarden zo eng groot.' Lenore huiverde.

'Vroeger hadden wij hier een ezel lopen,' zei tante droog. 'Daar heeft Francis nog wel op gereden.'

Francis was inmiddels opgestaan.

'Kun jij paardrijden?' vroeg tante aan Sara Lynn, hoewel ze natuurlijk heel goed kon weten dat Sara Lynn nooit in de gelegenheid was geweest om dat te leren.

'Was het maar waar,' antwoordde ze. Vaak genoeg had ze jonge mensen te paard over de hei zien draven. Het leek haar het toppunt van ontspanning om één te zijn met zo'n groot dier.

'Leer het haar, Francis,' hoorde ze tante Louisa nu bevelen.

'Dat kan echt niet,' protesteerde Sara Lynn. 'Ik moet aan mijn werk. Ik heb hier al ontbeten, ze zullen niet weten waar ik blijf.'

'Je stuurt ze maar naar mij, kind,' wuifde tante Louisa haar bezwaren weg.

Sara Lynn was echter niet van plan tante in te schakelen. Ze zag eindelijk kans het vertrek te verlaten. In de keuken was Pauline met de afwas bezig.

'Waar bleef je al die tijd? Je dringt je toch niet op aan Francis, wel? Die jongen is veel te beleefd om je weg te sturen. Maar je moet zelf je plaats kennen.'

'Dat kan ik anders niet van jou leren,' zei haar dochter scherp. 'Ze vroegen mij of ik bleef eten.' Sara Lynn kon niet voorkomen dat er toch iets van triomf in haar stem door-klonk.

Pauline nam haar dochter op alsof ze haar voor het eerst zag. Misschien was dat ook wel zo. Mogelijk zag ze voor het eerst dat haar dochter een echte schoonheid werd.

Onverwacht kwam Francis de keuken binnenlopen. Hij vroeg Pauline: 'Mag Sara Lynn met mij mee? Ik moet met een paard naar de smid en tante Louisa wil dat Sara Lynn mee-gaat.'

'Waar is dat goed voor?' vroeg Pauline verbaasd.

'Ik heb de indruk dat je tante toch wel erg achteruitgaat,' zei

Lenore, die ook de keuken binnenkwam. 'Ze was een halfjaar terug veel minder afwezig.'

'Afwezig zou ik haar niet willen noemen,' zei Francis. 'Ze weet heel goed wat ze wil. Wil jij ook mee naar het dorp, Lenore?'

'Op een paard? Ik denk er niet aan.'

'Ga jij dan maar, Sara Lynn,' ging Pauline plotseling overstag. Dit verbaasde Sara Lynn, tot ze merkte dat haar moeder achter hen aan liep. De jongeman die hier logeerde, stond bij de achterdeur. Bij hem was Pauline die nacht dus geweest. Sara Lynn durfde hem niet aan te kijken. Pauline wilde haar weg hebben, zo veel was haar wel duidelijk.

'Je mag voorop zitten,' zei Francis, en hij greep haar bij de hand. Hij lachte naar haar en Sara Lynn realiseerde zich dat hij echt graag wilde dat ze met hem meeging. Hij schonk Lenore niet meer dan een vluchtige knik. Sara Lynn besloot niet verder aan het meisje te denken. Het was niet haar schuld dat Francis niets voor haar leek te voelen. Ze wilde van dit onverwachte ritje genieten.

Francis tilde haar voor zich op het paard. Het viel Sara Lynn nog tegen hoe hoog het dier was. Daarna gaf hij het paard voorzichtig de sporen, zodat het langzaam in draf ging.

Sara Lynn hield zich goed aan de teugels vast en was blij dat Francis achter haar zat en haar stevig beethield. Dit ging sneller dan ze verwacht had!

Van lieverlee voegde haar lichaam zich naar de bewegingen van het paard, en toen ze de slag eenmaal te pakken had ging ze het zelfs leuk vinden.

'Tante Louisa weet heel goed wat ze doet,' hoorde ze Francis achter haar. 'Ik wilde dat ik de vrijheid had om voor jou te kiezen. Ik zou je graag beter leren kennen. Zou jij dat ook willen?'

Sara Lynns hart sloeg een keer over. 'Zoiets kan helemaal niet, dat weet je ook wel,' zei ze, in de hoop dat Francis haar hoorde ondanks het suizen van de wind.

'Ik denk dat ik verliefd op je ben,' fluisterde Francis in haar oor.

Sara Lynn zei niets. Dit was zoiets onvoorstelbaars, dat ze letterlijk even sprakeloos was.

'Zeg eens wat,' drong hij aan.

'Ik weet niet wat,' zei ze eerlijk. Ze voelde de druk van zijn arm om haar middel, zodat ze een beetje tegen hem aan moest leunen. 'Als meneer Van Ravenstein dit wist, dan word ik ontslagen,' was uiteindelijk het eerste wat haar te binnen schoot.

'Dan krijgt hij met mij te doen. Daarbij, ik weet zeker dat tante Louisa aan onze kant staat.'

Sara Lynn zei niet dat meneer Van Ravenstein zijn zuster niet al te serieus nam. Ze voelde Francis' lippen in haar hals en even was het alsof er iets in haar begon te zingen. Misschien kon het toch wel.

Francis hield zijn paard in toen ze op het pad tussen de hei kwamen. Hij sprong uit het zadel en strekte zijn handen naar haar uit. Sara Lynn gleed in zijn armen en even bleven ze zo staan.

'Toen ik jou de eerste keer zag wist ik het al,' zei Francis boven haar hoofd.

'Dan moet je je ook meteen hebben gerealiseerd dat het onmogelijk was,' antwoordde Sara Lynn, die ineens aan haar moeder dacht. Ze zou dit afkeuren, nee, erger, ze zou woedend zijn. Maar wat was er erger, het gevlei van Pauline of dit contact met Francis? Haar moeder waagde het zelfs om bij een onbekende man de slaapkamer binnen te gaan.

Ze keek Francis aan. Er was zo veel warmte in zijn blik dat ze zich overgaf aan zijn kus. Het paard zocht wat te eten tussen de hei. De twee jonge mensen leken elkaar niet te kunnen loslaten, tot ze ineens een stem hoorden.

'Wat zie ik, wat zie ik?'

Ze lieten elkaar zo snel los dat ze bijna hun evenwicht verloren. Het was Bart die hen zeer geïnteresseerd bekeek.

'Jullie zijn verliefd,' constateerde hij.

'Dat heb je goed gezien, maar we willen dit nog even geheim houden,' antwoordde Francis kalm. 'Kun je ons geheim bewaren, Bart?'

'Ja. Ik mag niemand zeggen wat ik heb gezien. Bart ziet veel, maar zegt weinig.' Toen vroeg hij met een gespannen gezicht: 'Hebben jullie mijn mantel gezien?'

Francis en Sara Lynn schudden allebei van nee.

Bart keek teleurgesteld. Hij liep verder, zwaaiend met beide armen en met zijn ogen speurend in de rondte.

Sara Lynn dacht aan de vorige avond, toen ze was overvallen, maar ze besloot Francis niets te zeggen. Het was tenslotte goed afgelopen. In het vervolg zou ze binnen blijven als het donker werd.

Francis hielp haar weer op het paard en in rustig tempo reden ze verder naar het dorp.

'Er zal over worden gepraat,' merkte Sara Lynn bezorgd op.

'Ongetwijfeld,' zei Francis rustig, 'maar we kunnen daar weinig tegen doen. Probeer je daar dus niets van aan te trekken. We doen niets verkeerd.'

Misschien wel in de ogen van meneer Van Ravenstein, vreesde Sara Lynn. Als ze eraan dacht dat hij haar moeder indertijd zonder pardon op straat had gezet, dan was er van hem weinig positiefs te verwachten. Of zou hij zo veranderd zijn?

'We laten ons dit niet afnemen,' fluisterde Francis achter haar.

Het is te mooi om waar te zijn, dacht Sara Lynn. Het was misschien verstandiger er nu meteen een punt achter te zetten, maar ze kon het niet over haar hart verkrijgen. Waarom mocht ze niet voor korte tijd gelukkig zijn?

'We moeten vaker afspreken,' zei Francis.

Sara Lynn knikte, hoewel ze niet zou weten hoe dat te realiseren.

HOOFDSTUK 7

Lenore van Borghuis had de twee zien wegrijden. Ze zag hoe Francis het meisje op het paard tilde. Een dienstmeisje nota bene. Hoe haalde hij het in zijn hoofd? En hij liet haar, Lenore, gewoon staan. Hij wist toch ook welke plannen haar ouders en meneer Van Ravenstein samen hadden gesmeed?

Het interesseerde hem kennelijk niet. Zoals de meeste mannen keek hij alleen maar naar het uiterlijk.

Het meisje was mooi, dat moest Lenore met tegenzin toegeven. Waarom was het zo oneerlijk verdeeld in de wereld? Wat had zo'n dienstmeisje eraan als ze mooi was? Ze was voorbestemd om met een simpele arbeider te trouwen en haar hele leven armoedig te leven. Ze zou een sliert kinderen krijgen en oud zijn voor haar tijd. Terwijl zijzelf rijk was.

Maar dat was dan ook het enige wat ze te bieden had, had haar moeder kortgeleden weinig tactvol opgemerkt. Lenore wist van zichzelf dat ze niet mooi was. Ze kon zichzelf een beetje opfleuren met sieraden en mooie kleren, maar zo mooi als Sara Lynn zou ze nooit worden. Ze kwam niet eens in de buurt van het dienstmeisje, dat zelfs gekleed in vodden nog opviel door haar knappe gezichtje.

Het enige lichtpuntje voor Lenore was dat als Francis alleen voor een mooi gezichtje viel, de liefde tussen hem en Sara Lynn ook snel weer over kon zijn. Waar kon zo'n dienstmeisje nu over praten? Ze was waarschijnlijk nooit naar school geweest.

Lenore slaakte een zucht. Hoe kon ze zo naïef denken? Immers, ze had Francis al vaak met het meisje zien praten. Ze werd somber van haar eigen negatieve gedachten en besloot de tuin in te gaan. Tante Louisa wilde vast graag wandelen. Ze zou het haar vragen, hoewel ze verder niet wist wat ze tegen haar moest zeggen. Maar misschien was dat niet belangrijk. Tante Louisa snapte toch niet veel.

Ze ging de kamer van mevrouw binnen. Louisa keek haar met opgetrokken wenkbrauwen aan en Lenore voelde zich niet bepaald welkom. Toch vroeg ze dapper: 'U mist vandaag uw wandelingetje. Zal ik met u meegaan?'

'Geen sprake van,' zei Louisa, die haar hele leven gewend

was geweest te zeggen wat ze dacht. 'Ik kan met Sara Lynn gaan wandelen als ze terugkomt.'

'Als ze niet van haar paard valt,' zei Lenore zuur.

'Nou, daar zag het niet naar uit. Ze zat op dat paard alsof ze erop geboren was. Bovendien hield Francis haar stevig vast.' Ze keek het meisje aan en hoewel ze haar niet mocht, voelde ze toch medelijden met haar.

'Misschien kun je wat boeketten voor me maken. Er zijn bloemen genoeg in de tuin. De meeste bloemen hier binnen moeten worden vervangen.'

Lenore keek naar haar handen en tante begreep dat ze bang was deze vuil te maken.

'Er zijn handschoenen in de keuken,' zei ze met nauwelijks verborgen minachting. 'En mogelijk loopt er een tuinman rond die je kan helpen.'

Lenore knikte en ging de kamer uit. Ze nam aan dat een wandeling met tante Louisa toch geen succes zou zijn geworden. Ze liep de tuin in die op deze junidag op z'n mooist was. Een beetje hulpeloos keek ze naar de vele rozen. Dat waren de bloemen die ze het meest in vazen had gezien. Clematis leek haar niet echt geschikt. Lenore had weinig verstand van bloemen, maar er stonden bordjes bij de verschillende perken, zodat ze wist wat wat was. Ze kon wat takjes jasmijn knippen. Maar waarmee? Ze had op z'n minst moeten zorgen dat ze een schaar of een mes bij zich had. Ach, liet dat mens toch opvliegen met haar bloemen. Ze had haar alleen maar weg willen hebben.

Lusteloos ging Lenore op de bank bij de vijver zitten. Zou Francis werkelijk iets met dat dienstmeisje beginnen? Hij zou toch zeker niet met haar trouwen? Stel dat ze dan in een landhuis kwamen en dat ze zelf personeel zouden hebben. Lenore kon het zich niet voorstellen.

Francis zou zijn verstand heus wel terugkrijgen. Maar stel nu eens dat Sara Lynn hem zover kreeg dat ze zwanger raakte? Ze had gehoord dat Sara Lynns moeder het ook niet zo nauw nam. Dat kwam nu eenmaal voor bij dergelijk volk. Zo probeerden ze aan de man te komen, wat bijna nooit lukte. Tenminste, dat had haar moeder haar verteld. Misschien wilde die haar daarmee wel vertellen dat ze zelf ook niet al te terughoudend hoefde te zijn, als ze een goede partij trof. Maar zover zou Lenore nooit durven gaan.

'Wat doet zo'n leuk meisje als jij hier helemaal alleen?' klonk opeens een mannenstem. De man kwam wat dichterbij en lachte een rij witte tanden bloot.

Onwillekeurig lachte ze terug. Hij had haar leuk genoemd. Niet mooi, dat was nog beter geweest, maar dit was ook al heel wat.

De man nam haar even zwijgend op en ging daarna naast haar zitten. Ze keek hem van opzij aan. Hij was knap, maar veel ouder dan zij. Zijn ogen waren koolzwart.

'Ben jij de tuinman?' vroeg ze.

'Min of meer,' zei hij vaag. 'Ik werk ook in de paardenstal.'

Dat deed haar weer denken aan Sara Lynn voor op het paard bij Francis. Somber staarde ze voor zich uit.

'Ben je verdrietig? Is dat soms omdat die jongeman hier voor het dienstmeisje valt, die zoon van meneer Van Ravenstein?'

Hij was diens zoon niet, maar ze besloot hem niet wijzer te maken. 'Ik begrijp het niet. Zoiets kan toch niet.' Haar stem beefde van verontwaardiging.

'Ben je verliefd op hem?' vroeg haar gesprekspartner zakelijk.

'Ik denk van wel.'

'Dan moet je niet hier gaan zitten. Doe er wat aan!'

'Hij ziet me niet eens staan. Zij is zo veel mooier.'

'Klopt,' zei hij, zonder erop te letten dat ze op een dergelijke bevestiging niet zat te wachten. 'Je zult dus moeten zorgen dat ze verdwijnt.'

'Moet ik haar soms buiten westen slaan?' vroeg ze met enig sarcasme.

'Nee, want daarmee is ze niet weg.'

Lenore kreeg het plotseling koud. Hij kon niet iets ergers bedoelen.

'Ken jij haar? Mag je haar ook niet?' vroeg ze met een benepen stem.

'Ik mag haar moeder niet, maar daar gaat het niet om. Jij bent ongelukkig en dat kan ik niet aanzien. Ik zal iets voor je regelen. Misschien niet vandaag of morgen, maar wel binnenkort. In ruil daarvoor houd jij in de gaten wat haar moeder uitvoert. Jij bent daarvoor meer in de gelegenheid dan ik. Kijk of ze contacten heeft met een van de gasten hier. Wellicht dat ze in de nacht zelfs weleens een bezoek brengt aan een van de heren...'

Geschokt keek Lenore hem aan. 'Maar haar moeder is een dienstmeisje.'

De man grinnikte. 'Ik geloof niet dat jij op de hoogte bent van wat vrouwen soms doen om een man te krijgen. Maar goed, ik ga ervandoor. Je hoort nog van me.'

Hij was zo plotseling verdwenen dat ze verbaasd rondkeek. Toen ze zich omdraaide zag ze tante Louisa heel voorzichtig, trede voor trede, het bordes afdalen aan de arm van Sara Lynn. Lenore wilde opstaan om weg te lopen, maar ze bedacht zich. Zij had evenveel recht om hier te zitten als die twee.

Sara Lynn had nog een kleur van het paardrijden. Haar donkere haar krulde alle kanten uit. Ze was echt mooi. Zij zou het nooit van haar kunnen winnen, dacht Lenore moedeloos. 'Zo, waar zijn mijn bloemen?' vroeg Louisa toen ze op de bank ging zitten. Lenore schoof haastig wat opzij. Louisa keek haar met gefronste wenkbrauwen aan.

'Reina zei dat Sara Lynn voor de bloemen zorgde,' verdedigde Lenore zich.

'Soms is dat inderdaad zo, maar nu heb ik het jou gevraagd. Wie was die man trouwens die net naast je zat?'

Tante Louisa had hem dus toch gezien. Het leek Lenore beter om niet te veel over hem te zeggen. 'Ik geloof dat hij de tuinman is.'

'Dat heb je dan verkeerd. Wie hij ook is, hij is zeker niet de tuinman.'

Sara Lynn zei niets over haar vermoedens dat hier iemand rondliep die hier niet thuishoorde. Niet waar Lenore bij was. Op de een of andere manier vond ze het geen prettig idee dat Lenore had zitten praten met die onbekende man. Dan dacht ze weer aan haar ritje te paard en aan de dingen die Francis tegen haar had gezegd. Hij had gevraagd of ze op een avond konden afspreken in de tuin, maar zij had geantwoord dat het te veel opviel als ze 's avonds de tuin in ging.

'Ik verzin wel iets,' was het antwoord geweest. Dat zou hij

ook stellig waarmaken. Hij had gezegd dat hij verliefd op haar was en ze kon niet anders dan hem geloven. Het was natuurlijk tijdelijk, dat begreep ze zelf ook wel. Maar juist daarom moest ze iedere minuut die dit duurde koesteren, zodat ze er later aan terug kon denken.

'Wat zit jij te dromen?' zei tante, terwijl ze haar een duwtje gaf.

Sara Lynn voelde haar wangen gloeien. Tante Louisa wist toch meer dan anderen. Ze hoefden echt niet te beweren dat de oude dame niet meer wist wat ze zei.

Al snel daarna kwam Francis eraan. Hij ging op het hoekje naast Sara Lynn zitten, hoewel er naast Lenore plaats genoeg was.

'Ik weet dat jij liever niet gaat wandelen. Misschien wil je mij nu wel terugbrengen?' zei tante Louisa tot Lenore.

Met duidelijke tegenzin stond deze op.

'Als jullie dan de bloemen willen verzorgen?' zei tante Louisa met een knikje naar Sara Lynn. Even later liep ze weg, leunend op haar stok en aan de arm van Lenore.

'Ze is ongelooflijk,' merkte Francis op. 'Maar ze zal ons zeker helpen. We hebben in haar een bondgenoot.' Hij legde een arm om Sara Lynns schouders en kuste haar. 'We moeten elke gelegenheid aangrijpen,' zei hij.

Geen van beiden zagen de man die met felle, bijna zwarte ogen naar hen keek. Hij bleef verborgen achter een hoge struik tot hij Bart zag aankomen. De man begon zich achterwaarts te bewegen. Hij moest weg zijn voor Bart hem zag. Die zou hem op luidruchtige toon vragen wat hij hier deed. Bart kon hij wel iets op de mouw spelden, maar die andere twee zeker niet. Sara Lynn zou hem onmiddellijk herkennen en zijn identiteit bekendmaken.

Even later zag hij dat Bart op de bank was gaan zitten. Daar zouden die twee vast niet blij om zijn, dacht de man vol plezier. Dachten die twee even alleen te zijn... Maar het was toch een onmogelijke zaak. Zouden ze werkelijk van mening zijn dat ze samen een toekomst hadden? Die jongen was natuurlijk verliefd op haar mooie snuitje. Was hijzelf daar ook niet voor gevallen toen hij haar moeder ontmoette? Tot er iemand zei dat hij wel gek was zo'n mooie vrouw voor zichzelf te houden. Ze kon veel geld voor hem verdienen. Zijn verliefdheid was dus maar zeer oppervlakkig geweest. Hij had haar onder druk gezet om voor hem te werken. Een poosje had ze dat inderdaad gedaan, tot ze ervandoor ging. Hij was nog altijd woedend dat ze hem zo had laten zitten. Maar ze zou er nog achter komen dat hij niet met zich liet sollen.

Die avond hoorde Sara Lynn opnieuw de traptreden kraken. Haar moeder ging dus weer naar beneden. Sara Lynn had echter voor zichzelf besloten zich er niet meer mee te bemoeien. Ze deed haar vingers in haar oren en probeerde te slapen.

De volgende avond gleed ze echter toch weer haar bed uit toen ze haar moeder weer van de trap af hoorde gaan. Pauline nam enorm veel risico. En niet alleen voor zichzelf, maar ook voor haar dochter, want als Pauline zou worden ontslagen, kon Sara Lynn hier ook niet blijven. Pauline hield nergens rekening mee. Stel dat iemand haar zag? En dat gevaar was niet denkbeeldig. Reina leek altijd van alles op de hoogte en die twee oude mensen liepen overal rond. Pauline kon toch wel begrijpen dat ze voor die man enkel een verzetje was?

Sara Lynn moest onwillekeurig denken aan Francis. Maar hij was anders. Hij eiste niets van haar en leek volkomen oprecht.

Ze sloop de trap af. Ze bleef in een hoek staan en zag iets bewegen. Er was hier nog iemand. Het was Lenore. Wat deed zij hier? Zou ze op weg naar Francis zijn?

Maar nee, Lenore liep de gang door tot bij de deur waardoor haar moeder de vorige keer naar buiten was gekomen. Hoe zat dat? Hield die vent het met meerdere vrouwen?

Zonder verder na te denken liep Sara Lynn de gang in tot ze bij de deur kwam, waarvoor Lenore nog altijd stond te aarzelen. Sara Lynn raakte haar vluchtig aan. Lenore maakte een soort luchtsprong. Zonder te kijken wie haar zo aan het schrikken had gemaakt, holde ze de gang door en tot Sara Lynns verbazing rende ze door naar buiten. Zelf maakte ze dat ze boven kwam.

Ze klom op haar bed en duurde door het raam. Daar zag ze

hen samen staan praten: Lenore en de vreemde man. De man droeg weer de monnikspij. Echter, nu wist ze zeker dat het Bart niet was. Wie zou die man dan zijn? En wat wilde hij van Lenore? Sara Lynn werd steeds banger dat de man Karel was. Dat kon en wilde ze gewoon niet geloven.

Even later hoorde ze haar moeder de trap op komen. Ze leek bovenaan even te aarzelen en kwam toen Sara Lynns kamer binnen. Ze plofte neer op het bed en vroeg: 'Ben je wakker?'

'Nu wel. Ik slaap meestal niet staand,' antwoordde Sara Lynn droog.

'Je zat weer achter mij aan. Ik had je gevraagd je niet met me te bemoeien.'

'Ik was niet de enige die je zag. Lenore was daar ook.'

'Lenore? Waarom in vredesnaam?' vroeg Pauline verbaasd.

'Ik weet het niet, maar ik weet wel dat je hiermee moet stoppen.'

'Je krijgt je zin. Hij heeft me eruit gegooid. Die rijke lui zijn allemaal hetzelfde. Als ze hun zin hebben gekregen, laten ze je in de steek. Maar hij zal nog raar opkijken. Ik laat me zo niet behandelen.'

Sara Lynn keek verontrust naar haar moeder, die met gebalde vuisten op het bed zat.

'Als ik zwanger ben, is hij nog niet met me klaar. Het zal niet zo gaan als de vorige keer.'

Haar dochter hield van schrik haar adem in. 'Maar je kunt niet... Dat kan immers niet?'

'O nee? Waarom niet? Ik ben drieëndertig. Ik kan nog wel vijf kinderen krijgen. Ik heb niets gedaan om dat te voorkomen. Toen ik hem dat vanavond duidelijk maakte, stuurde hij me weg. Terwijl hij steeds beweerde verliefd op me te zijn.'

'O mam. Dat dacht je van Karel ook.' Sara Lynn begreep niet hoe haar moeder zo naïef kon zijn. Had ze nu helemaal niets geleerd van haar ervaringen?

'Dat was hij ook. Tijdelijk.' Pauline slaakte een zucht.

'Mam, zoiets overkomt je toch geen tweede keer? Je bent geen kind meer.'

Pauline stond op. 'Wie zal het zeggen? Als jij nu maar verstandig bent. Je scharrelt met Francis. Hij is heus niet beter dan andere kerels. Het gaat hen maar om één ding, en dat zal hij bij Lenore niet krijgen. Althans niet zolang ze niet getrouwd zijn.'

Sara Lynn zei niets. Ze wist wel zeker dat Francis anders was, dat hij het serieus meende. Maar ze moest geen verwachtingen koesteren; het bleef een onmogelijke liefde. Ze besloot te zwijgen over de man in de tuin. Pauline had nu wel genoeg aan haar hoofd. Stel dat ze echt zwanger was, dan moest ze toch al langer iets hebben met die kerel? Hoe kon ze zo stom zijn. Ze was nog jong genoeg, stel je toch voor... Nee, ze wilde er niet aan denken.

Sara Lynn ging weer liggen, maar van slapen kwam voorlopig niets. Ze dacht aan de problemen rond haar moeder, maar ook aan de omstandigheden waaronder zij beiden leefden. Haar moeder met die logé van meneer Van Ravenstein, daar kon alleen maar narigheid van komen. Zijzelf met Francis, dat kon ook niet goed aflopen. En welke kerel liep hier toch steeds rond? Hij was iets van plan, ze wist het wel zeker. En nu had hij Lenore bij zijn plannen betrokken. Het enige wat ze doen kon was haar ogen en oren goed openhouden.

Toen ze de volgende morgen met tante Louisa wandelde kwamen ze Bart weer tegen. Hij was in zijn overhemd. 'Ik ben nog steeds mijn mantel kwijt,' was het eerste wat hij zei toen hij bij de twee vrouwen in de buurt kwam.

'Je bedoelt die monnikspij?' vroeg tante voor de zekerheid. Bart knikte. 'Ik heb die eerlijk gekregen toen ik maandag in de kloostertuin had geholpen. Ik denk dat hij gestolen is.'

Sara Lynn dacht eraan dat ze het kledingstuk de vorige avond nog had gezien. maar ze zei niets. Bart zou mogelijk overstuur raken.

'Wie steelt nou zoiets?' verbaasde tante Louisa zich hardop.

'Iemand die hem erg mooi vindt,' meende Bart.

'We zullen eens zoeken,' beloofde tante Louisa. Toen Bart was doorgelopen, vroeg ze Sara Lynn: 'Wat denk jij?'

'Ik heb die man in de pij gisteravond weer gezien. Lenore was bij hem.'

'Nu ga je mij toch niet vertellen dat Lenore een kerel aan de haak heeft geslagen?' vroeg tante Louisa oprecht verbaasd.

'Ik weet niet waar het gesprek over ging. Mijn moeder...'

Sara Lynn zweeg abrupt. Ze wilde daar eigenlijk niet over praten. Tante Louisa zou haar toch niet kunnen helpen.

'Wat is er met je moeder, meisje?' Sara Lynn had kunnen weten dat tante Louisa met die ene opmerking geen genoegen zou nemen.

'Ik weet dat ze probeert een van de gasten te strikken. Maar ze maakt geen enkele kans bij die man. Mijn moeder is helaas niet zo verstandig,' zuchtte ze. 'Het enige excuus is dat ze niet in armoede wil leven.'

'Dit is echt niet de manier om dat te voorkomen.'

Sara Lynn ging er niet verder op in. Tantes scherpe blik ontging niets, zo veel was wel duidelijk.

Toen ze die avond de tafel afruimde, zag Francis kans een briefje in haar hand te stoppen. In de keuken las ze: *Over een uurtje in de achtertuin.*

Ze beet op haar lip. Natuurlijk wilde ze dolgraag Francis zien en spreken, maar ze wilde alleen maar naar het donkerste gedeelte van de tuin, zodat niemand hen kon betrappen. Hoe moest ze hem dat duidelijk maken? Hij had niet op haar antwoord gewacht. Hij ging er blijkbaar zonder meer van uit dat ze zou komen. Ze kon hem natuurlijk niet voor niets laten wachten. Zou ze het er dan toch maar op wagen? Er kon toch niet veel gebeuren? Hij rekende op haar komst, dus hij zou naar haar uitkijken.

Ze haastte zich met de afwas en zodra ze een moment alleen was, verdween ze uit de keuken. Als ze haar zagen weggaan zouden haar moeder of Reina haar onmiddellijk ter verantwoording roepen.

Ze liep snel langs het smalle paadje langs de vijver, verder de tuin in. Toen meende ze iets te horen, langzame voetstappen. Ze bleef doodstil staan en keek om zich heen. Achter een struik zag ze een glimp van een monnikspij. 'Bart,' riep ze opgelucht. 'Je hebt je jas weer gevonden!'

Er kwam geen antwoord en op hetzelfde moment begreep ze: dit was Bart niet. Ze zag wat bewegen en wilde zich omdraaien om weg te rennen, maar op datzelfde moment werd er iets in haar gezicht geduwd. Ze kon niet goed ademen, hoestte, kokhalsde en worstelde om los te komen. Ze werd opgetild en weggedragen of ze een zak aardappels was. Ze probeerde om hulp te roepen, maar kwam niet verder dan wat schor gepiep.

De ongemakkelijke wandeling leek wel eindeloos te duren. Eindelijk stond haar belager stil en hoorde ze een deur openen. Ze kwamen in een ruimte waar het muf rook en ze begon opnieuw te hoesten. Ze was blijkbaar in een soort van schuur terechtgekomen.

De man liet haar op de grond glijden en ze wilde overeind komen, maar ze kreeg het gevoel of ze flauwviel. Haar benen leken krachteloos. Ze voelde nog dat de kap van haar hoofd werd getrokken, maar toen werd het donker en stil.

Intussen wachtte Francis ongeduldig bij de vijver. Hij begreep er niets van. Hij was er zeker van dat Sara Lynn hem ook graag wilde zien. Misschien had ze geen kans gezien weg te komen. Dat moest het wel zijn. Haar moeder bemoeide zich overal mee. En dan was Reina er ook nog.

Toen hij bijna een halfuur gewacht had, besloot hij op onderzoek uit te gaan. Sara Lynn liet zich dan misschien tegenhouden, maar dat ging voor hem niet op. Hij liep met snelle passen de tuin door, terug naar de keuken. Reina zat met haar voeten op een stoel. Pauline had blijkbaar juist thee binnengebracht en wachtte nu tot er voor haar gebeld werd om alles weer te komen ophalen om af te wassen.

'Waar is Sara Lynn?' viel Francis met de deur in huis. Hij was er eigenlijk van uitgegaan dat ze nog in de keuken bezig was. Het verwonderde hem nog altijd dat er van 's ochtends vroeg tot 's avonds laat altijd nog iets te doen was.

'Toen wij terugkwamen in de keuken was Sara Lynn ineens verdwenen,' verklaarde Reina. 'Ik heb haar daarna niet meer gezien. Jij, Pauline?'

'Nee. Maar ik ga ervan uit dat ze op haar kamertje is. Ze heeft daar een paar boeken, die ze heeft geleend van mevrouw Louisa.'

'Ik ga wel even kijken,' zei Francis.

'Dat lijkt me niet gepast,' zei Reina terwijl ze steunend overeind kwam.

'Mens!' Francis duwde haar geïrriteerd opzij en verdween

uit de keuken.

In de gang kwam hij Nelis tegen. Die was vast op weg naar het optrekje in de tuin, waar hij samen met Martje woonde. Francis hield hem staande. De oudere man leek weinig zin te hebben om naar hem te luisteren. Waarschijnlijk was hij bang nog een opdracht te krijgen.

'Heb je Sara Lynn gezien?' informeerde Francis zonder veel hoop.

'Wie?' vroeg de man dan ook.

'De dochter van Pauline.'

'Ikke niet.' Hij maakte aanstalten langs hem te schuifelen.

Francis liet hem gaan. Hij had zich de moeite kunnen besparen; Nelis bemoeide zich met niemand, hij ontliep de mensen van het huis zo veel mogelijk. Vermoedelijk was hij bang een werkje opgedragen te krijgen. Francis stormde nu de trap op naar boven.

'Nou, die heeft het goed te pakken,' bromde Reina in de keuken. 'Als ik zo'n dochter had, zou ik goed op haar passen. Ik denk niet dat meneer Van Ravenstein dit goedkeurt.'

Pauline zei niets. Ze had niet het gevoel dat ze ook maar enig recht van spreken had. Ze gaf zelf bepaald niet het goede voorbeeld.

Even later kwam Francis alweer de trap af roffelen. 'Ze is er niet,' zei hij. De jonge man was duidelijk ongerust.

'Misschien is ze bij Benno van de bakker,' opperde Reina.

'Wat zou ze daar nou moeten?'

'Tja, die twee mogen elkaar graag.' Toen Reina Francis' gezicht zag, kreeg ze medelijden. 'Ze kan bij je tante zijn,' meende ze toen.

Francis was al weg. Hij wist dat tante Louisa altijd laat naar bed ging. Ze had graag dat Sara Lynn haar hielp. Soms las het meisje haar iets voor. Het scheen zo te zijn dat Sara Lynn eerder een zieke had verzorgd, een familielid van haar. Wat wist hij nog weinig van Sara Lynn af, schoot het door hem heen.

Tante Louisa zat rustig in haar favoriete stoel en trok verbaasd haar wenkbrauwen op toen Francis binnenkwam. 'Jou verwachtte ik niet. Ik wacht op Sara Lynn. Ze is laat.'

'Ik kan haar nergens vinden. Ze is spoorloos,' zei Francis duidelijk nerveus.

'Waar heb je gezocht?' vroeg tante zakelijk. Hierop vertelde Francis hoe het gegaan was, dat hij met Sara Lynn afgesproken had in de tuin, maar dat ze niet op was komen dagen..

'Dit bevalt me niets,' reageerde tante. 'Heb jij weleens een vreemde kerel in de tuin gezien?' vroeg ze toen.

Francis fronste zijn wenkbrauwen. Begon ze nu alweer over een vreemde kerel? Zag tante soms toch dingen en personen die er niet waren?

'Niet dat ik weet,' zei hij toch maar. 'U weet dat Bart hier vaak rondloopt. Vandaag was hij weer aan het zoeken naar de monnikspij die hij kwijt schijnt te zijn...'

'We moeten iets doen,' zei Louisa.

'Dat kan nu niet, tante. Het is al bijna donker.'

'Vraag Bart,' raadde tante. 'En Richard. Misschien heeft ze iets voor hem moeten doen.'

Francis verwachtte er niets van, maar ging op aandringen van zijn tante even later toch de kamer van zijn oom binnen. De drie heren zaten te kaarten.

'Wat kom jij doen?' vroeg zijn oom verstoord.

'Sara Lynn is zoek,' viel Francis weer met de deur in huis.

'Wie is Sara Lynn? Ik ken geen Sara Lynn. Wat een wonderlijke naam, trouwens.'

'De dochter van Pauline,' zei de jongste van de twee heren behulpzaam. 'Als ze op haar moeder lijkt, is ze misschien met een man mee,' voegde hij er met een knipoog aan toe.

Francis reageerde niet. Hoewel hij er wel iets van wist, waren de escapades van Pauline wel het laatste wat hem op dit moment interesseerde. Zonder nog iets te zeggen verliet hij het vertrek. Hier zou hij geen stap verder komen.

Hij verdween weer naar buiten en liep zeker nog een uur door de tuin. Toen hij weer op weg was naar huis kwam hij Bart tegen.

'Ik heb mijn jas gevonden. Hij lag tussen de struiken,' vertelde Bart, de jas tegen zich aan drukkend al was het zijn liefste knuffel.

Daar zou hij hem zelf wel hebben neergelegd, veronderstelde Francis.

'Sara Lynn is nergens te vinden,' zei hij zonder veel hoop dat Bart iets zou weten.

'Dan heeft die vreemde vent haar misschien toch te pakken gekregen,' was het verontwaardigde antwoord.

'Welke vent?' vroeg Francis gealarmeerd.

'Dat weet ik toch niet. Er loopt hier voortdurend een onbekende vent rond. Hij heeft Sara Lynn al eerder willen meenemen. Ik heb haar toen gered,' zei Bart niet zonder trots.

'Maar ze is nu weg,' zei Francis in de hoop dat Bart hem iets meer kon vertellen.

'Ja. Als hij haar niet terugbrengt, dan blijft ze weg,' zei Bart met zijn eigen logica. 'We moeten haar morgen gaan zoeken.' Daarna draaide hij zich om en liep weg.

Francis staarde Bart na totdat hij in het donker was verdwenen. Bart had het al eerder over een vreemde vent gehad, herinnerde Francis zich nu. Hij had er spijt van dat hij toen niet beter had geluisterd. Hij had ook al de neiging om Bart en tante Louisa niet serieus te nemen. Wat nu? Hij kon toch niet tot morgen wachten? Stel dat Sara Lynn werkelijk in gevaar was. Hij zag weer voor zich hoe ze dapper op het paard was geklommen, haar grijze ogen stralend, het donkere haar bewegend in de wind. Verdraaid, hij was verliefd op dat meisje. Hij kon haar toch niet zomaar laten meenemen!

Francis liep nog geruime tijd door de tuin, maar het werd steeds donkerder en steeds moeilijker iets te onderscheiden. Morgen, als het licht werd, zou hij Bart vragen hem te helpen zoeken. Haar moeder was nu vast ook erg ongerust.

Zelf deed Francis de uren die hem die nacht nog restten geen oog dicht. Wat had Reina bedoeld met haar opmerking over Benno van de bakker? Ze mochten elkaar graag, had ze gezegd. Iedereen mocht Benno. Het zou hem zeker niet verwonderen als Benno verliefd was op Sara Lynn. Hij was natuurlijk wel een stuk ouder dan zij. Maar hij meende toch te hebben gemerkt dat het meisje verliefd was op hemzelf, hoewel ze steeds had gezegd dat het onmogelijk was dat zij iets met elkaar zouden hebben. Maar hij kon haar vast wel overtuigen. Alleen, hij moest haar eerst nog vinden.

Toen het eenmaal licht begon te worden maakte hij zich klaar om opnieuw te gaan zoeken.

Hij ging eerst naar de kamer van mevrouw Louisa.

Tante zat al rechtop in bed. 'Ik hoopte dat het Sara Lynn was,' zei ze, evenals de vorige avond. Ze leek ongerust.

'Ze is er nog steeds niet,' zuchtte Francis. 'Bart had het gisteren weer over een vent in de tuin.'

'Daar heb ik dat meisje ook over gehoord. Vraag of haar moeder hier komt. Zij kan mij helpen met aankleden. Daarna ga ik met je mee.'

'Dat kunt u niet doen.'

'O nee? Waarom dan wel niet? Ben ik soms te oud? Ik kan nog steeds nadenken,' zei tante Louisa verontwaardigd.

Francis ging er maar niet op in. Tante zou zich toch niet laten weerhouden. Hij liep de kamer uit om Pauline te waarschuwen.

'Je dochter is er nog niet,' was het eerste wat hij zei.

'Dat heb ik gemerkt. Zou Karel hier dan toch rondlopen?' vroeg Pauline zich hardop af.

'Wie is Karel?'

'Dat is de vent bij wie ik enige tijd gewoond heb. Ik ben bij hem weggegaan. Hij was woedend. Misschien wil hij nu wraak nemen.'

'Op welke manier?'

'Hoe moet ik dat weten? Hij pikt het niet dat ik hem heb laten zitten. Het zou dus kunnen dat hij me via mijn dochter terug wil pakken. Hij kan haar hebben meegenomen naar de stad om mij terug te krijgen.'

Francis vond het allemaal nogal vergezocht, maar hij sprak haar niet tegen. Pauline dacht kennelijk dat ze heel belangrijk was voor die vent. Toen bracht hij tante Louisa's verzoek over.

'Ik je tante helpen? Maar dat doe ik nooit,' sputterde Pauline tegen.

'Nu wel. En liefst een beetje vlug, er is haast bij.'

Francis gedroeg zich nu echt autoritair, vond Pauline. Ze haastte zich echter naar Louisa's kamer.

'Of je nooit komt,' begroette Louisa Pauline. 'Het gaat om je dochter. Ze kan wel in gevaar zijn. Als jij niet met rare kerels was omgegaan, was dit waarschijnlijk niet gebeurd.'

Pauline zei niets. Wat ze ook zei, mevrouw had toch gelijk.

HOOFDSTUK 8

Sara Lynn lag doodstil op de grond. Het was onmogelijk zich te bewegen. Zowel haar handen als haar voeten waren vastgebonden. Praten lukte ook niet, hoewel ze daar ook geen behoefte aan had. Ze zou wel willen schreeuwen, maar dat kon ze niet door de doek die de man voor haar mond gebonden had. En al had ze kunnen schreeuwen, dan zou die kerel waarschijnlijk nog hardhandiger optreden.

Haar rug deed pijn door het liggen op de harde grond. Ze had geprobeerd zich om te rollen, maar het had zo veel moeite gekost om weer terug te draaien dat ze het er verder maar bij liet zitten. Er was een blinddoek voor haar ogen gebonden, waardoor ze geen idee had of de nacht al voorbij was. Ze dacht aan Francis die vergeefs op haar had gewacht. Zou hij boos zijn? Of denken dat ze niet te vertrouwen was? Ze probeerde uit alle macht niet in paniek te raken.

Af en toe hoorde ze iets bewegen, of klonken er zachte voetstappen. Ze nam aan dat die kerel hier nog steeds was. Wat wilde hij van haar? En nog belangrijker, wie was hij?

Ze voelde dat hij dichterbij kwam en hield zich roerloos.

'Ik weet dat je niet slaapt. Daar is het hier niet comfortabel genoeg voor,' spotte een stem. Ze kreunde hardop toen hij met een ruwe ruk de doek die hij voor haar mond had gebonden, lostrok.

'Drinken,' beval hij terwijl hij een beker tegen haar mond hield. Hoewel Sara Lynn het gevoel had dat ze was uitgedroogd, hield ze haar lippen stijf op elkaar. Hij kon haar wel vergif willen toedienen.

De man leek te begrijpen wat haar bezighield. 'Het is gewoon water, sufferd,' siste hij.

Gretig dronk ze nu. Omdat ze half lag, liep een deel van het water haar blouse in, waardoor ze huiverde. Nu ze zijn stem hoorde, wist ze het zeker: dit was Karel. Ze wist alleen niet of het verstandig was dit hardop te zeggen.

'Waarom doe je dit?' vroeg ze. Haar stem was schor, maar haar ontvoerder bleek haar toch te verstaan.

'Het gaat mij in eerste instantie niet om jou. Je moeder is bij me weggegaan en nu kom ik haar terughalen. Ze zal niet vrij-

willig meegaan, maar ik neem aan dat ze jou niet kwijt wil.
Ze zal jou terug willen.'

De tijden zijn veranderd, dacht Sara Lynn triest. Haar moeder zou zich vast niet erg druk maken om haar verdwijning.
Maar Francis misschien wel. Hij zocht haar vast.

'Ik zou graag gaan zitten,' zei ze.

'O ja?' Hij grinnikte en zette haar rechtop tegen de wand.
Maar haar handen en voeten bleven gebonden. 'Je moeder heeft al een briefje dat ik je heb meegenomen. Er staat in dat ik jou pas vrijlaat als zij bij me terugkomt. Doet ze het niet, dan neem jij haar plaats in. Mijn inkomsten zijn namelijk een stuk gedaald sinds jullie weg zijn.'

Sara Lynn huiverde onwillekeurig.

Hij bukte zich naar haar toe en knoopte met ruwe bewegingen de blinddoek los.

Ze bevond zich in een schemerige ruimte, maar ze herkende niets.

'We zijn niet meer op het terrein van het landhuis,' verklaarde hij toen hij haar onderzoekende blik zag. 'Ze zullen je hier niet zoeken. Ik wacht nu af wat je moeder gaat doen. Heb je honger?'

'Wilde je hier gaan koken?' vroeg ze sarcastisch. Nu ze wist dat het om Karel ging, was ze niet meer echt bang.

'Ik kan wel voor iets zorgen. En denk maar niet dat je hier wegkomt, want de grendel gaat aan de buitenkant op de deur.' Onverwacht snoerde hij haar opnieuw de mond en de tranen schoten haar in de ogen. Maar ze gaf geen kik. Ze wist uit ervaring dat hij geen moeite had mensen pijn te doen.
Even later was Karel verdwenen.

Sara Lynn gunde zich de vrijheid even te huilen, maar hield daar algauw mee op. Haar neus raakte verstopt en door de monddoek had ze het gevoel dat ze stikte.

Op het landhuis zouden ze nu wel weten dat ze weg was.
Maar wie zou haar gaan zoeken? Haar moeder vast niet.
Haar moeder hield niet eens van haar. Dat ze niet blij was geweest toen ze zwanger bleek te zijn, kon Sara Lynn nog wel begrijpen. Maar later vond ze haar dochter ook alleen maar lastig. Tante Tine had meer van haar gehouden dan haar eigen moeder. Toch had Pauline haar nooit opgegeven

voor adoptie. Op haar manier zou ze dus toch wel van haar houden.

Sara Lynn voelde alweer haar tranen opkomen en ze probeerde haar gedachten op iets anders te richten. Francis, hij zou haar vast gaan zoeken. Als hij dat niet deed, was alles wat hij had gezegd een leugen geweest.

Karel liep terug naar De Ravenhorst en zag de bakkersfiets van Benno bij de achterdeur staan. Hij aarzelde slechts even. Het was riskant, maar hij had honger. In enkele seconden had hij een half brood uit de mand gegrist. Daarna maakte hij dat hij wegkwam.

Even later kwam Benno terug om nog een brood uit de mand te pakken. Hij keek in de mand, deed het deksel dicht en toen weer open. Er was iets veranderd. De broden waren niet meer netjes opgestapeld. Hij pakte een brood en ontdekte dat het aantal broden in de mand niet meer klopte. Hij ging weer naar binnen, waar Pauline hem al tegemoetkwam.

'Je zei toch dat je dochter is verdwenen?' zei hij.

'Dat klopt. Weet jij waar ze is, of heb je haar gezien?' vroeg ze.

'Dat niet. Maar iemand heeft aan mijn broden gezeten.'

Verontwaardigd keek ze hem aan. 'Je gelooft toch niet dat Sara Lynn een brood zou stelen?'

'Nee. Maar misschien is er iemand die op die manier zorgt dat ze iets te eten krijgt.'

'Dat geloof je toch zelf niet? Ik houd het er op dat Francis er meer van weet,' zei Pauline.

Op dat moment kwam Francis binnen, samen met mevrouw Louisa.

'Wat beweer je over mij?' vroeg hij met een boze blik naar Pauline.

'Sara Lynn is er nog steeds niet. Ik dacht dat ze misschien bij jou was. Jullie tweeën...' Ze zweeg toen ze Francis' blik opving.

'Je dochter is al sinds gisteren spoorloos,' zei tante Louisa. 'Ze is waarschijnlijk door iemand ontvoerd.'

'Er loopt hier al enige tijd iemand rond die hier niet thuishoort,' zei Benno nu.

'Kom mee, Francis.' Tante pakte haar stok wat steviger beet. Ze zag er zeer strijdvaardig uit. Bij de deur keerde ze zich opnieuw om naar Pauline. 'Jij maakt je totaal niet druk, is het wel? Je dochter is vermist.'

'Ze komt heus wel terug.'

'Daar hoop ik op. Het is overigens wel te hopen dat het meisje meer mensenkennis heeft dan jij. De vent waar jij op dit moment achteraan loopt, is overigens getrouwd. Mogelijk was je daarvan op de hoogte. Je was altijd al gemakkelijk in dat soort zaken, als ik me goed herinner. Ik wed dat je niet eens weet wie de vader is van Sara Lynn.' Ze stapte achter Francis aan de deur uit.

'Wat is zij toch een heks,' zei Pauline toen ze de deur uit waren.

'Ze is beter bij de tijd dan de meeste mensen denken,' merkte Benno op.

'Ze zegt maar wat,' zei Pauline.

'Dat denk ik toch niet.' Benno keek haar strak aan. 'Er wordt over je gepraat, Pauline. Ik weet niet waar je op uit bent. Of eigenlijk weet ik dat wel. Vroeger wilde je al een rijke man aan de haak slaan. Voor zover ik het zien kan, is daar niet veel van terechtgekomen. Maak niet weer dezelfde fout.'

'Waar bemoei jij je mee?' snauwde Pauline. Ze rukte de broden uit zijn handen en gooide de deur met een klap voor zijn neus dicht. In de gang bleef ze even staan, bevend van woede. Wat dacht hij wel? Dat hij haar de les kon lezen? Het was de hoogste tijd dat hij een vrouw vond.

Deze gedachte kwam onverwacht bij haar op en gek genoeg vond ze het idee niet prettig. Als hij een belangrijk figuur was, zoals degene met wie ze contact had gezocht, dan zou ze misschien wel wat meer aandacht aan hem besteden. Benno was nog altijd in haar geïnteresseerd, daar was ze zeker van.

Die ander had haar de laatste keer weggestuurd. Toch zou ze nog een keer naar hem toe gaan. Ze moest hem vertellen dat hun samenzijn niet zonder gevolgen gebleven was. Hij was dus getrouwd. Ze had dit niet geweten. Waarom was hij dan hier zonder vrouw? Had hij ook kinderen? Pauline besefte nu dat er niet veel kans was dat hij met haar verder wilde.

Ze zou hem in elk geval zeggen dat zij geen geld had om voor een kind te zorgen. Het was lang niet zeker dat ze zwanger was, maar het kon geen kwaad hem dat te laten denken.

Met Sara Lynn was het anders geweest, realiseerde ze zich. Ze was toen nog zo jong. Ze had gedroomd dat er wel iemand op haar pad zou komen om voor haar en de baby te zorgen. Maar toen Benno haar dat aangeboden had, had ze zijn aanbod afgeslagen omdat hij niet rijk en belangrijk genoeg was in haar ogen. En later was Karel gekomen, die wel rijk was, maar dat was ook een verkeerde keuze gebleken. Ze slaakte een zucht.

Zou hij hier werkelijk rondlopen? Was hij degene die haar dochter had meegenomen? Het zou kunnen. Het zou haar niet verwonderen als hij uit was op wraak. Toch maakte ze zich niet echt ongerust. Sara Lynn had meermalen blijk gegeven niet echt bang te zijn voor Karel. Ze zou ook niet zomaar met hem meegaan. Ze zou vast geen voorbeeld nemen aan haar moeder. Maar ondanks dat wilde Pauline dat haar dochter terugkwam. Ze had haar de laatste tijd verwaarloosd. Ze was te veel met zichzelf bezig geweest.

Francis en tante Louisa liepen naast elkaar door de tuin. Francis had Louisa een arm gegeven en probeerde niet te grote passen te nemen, al kon het tempo hem niet hoog genoeg zijn. Waar was Sara Lynn toch? En hoe kwam het dat haar moeder helemaal niet ongerust was?

'U was wel hard tegen Pauline,' zei hij desondanks.

'Ze is veel te weinig tot de orde geroepen,' zei tante prompt. 'Ik heb niet veel te doen de laatste jaren. Daardoor heb ik tijd om mensen te observeren. Ik ken Pauline. Ik weet wat er vroeger is gebeurd. Maar dat is nu niet van belang. We moeten eerst dat meisje vinden.'

Tante Louisa stapte intussen stevig door. Het verwonderde Francis dat de oude dame nog zo veel energie had. Ze gedroeg zich af en toe als een broos oud vrouwtje, maar ze was waarschijnlijk veel sterker dan ze liet blijken.

Ze liepen de richting van de vijver uit. Bart was bezig dode bladeren bij elkaar te harken. Hij droeg ook nu zijn monnikspij.

'Ik heb haar niet gezien,' zei hij voor ze iets konden vragen. 'Maar ik heb wel een idee.'

'Laat horen.' Tante Louisa ging op de stenen bank zitten, blijkbaar toch moe van haar snelle start.

Bart kwam bij hen staan, hij leunde op zijn hark. 'Aan de buitenkant van deze tuin loopt een smal pad naar de hei. Vlak bij een grote den is een soort onderkomen voor de schapen. De deur staat meestal open, maar vanmorgen zag ik dat de grendel ervoor zat. Het zou kunnen...'

'Wat zouden ze daar moeten doen?' vroeg Francis zich hardop af.

'Laten we gaan,' zei tante kordaat. Ze stond op en stak haar arm weer in die van Francis. Hoewel Francis er niets van verwachtte, liep hij natuurlijk toch met haar mee. Het was een flink eind lopen en bezorgd keek hij af en toe opzij.

Toen ze het oude schuurtje inderdaad zagen liggen, wilde tante Louisa even rusten. Ze liet zich met haar rug tegen een boom op de grond zakken en bleef even doodstil zitten. 'Wat ben ik toch een ouwe sok,' mompelde ze hijgend.

'U gedraagt zich als een jong meisje,' reageerde Francis.

Tante krabbelde even later met Francis' hulp overeind en liep toen naar de deur van het schuurtje. Ze legde haar oor ertegenaan. Er waren inderdaad grendels aan de buitenkant. 'Als ze daarbinnen is, zou ze zich toch laten horen?' meende Francis.

'Dat hangt ervan af hoe ze eraan toe is,' antwoordde tante.

Francis zag ineens een zwaargewonde, bewusteloze Sara Lynn voor zich en rukte aan de grendels. Deze waren niet al te stevig en even later zwaaide de deur open. De eerste ogenblikken zag hij niets. Zijn ogen moesten omschakelen van het vroege morgenlicht naar de duisternis van het schuurtje.

'Is daar iemand?' riep hij zonder veel hoop.

Hij hoorde een vaag gekreun achter in het schuurtje.

'In die hoek daar.' Tante Louisa wees met haar stok, maar ze bleef zelf als een soort wachter in de deuropening staan.

Francis zag haar nu ook. Hij knielde naast Sara Lynn neer en zat even later met het meisje in zijn armen.

'Wat heeft hij met je gedaan? Ik vermoord hem,' zei hij heftig.

'Het lijkt me handig als je haar eerst losmaakt,' merkte tante Louisa droog op.

Francis aarzelde toen hij de strakke knevel om haar mond zag en de vurige striemen die daardoor op haar wangen zaten. 'Dit gaat pijn doen,' zei hij zacht.

Sara Lynn knikte, maar haar ogen waren vol vertrouwen op hem gericht. Hij probeerde heel voorzichtig te zijn, maar hij zag hoe pijnlijk haar gezicht was. Toen hij de vuurrode, geschaafde huid zag, drukte hij zijn lippen op de hare.

Sara Lynn vertrok haar gezicht van de pijn. Francis begon haar handen en voeten los te maken. Hij masseerde haar voeten om de tintelingen te doen ophouden, terwijl Sara Lynn haar polsen masseerde. Tante Louisa was bij de deuropening blijven staan. Francis vroeg zich af waarom ze haar stok dwars voor de opening hield. Wie zou zich daardoor laten tegenhouden?

Even later hoorde hij een gerucht. Er kwam iemand aan. Sara Lynn kroop zo ver mogelijk in de hoek. Francis bleef doodstil tegen de wand staan. Degene die eraan kwam, zou hen niet direct kunnen zien, hoopte hij. Maar hij zag natuurlijk wel de open deur.

Francis hoorde dat de persoon begon te rennen. Het gevolg was dat hij zijn vaart niet kon houden en met een klap vooroverviel, doordat hij struikelde over de stok van tante Louisa. Alsof dat nog niet genoeg was, gaf tante hem nog een flinke mep op zijn achterhoofd. Met een diepe zucht legde de man zijn hoofd neer alsof hij plotseling in slaap viel.

'O, tante Louisa, heb je hem doodgeslagen?' schrok Francis.

'Het was maar een tikje,' antwoordde tante kalm. 'Ik heb hem voor even uitgeschakeld. Laten we hier weggaan. We sluiten de deur en waarschuwen de politie.'

'Moeten we hem niet eerst vastbinden?' vroeg Francis nu. Hij gaf de leiding moeiteloos over aan tante Louisa.

'Ja, dat lijkt me verstandig. Hij zal vast niet zo stom zijn te gaan roepen als hij bij zijn positieven komt. Meisje, kom, naar buiten, dan kun je wat frisse lucht inademen.'

Sara Lynn liep met knikkende knieën naar de deuropening.

'Het is Karel,' zei ze, eenmaal buiten.

'Karel? Ik hoop niet dat ik een vriendje van je buiten westen heb geslagen.'

'Het gaat hem om mijn moeder. Hij woonde met haar samen. Hij wilde ons niet kwijt, maar we zijn toch gevlucht. Moeder verdiende geld voor hem.'

'Laat maar,' zei tante Louisa met een handgebaar. 'Dat had ik al begrepen. Jouw moeder stort zich ergens in en denkt pas na als het te laat is. Ze werkt zichzelf voortdurend in de problemen. Dat was vroeger al zo. Ze heeft blijkbaar weinig geleerd in al die jaren.'

Even later kwam Francis naar buiten. Hij keek wat rond en sleepte toen een stuk boomstam naar de schuur en legde die voor de deur.

'Hij is nog steeds niet bijgekomen,' zei hij enigszins bezorgd.

'Een dutje zal hem geen kwaad doen,' was het laconieke antwoord van tante Louisa. 'Mij trouwens ook niet. Het is bepaald een enerverende morgen.'

Francis zag aan haar ogen dat zij er niettemin van had genoten.

De terugweg verliep moeizaam. Het was te zien dat tante doodmoe was en het tempo van Sara Lynn lag ook niet erg hoog. Ze waren bijna bij De Ravenhorst toen ze Benno op zijn fiets tegenkwamen.

'Je bent er weer. Het hele huis is in rep en roer.' Hij stapte af en glimlachte naar Sara Lynn.

Francis fronste zijn wenkbrauwen. Kortaf zei hij: 'Benno, wil jij in het dorp op het postkantoor de politie bellen? We hebben een kerel gevangen en opgesloten.'

Benno keek vertwijfeld van de een naar de ander. Het was te zien dat hij zich afvroeg of hij dit serieus moest nemen.

'Toe dan, Benno. Als je de naam van mijn oom noemt, dan zijn ze er zo.'

'Zal meneer Van Ravenstein dit goedvinden?' vroeg Benno zich hardop af.

'Doe nou maar wat ik zeg,' viel Francis uit. Benno vroeg niet verder maar stapte weer op zijn fiets en reed weg.

'Waarom doe je zo onaardig tegen hem?' vroeg tante. Francis

zag de twinkeling in haar ogen niet.

'Omdat hij niet luistert,' was het antwoord.

'Jij bent zijn baas niet,' liet Sara Lynn zich horen. 'Hij is aardig.'

Francis zei niets. Hij wist dat hij onredelijk was. Maar de opmerking van Reina dat Sara Lynn en Benno wat met elkaar zouden kunnen hebben stak hem nog steeds.

Samen met Sara Lynn bracht hij mevrouw Louisa naar haar kamer.

'Dat is wat er verkeerd is in deze wereld,' zei tante als tegen zichzelf. 'Als dit meisje de politie waarschuwt met de mededeling dat ze is overvallen, is het zeer de vraag of ze komen. Als de naam van mijn broer wordt genoemd, komen ze in draf aanrennen. En als jij de bakker een bevel geeft, springt hij meteen op zijn fiets.'

'Je moet nu echt gaan rusten, tante.' Francis stond versteld van de energie die de oude dame nog steeds had. Hij maakte zich zorgen om haar, maar bovenal wilde hij dat ze haar mond hield. Hij wilde nu zijn volledige aandacht aan Sara Lynn geven.

Even later lieten ze tante Louisa alleen. Maar niet voordat ze hadden beloofd dat ze haar zouden waarschuwen als de politie er was.

'Laten we maar in de salon wachten,' stelde Francis voor. 'Mijn oom moet toch worden ingelicht.'

Sara Lynn zei niets. De manier waarop Francis Benno had afgesnauwd, beviel haar niets.

Toen ze binnenkwamen legde meneer Van Ravenstein zijn krant neer. 'Zo, zijn jullie daar? Wat is er nu eigenlijk aan de hand? Het is een en al onrust vanmorgen.'

'Sara Lynn was ontvoerd,' deelde Francis direct zonder enige inleiding mede.

'Sara Lynn?' Meneer Van Ravenstein fronste zijn wenkbrauwen. 'Die naam heb ik vandaag eerder gehoord.'

'Dat ben ik, meneer,' verduidelijkte het meisje.

'Zo. Jij was dus ontvoerd? Maar zoals ik het zie, ben je ook weer gevonden. Wie had je meegenomen? Ik hoorde die bakkerszoon tekeergaan in de keuken. Hij beweerde dat je moeder jou verwaarloost, dat ze egoïstisch is. Je vraagt je af waar zo'n jongen zich mee bemoeit.'

Francis haalde diep adem. Als hij nu niet duidelijk maakte hoe de zaak in elkaar zat, maakte oom Richard er zijn eigen verhaal van. Dus vertelde hij over Karel. Daarbij ontkwam hij er niet aan te vertellen dat Pauline voor hem had gewerkt.

'Jaja, ik herinner mij die vrouw weer van vroeger. Ze wilde zich in onze kringen opdringen. Nou, je ziet wat daarvan komt.'

'De politie komt om die vent te arresteren,' zei Francis dan.

'Is dat nodig?' Meneer Van Ravenstein trok vragend zijn wenkbrauwen op. 'Misschien wil die vrouw wel met die vent mee.'

'Natuurlijk niet. Ze wil hier blijven,' zei Sara Lynn verontwaardigd.

'Ja. Ze probeert blijkbaar alles om dat voor elkaar te krijgen.' Meneer Van Ravenstein wendde zich tot Francis. 'Wat mankeert jou om tante Louisa mee te slepen om een dienstmeisje te zoeken?'

'Ik ben niet meegesleept, ik wilde zelf mee.' Tante Louisa was onverwacht binnengekomen, blijkbaar bang dat er iets zou gebeuren waar zij niet bij was.

'Tante Louisa heeft die vent neergeslagen. Zonder haar hadden we hier waarschijnlijk niet gestaan,' lichtte Francis toe. Richard keek zijn zuster aan. 'Je bent niet goed bij je hoofd,' zei hij kortaf. En tot Francis: 'Wat wil je met dat meisje?'

Even bleef het doodstil. Sara Lynn zag dat tante Louisa hem een duw gaf en ze hield haar adem in.

'Wat ik wil,' herhaalde Francis langzaam. 'Ik wil te zijner tijd met haar trouwen.'

'Wat? Trouwen?! Ben je niet goed wijs?'

'Hij is prima bij zijn verstand, hij heeft alleen zijn hart verloren,' lachte tante Louisa. 'Dat is mooi om te zien, dat er in deze omgeving nog liefde kan bestaan. Sigrid zou dit prachtig hebben gevonden.'

Richard stond op. 'Wil je haar erbuiten laten? Ik heb nu genoeg onzin gehoord. Je krijgt van mij geen toestemming om met iemand van het personeel te trouwen. Wat die kerel betreft die hier de boel onveilig schijnt te maken: ik zal hem van het landgoed laten verwijderen.'

'Je bent te laat,' zei tante Louisa. 'De politie is al gewaarschuwd.' Daarop draaide ze zich om en liep met kaarsrechte rug weg.

Francis nam Sara Lynn bij de hand en gedrieën liepen ze naar tantes kamer.

'Ik moet nu echt rusten,' zei tante met een zucht toen ze in haar kamer waren. 'Wil jij me even helpen, Saartje? Francis, haal wat te drinken, wil je?'

Sara Lynn waren de tranen in de ogen geschoten om dat 'Saartje'. Het klonk zo liefkozend. Niemand noemde haar ooit zo, behalve tante Tine in het laatst van haar leven.

Francis verliet de kamer. Niemand zou het wagen om niet te doen wat tante vroeg.

'Huil je, meisje? Je krijgt hem heus wel,' zei tante vriendelijk. 'Maar als het zover is, zal ik je missen.'

'Ik ga hier niet weg,' zei Sara Lynn terwijl ze tantes schoenen losmaakte.

'Wil je hier blijven wonen als je eenmaal getrouwd bent? Dat raad ik je niet aan.'

Sara Lynn keek haar aan. 'Ik ga niet met Francis trouwen, tante. U weet best dat het onmogelijk is. Toen ik hem tegen Benno hoorde snauwen, wist ik: hij past niet bij mij.'

'Lieve kind, hij is jaloers.'

Sara Lynn keek haar verbaasd aan.

'Hij denkt dat jij iets voor Benno voelt. Houd jij van Francis?' vroeg tante Louisa toen.

Het meisje boog het hoofd bij deze directe vraag. 'Ik geloof het wel,' zei ze zacht.

'Nou dan. Laat je dan niet weerhouden. Als de liefde op je pad komt, moet je er niet achteloos overheen stappen. Daar krijg je gegarandeerd spijt van. Als hij dingen zegt die je niet aanstaan, denk er dan aan dat hij heel anders is opgevoed dan jij. Maar hij is een goede jongen.'

Sara Lynn hielp de oude dame in haar bed. Ze maakte tantes haren los en schikte een kussen in haar rug. Ze vroeg zich af of tante ooit van iemand had gehouden.

Alsof ze die vraag aanvoelde legde de oude dame onverwacht een hand om Sara Lynns gezicht. 'Ik weet waar ik over praat, liefje. Het leven is te kort om liefde en geluk zomaar voorbij te lopen. Je moeder heeft dat nog steeds niet begrepen. Ze holt achter de verkeerde personen aan, op zoek naar rijkdom en aanzien. En ergens wacht een integer persoon op haar tot ze hem eindelijk ziet staan.'

'Benno,' aarzelde Sara Lynn.

Tante glimlachte. 'Inderdaad, Benno. Je bent slim. Ik ga nu even slapen. Kom me straks maar vertellen of ze die vent hebben opgepakt.'

'En of hij nog leeft,' waagde Sara Lynn.

Tante knikte. 'En of hij nog leeft. Vertel me alles wat hier gebeurt. Jij bent de enige die dat doet. De anderen denken dat mijn verstand op een zeer laag pitje staat.'

'Dat zien ze verkeerd,' zei Sara Lynn vol overtuiging. ' Uw licht brandt zo helder dat alles erbij verbleekt.'

Louisa glimlachte vertederd. 'Ik hoop dat Francis jou weet te waarderen. Je zegt lieve dingen. Ik ga dit opschrijven en aan Richard laten lezen.'

Even later kwam Francis binnen met een dienblad met daarop een porseleinen theepot en een kopje met hetzelfde motief. Hij schonk een kopje voor haar vol en overhandigde het haar.

'Alles is hier zo mooi,' zuchtte Sara Lynn.

'Laat je er niet door verblinden. Het is alleen maar de buitenkant,' zei tante, en ze nipte aan haar thee.

Even later lieten ze haar alleen.

'Hoe kunnen ze toch denken dat ze niet goed bij haar hoofd is?' vroeg Sara Lynn zich hardop af.

'Ze heeft zich vaak opzettelijk vreemd gedragen. Ze zegt soms dingen die een ander nooit ter sprake zou durven brengen. En ze komt er altijd mee weg, omdat de mensen denken dat ze niet beter weet. Ik heb weleens gedacht dat ze zich stiekem amuseerde. Het is een soort spel voor haar. Sinds tante Sigrid er niet meer is heeft ze weinig aanspraak.'

'Ooit heeft ze van iemand gehouden,' zei Sara Lynn stellig.

'Heeft ze je dat verteld?'

'Ik kon het uit haar woorden opmaken.'

'Ze is ook jong geweest,' zei Francis. Hij pakte haar hand en drukte er een kus op. 'Ze weten het nu. Wij gaan trouwen. Dat wil jij toch ook?'

Sara Lynn gaf niet direct antwoord. 'Je bent zo anders. Ik ben minder dan jij. Ik kan niet zo met personeel omgaan zoals jij met Benno. Ik vond het trouwens niet zo aardig, zoals je met Benno omging daarnet.'

'O, lieve help. Het spijt me. Ik dacht dat jij en Benno…'

'Je weet best dat het niet zo is. Natuurlijk wil ik met je trouwen, maar ik denk niet dat het kan. Hoe zouden we dat moeten doen als iedereen ertegen is? Waar wil je bijvoorbeeld gaan wonen?'

'Tante Louisa zal ons wel willen helpen,' zei Francis vol vertrouwen.

Sara Lynn zei niets. Ze wilde hem niet ontmoedigen. Maar hoe bij de tijd tante ook was, een bruiloft regelen zou toch te veel voor haar zijn. Tante Louisa wilde meer dan ze eigenlijk kon.

Ze ging met Francis de keuken in, waar Pauline bezig was met de afwas. Ze leek niet eens blij om te zien dat Sara Lynn weer terug was. Ze had een zorgelijke trek op haar gezicht.

'Je oom is hier net geweest. Hij heeft Samuel opdracht gegeven Karel te bevrijden uit de schuur, voordat de politie arriveerde. Karel is vertrokken, hij is weer terug naar de stad. Misschien ga ik weer bij hem wonen.'

'Dat kun je niet menen,' schrok Sara Lynn.

'Hij zou mij best wel weer onderdak bieden. Ik denk dat hij veranderd is. Het blijkt dat hij erg graag wil dat ik terugkom, dat heeft hij tenminste tegen Samuel gezegd. Ik zou dan wel eisen dat ik niet meer voor hem hoefde te werken. Er is misschien nog een andere mogelijkheid, dat ik alleen in de bar hoef te staan of zo.'

Sara Lynn begon haar te helpen met de afwas. 'Ik zou willen dat je nooit meer naar hem toe ging,' zuchtte ze.

Pauline haalde haar schouders op. 'Als hij veranderd is…' zei ze.

'Dat geloof je toch zelf niet. Om je terug te krijgen zal hij misschien korte tijd aardig zijn, maar dat houdt hij niet lang vol.'

Pauline antwoordde niet en Sara Lynn kon haar wel door

elkaar schudden. Hoe kon haar moeder zo naïef zijn. Had ze niet genoeg met die vent meegemaakt?

Diezelfde avond hoorde ze haar moeder weer naar beneden gaan. Sara Lynn bleef even gespannen liggen, maar gleed toen toch haar bed uit. Waarom liet haar moeder die vent niet met rust?

Ze was net op de gang toen de deur van de betreffende kamer openvloog en Pauline letterlijk naar buiten werd geschopt. Ze belandde op haar knieën vlak bij haar dochter. 'En waag het niet hier nog één keer binnen te komen!' bulderde de man. Hij smeet de deur met een klap dicht.

Geschrokken wilde Sara Lynn haar moeder helpen. Ze vloog op haar af.

Maar haar moeder wilde niet geholpen worden. 'Ga weg,' zei ze heftig. Ze krabbelde overeind en maakte een beweging alsof ze haar dochter een klap wilde geven.

Sara Lynn deinsde achteruit.

'Loop me niet te controleren en ga naar je bed,' zei Pauline hard. 'Zorg maar liever dat die Francis je niet belazert.'

Ontdaan ging Sara Lynn terug naar haar kamer. Het leek wel alsof haar moeder haar niet kon uitstaan. En waarom zei ze zoiets van Francis? Hij was te vertrouwen, daar was ze zeker van.

Zou hij zich toch laten beïnvloeden door zijn oom? Ze kon het niet geloven.

En tante Louisa, zou zij voet bij stuk houden en aan hun kant blijven staan?

Sara Lynn sliep die nacht nauwelijks. Alle gebeurtenissen hadden haar behoorlijk aangepakt. Ze voelde zich verantwoordelijk voor haar moeder. Ze kon niet werkeloos toezien als Pauline zich weer door Karel liet gebruiken. Hij was echt niet veranderd, zoals haar moeder scheen te denken. Dat soort mannen veranderde nooit.

Ze wilde Pauline graag helpen, maar ze wist niet hoe. Haar moeder wilde zich niet laten helpen en zeker niet door haar dochter. Een dochter die ze nooit had gewild.

Boos op zichzelf veegde Sara Lynn opnieuw de tranen van haar wangen. Huilen lost niets op, hield ze zichzelf voor.

Ze zag tante Tine weer voor zich, en wat zij deed als ze het moeilijk had. Dat kon zij nu ook weer doen. Sara Lynn ging op haar knieën zitten en vouwde haar handen.

'Heer,' bad ze, 'mijn moeder wil zich niet door mij laten helpen. Maar ze is soms zo dwars en eigenwijs dat ze ook niet goed voor zichzelf zorgt. Wilt U haar nabij zijn, en wilt U ervoor zorgen dat het toch nog goed met haar komt. Amen.'

Ze kroop weer onder de dekens, en toen kwamen opnieuw de tranen. Maar dit keer liet ze ze maar komen.

HOOFDSTUK 9

De volgende ochtend hielp Sara Lynn haar moeder met strijken. Er werd nauwelijks een woord tussen hen gewisseld totdat Pauline plotseling zei: 'Ik heb hem gisteravond gezegd dat ik zwanger ben.'

Sara Lynn hield van schrik haar adem in. Haar moeder had wat?!

'Hij heeft geen behoefte aan een kind van een dienstmeid en ook niet aan de dienstmeid zelf,' ging Pauline verder. 'En verbeeld je maar niets, Sara Lynn. De rijken zijn allemaal hetzelfde. Ga er niet van uit dat je Francis kunt vertrouwen. Maar ik ga naar meneer Van Ravenstein en zal hem de waarheid vertellen.'

'Mam, doe dat nou niet. Het zal je heus niet helpen. Volgens mij maak je de zaak zo alleen nog maar erger.'

'Ik heb er genoeg van om als een voetveeg gebruikt te worden,' zei Pauline fel.

Sara Lynn deed er verder het zwijgen toe. Ze had het gevoel dat haar rustige leventje hier weleens snel afgelopen kon zijn.

Nadat Pauline klaar was met strijken en alles had opgeruimd, ging ze naar boven. Sara Lynn vroeg zich ongerust af wat ze ging doen. Het werk voor die dag was nog lang niet klaar. Straks kwam Reina kijken waar ze bleven.

Het duurde even voor haar moeder terugkwam. Ze droeg haar beste kleren, had haar haren opgestoken en het viel Sara Lynn ineens weer op wat een mooie vrouw haar moeder was.

'Zo. Ik ga nu meneer Van Ravenstein inlichten. Hij is nog niet met me klaar. Ga je met me mee?' vroeg ze. Ze leek toch wel wat zenuwachtig.

Sara Lynn besloot dat meegaan misschien wel verstandig was, hoewel ze niet de indruk had dat zij enige invloed zou hebben. Niet op haar moeder, noch op meneer Van Ravenstein.

Na een tikje op de deur stapten ze binnen. Meneer Van Ravenstein was met zijn logé aan het schaken. Had haar moeder dat geweten? vroeg Sara Lynn zich af. Want juist hij was de man die door haar moeder enige malen was opgezocht.

Beide heren keken verbaasd en niet bepaald vriendelijk op van hun spel.

'Is er iets?' vroeg meneer Van Ravenstein kortaf.

'Ja, er is iets.' Pauline ging wat rechter op staan. 'Deze meneer heeft me in de nacht in zijn kamer ontvangen. Ik ben nu zwanger.'

'Wat zeg je daar?' Meneer Van Ravenstein vloog overeind. 'Hoe durf je met een dergelijke boodschap hierheen te komen?'

'Waar moet ik anders heen? Natuurlijk wil uw gast niet met me trouwen. Daar kom ik niet voor. Ik ben hier om een financiële regeling te treffen. Ik hoef een dergelijke behandeling namelijk niet voor een tweede keer te pikken.'

'Ga eens zitten. En jij ook.' Meneer knikte naar Sara Lynn. Zijn stem klonk gevaarlijk zacht en Sara Lynn was ervan overtuigd dat dit alleen maar verkeerd kon aflopen.

'Ik had jou nooit opnieuw in dienst moeten nemen,' zei meneer waarbij hij dreigend naar Pauline keek. 'Ik wist al vrijwel vanaf het begin wie je was. Ik wist dat je een man wilde strikken. Een man met veel geld. Dat was jaren geleden al zo. Je hebt daar dus niets van geleerd.'

Hij zweeg even, keek naar de andere man die met aandacht op het schaakbord tuurde. Het was of de hele zaak hem niet aanging.

Meneer Van Ravenstein ging verder. 'Je bent ontslagen, Pauline Reimers. En je dochter ook. Want zij heeft dezelfde streken. Zij zit achter Francis aan, maar hij is zo goed als verloofd met Lenore van Borghuis. Hij gaat deze week met haar mee om zich voor te stellen aan haar familie. Dus haal jij ook niets in je hoofd, meisje.'

Sara Lynn hield zich aan de stoelleuning vast, zo erg beefde ze. Ze had het geweten, het kon niets worden tussen hen. Mogelijk was er een kleine kans geweest, maar nu haar moeder zich zo gedroeg kon ze het helemaal vergeten.

Meneer Van Ravenstein ging weer zitten en veegde zich met een zakdoek over het voorhoofd. 'Verdwijn, jullie,' zei hij nog.

'U zet me op straat terwijl ik nergens heen kan?' vroeg

Pauline met een schelle stem. Ze wrong in een vertwijfeld gebaar haar handen.

'Dat had je eerder moeten bedenken. Trouwens, jij vindt wel iets. Samuel heeft je vroegere baas gesproken. Hij wil je graag terug. Hij zal de enige zijn. Of misschien wil de bakker je hebben,' besloot hij schamper.

Hij wees naar de deur. Dat gebaar was zo gebiedend dat Sara Lynn al in de gang stond toen haar moeder nog stond te aarzelen. Pauline keerde zich nu naar de andere man. Haar ogen schoten vuur toen ze zei: 'Ik vertel overal rond dat jij mij in je bed lokte met allerlei mooie beloften. Allemaal leugens dus.'

De man keek eindelijk op van het schaakbord, met een van de stukken in de hand. Sara Lynn vroeg zich even af of hij van plan was het naar Pauline toe te smijten.

'Waag het niet mij te chanteren. Daarvoor kan ik je laten arresteren.' Meer zei hij niet, en hij boog zich weer over het schaakbord, alsof ze niet meer voor hem bestond.

'Mam, kom nou.' Sara Lynn duwde de deur wat verder open en strekte een hand uit naar haar moeder. Haar moeder negeerde de hand, maar ze kwam wel. Voor Sara Lynn uit liep ze de gang door, de keuken in. Ze wilde de trap op lopen toen Reina riep: 'Hé, waar blijf je toch? Heb jij vandaag niets te doen?'

'Vandaag niet, morgen niet en helemaal niet meer. Je zult het met Martje en Nelis moeten doen,' zei Pauline, en haar stem klonk bijna onverschillig.

Ze klom de trap op. Reina keek haar hoogst verbaasd na.

Sara Lynn wist even niet wat te doen. Ze kon haar moeder toch niet alleen laten vertrekken? Maar als ze met haar meeging, hoe moest het dan met Francis? Impulsief liep ze naar de deur en naar buiten. Mogelijk was Francis in de tuin.

Voor het huis stond een koets, klaar om te vertrekken. De koetsier laadde enkele koffers in.

Lenore stond erbij en gaf bevelen. Francis was er ook, hij had zijn reisjas aan. Zou ze naar hem toe durven gaan? Ze aarzelde.

Gelukkig zag hij haar en hij kwam naar haar toe. 'Oom Richard stuurt mij met haar mee. Ik zal hun duidelijk maken dat ik me niet met haar wil verloven. Ik hoor bij jou. Ik kom zo snel mogelijk terug. Jij bent mijn meisje, zul je dat niet vergeten?'

Hij glimlachte en liep terug naar de koets om Lenore te helpen instappen. Zelf ging hij tegenover haar zitten. Hij hief even zijn hand omhoog, luisterde dan naar Lenore die kennelijk iets belangrijks te zeggen had. De koetsier klakte met zijn tong en het rijtuig zette zich in beweging.

Sara Lynn bleef roerloos staan. Dit was het dus. Een droom die uiteenspatte. Hij ging met Lenore mee om zich voor te stellen aan haar ouders, zoals meneer Van Ravenstein had gezegd. Hij zei wel dat hij terugkwam, maar hij zou vast niet tegen zijn ooms wensen in durven gaan. Als hij niet met Lenore verder wilde, waarom ging hij dan met haar mee? Ze durfde hem niet te vertrouwen, zelfs niet na alles wat hij tegen haar had gezegd. Want meneer Van Ravenstein wilde niet dat zij en haar moeder hier bleven, dat had hij goed duidelijk gemaakt.

Langzaam ging ze weer naar binnen. Ze negeerde Reina en klom de trap op. Pauline zat op de rand van haar bed, de rieten koffer aan haar voeten.

'Waar ga je heen?' vroeg Sara Lynn aan haar moeder.

'Dat is de vraag. Ik weet niet direct een plaats waar ik heen kan, behalve Karel dan.'

'Daar ga je toch niet weer heen? Gebruik je verstand,' zei Sara Lynn hard.

Pauline zuchtte. 'Ik zit nu een beetje moeilijk, maar Karel zal me geen onderdak weigeren.'

'Tegen welke prijs?'

Pauline stond op. 'Ik heb nog wel een andere mogelijkheid. Dan moet je maar met me meegaan.' Het klonk niet alsof ze dat laatste nu echt een goed plan vond. Sara Lynn wist echter ook dat er niets anders op zat. Ze was hier niet langer welkom. Francis was vertrokken. Hij zou wel snel tot de ontdekking komen dat zijn plan om met een dienstmeisje te trouwen, geen kans van slagen had. En als hij daar zelf niet achter kwam, zou zijn oom Richard het hem wel duidelijk maken.

'Als jij ook je spullen pakt, dan gaan we,' zei haar moeder.

Sara Lynn ging naar het kleine slaapvertrek en zocht haar weinige eigendommen bij elkaar. Het inpakken kostte niet veel tijd. Lenore had meer bij zich gehad voor die paar dagen dan zijzelf alles bij elkaar aan bezittingen had, schoot het door haar heen. Ze keek rond in de kleine ruimte. Een maand lang was dit haar plekje geweest. Ze had het hier naar haar zin gehad. Het werk was niet echt zwaar. Francis had vanaf het begin aandacht aan haar besteed, en tante Louisa niet te vergeten. Ze beet op haar lip tot de tranen haar in de ogen schoten. Ze kon toch niet vertrekken zonder afscheid van haar te nemen? Maar tante Louisa zou willen dat ze bleef en dan zou zij moeten huilen. Het kon niet anders. Ze zou zonder afscheid te nemen vertrekken.

Even later kwam haar moeder binnen. Het was haar schuld dat ze weer op straat stonden, dacht Sara Lynn boos. Als zij niet op het belachelijke idee was gekomen dat een man als die gast van meneer Van Ravenstein wel iets voor haar zou voelen, hadden ze hier gewoon kunnen blijven. Maar ja, 'as is verbrande turf', zei haar tante Tine altijd.

Voor haar moeder uit liep ze even later de trap af naar beneden. Er was niemand in de keuken. Gelukkig maar. Reina zou hen vast niet zonder meer laten gaan. Ze zou willen weten waar ze heen gingen.

Zwijgend liepen ze de lange oprijlaan af. Sara Lynn koesterde de onwaarschijnlijke hoop dat iemand hen terug zou roepen. Wat natuurlijk niet gebeurde. Ze zagen Nelis bij het gebouwtje waar hij met Martje woonde, maar hij keek hen alleen zwijgend na.

Eenmaal buiten het terrein vroeg Sara Lynn zich af of haar moeder dezelfde weg zou nemen als op hun eerste reis. Ze vroeg echter niets, ook niet toen Pauline de andere richting koos.

Ze gingen blijkbaar naar het dorp. Welk idee zou haar moeder in haar hoofd hebben gehaald? Veel mensen kenden Pauline en wisten van haar verleden.

Pauline stapte stevig door. Op een gegeven moment zei ze: 'Het is goed dat we daar weg zijn. We werden toch maar als slaven behandeld.'

Sara Lynn ging er niet op in. Ze was nog steeds boos en

teleurgesteld. Haar moeder wilde altijd meer zijn dan ze was. En wat had het opgeleverd, behalve problemen?

Ze waren nu bij de eerste huizen en Pauline bleef staan. Ze keek haar dochter aan toen ze vroeg: 'Ben je niet benieuwd wat wij gaan doen?'

'Nee,' antwoordde Sara Lynn kortaf. 'Maar ik denk niet dat ik het ermee eens zal zijn.'

'Ik heb anders een goed plan. Ik ga naar Benno. Hij wil al jaren met me trouwen. Hij zal het zeker goedvinden dat jij ook blijft. Hij heeft Bart ook opgenomen.'

Sara Lynn was even sprakeloos. 'Ben je gek geworden?' vroeg ze toen. Ze kon nog maar nauwelijks respect voor haar moeder opbrengen. 'Hoe durf je zoiets te voor te stellen.'

'Benno zal blij zijn,' zei Pauline vol overtuiging.

'Ben je nu ineens verliefd op Benno?'

'Niet echt. Maar wat niet is kan komen.'

'Benno is aardig. Zo kun je hem niet bedriegen. Je bent zwanger,' zei Sara Lynn verontwaardigd. haar ogen schoten vuur.

'Dat ga ik hem nog niet vertellen. En jij houdt ook je mond.' Ze keek Sara Lynn haast dreigend aan, maar deze liet zich niet intimideren.

'Je waagt het niet hem zo te bedriegen,' zei ze voor de tweede keer.

'Gedraag je niet als een heilige. Het is mijn leven.'

'Ook het mijne. Of ik wil of niet, ik ben erbij betrokken.' Ze stonden als twee kemphanen tegenover elkaar.

'Het is hier zo slecht nog niet.' Pauline keek de straat in.

'Daar heb je weleens anders over gedacht,' zei haar dochter scherp.

Ze was nog steeds boos. Dat werd er niet beter op toen ze zich realiseerde dat Pauline gewoon met haar zaakjes doorging zonder rekening te houden met haar dochter. Nog geen jaar geleden hadden ze een hechte band gehad, maar Pauline was veranderd. En zijzelf waarschijnlijk ook. Ze had tegen haar moeder opgekeken, haar moedig gevonden dat ze Karel durfde trotseren en ervandoor ging. Nu bleek dat ze alles opzijzette om een rijke vent aan de haak te slaan. Ze gebruikte zelfs een zwangerschap terwijl ze niet eens echt een kind wilde. En wie zou er voor de baby moeten zorgen als deze er eenmaal was? Wedden dat ze hiervoor haar dochter in gedachten had?

Sara Lynn probeerde uit alle macht haar gedachten een andere richting op te sturen. Het was niet goed om zo kwaad te zijn, toch zeker niet op je eigen moeder.

'Blijven we hier staan?' vroeg ze na zeker tien minuten.

'Ik moet erover nadenken wat ik aan Benno moet vertellen.'

'Wat denk je van de waarheid?' Sara Lynn hoorde zelf hoe vinnig dit klonk. Ze liep verder de straat in, ervan uitgaand dat haar moeder haar zou volgen.

'Ik heb Benno altijd gemogen,' zei Pauline toen ze haar had ingehaald. Het klonk een beetje weemoedig.

Sara Lynn keek haar scherp aan. 'Daar heb ik anders nooit iets van gemerkt.'

'Ik dacht dat hij meer iets voor jou was.'

In plaats van te antwoorden, klemde Sara Lynn haar lippen stijf op elkaar. Soms dacht ze dat het goed zou zijn als ze haar moeder een tijdje niet zag. Maar ze waren tot elkaar veroordeeld. Tegelijkertijd schaamde ze zich voor die gedachten.

Toen het uithangbord van de bakkerswinkel in zicht kwam, vertraagde Pauline haar pas.

'Misschien moet je nog eens goed nadenken over wat je van plan bent te gaan doen,' zei Sara Lynn met een sprankje hoop dat haar moeder zou inzien dat ze verkeerd bezig was. Maar Pauline liep door en Sara Lynn moest wel met haar meegaan. Er waren enkele klanten in de winkel die hen uitvoerig opnamen.

'Ja?' Benno's moeder liet de andere klanten aan haar man over en wendde zich tot Pauline. ze keek haar argwanend aan.

'Ik kom voor Benno,' was het antwoord.

'Benno is brood gaan rondbrengen, ook naar De Ravenhorst. Je had hem daar kunnen zien.'

'Komt hij al gauw terug?' vroeg Pauline, totaal niet uit het veld geslagen.

'Over een halfuurtje, denk ik. Maar je kunt hier niet wachten.' De stem van de vrouw werd steeds onvriendelijker.

'Dan ga ik hem wel tegemoet.'

'Het is maar de vraag of hij daar blij om zal zijn.' Het werd bijna vinnig gezegd. De klanten keken nieuwsgierig naar de beide vrouwen.

Pauline antwoordde niet. Ze verliet de winkel, keek niet eens of Sara Lynn haar volgde. Deze hoorde hoe het gepraat al begon voor ze de deur had gesloten. Het leek op het gezoem van een zwerm bijen. Hoe was het mogelijk dat haar moeder in dit dorp wilde wonen? Men kende haar, wist alles van vroeger. Hoelang zou het duren voor ze wisten wat er nu weer gebeurd was? Er werd door personeel veel gezien, en gepraat werd er altijd.

Pauline koos nu het pad over de hei. Benno nam meestal die weg. Langs het pad lagen enkele huizen waar hij brood moest bezorgen. Er heerste een diepe rust. In de verte zagen ze een schaapherder.

Het is hier zo vredig, dacht Sara Lynn. Maar het leek erop dat ze weer terug zouden moeten naar de stad.

Toen ze in de verte Benno zagen aankomen, zei Pauline: 'Misschien kun jij je beter wat afzijdig houden.'

'Nee,' antwoordde Sara Lynn kalm, maar vastbesloten.

Pauline fronste de wenkbrauwen. Het gebeurde de laatste tijd steeds vaker dat haar dochter tegen haar in ging. Er was nu echter geen gelegenheid haar tot de orde te roepen. Toch zou ze het er zeker over hebben. Het leven was al moeilijk genoeg zonder een dochter die voortdurend dwarslag.

Zoals ze wel had verwacht stopte Benno vlak bij hen. 'Hebben jullie zomaar tijd over om een wandeling te maken?' vroeg hij half plagend.

'Benno, ik moet je spreken.' Pauline klonk tamelijk wanhopig.

Sara Lynn liep toch enkele passen bij hen vandaan. Ze wilde niet horen welke leugens Pauline Benno op de mouw spelde. Toch wilde ze weten wat er gezegd werd.

Benno stapte af en zette zijn fiets tegen een grote den en keek Pauline afwachtend aan. 'Ik ben benieuwd. In de regel ben je niet zo happig om met mij te praten.'

Dit klonk niet echt toeschietelijk, vond Sara Lynn.

'Er was een tijd dat je met me wilde trouwen,' flapte Pauline er tot Sara Lynns schrik uit. Hoe durfde ze?

'Ja, vroeger, toen we vijftien, zestien jaar waren,' zei Benno.

'Je zei toen tegen me dat je er niet aan moest denken. Je verlangens reikten hoger dan trouwen met een bakker.'

Sara Lynn voelde haar wangen gloeien.

'Ik heb daar nu spijt van, Benno. Als jij er nog zo over denkt, dan ben ik bereid...'

'Maar zo denk ik nu niet meer. Ik denk nu heel anders. Verstandiger, zal ik maar zeggen. Toen ik je hier een poosje geleden opnieuw ontmoette, had ik nog bepaalde gevoelens voor je, maar die heb je stelselmatig de grond in geboord. Mag ik weten waarom je plotseling van gedachten bent veranderd? Of nee, laat ook maar. Verneder jezelf niet. Ik weet dat je een logé van meneer Van Ravenstein hebt lastiggevallen. Je probeerde van alles om zijn aandacht te krijgen. Je hebt hem gezegd dat je een kind verwacht. Hij was daar niet echt blij mee, denk ik zo. En nu ben je ontslagen. Hoe ik dat allemaal weet? Ik kom net van De Ravenhorst vandaan. Men weet daar alles. Denk je nu echt dat ik met je zou trouwen nu je geen kant op kunt? Dat ik je nog eens aanbied om het kind van iemand anders op te voeden? Voor welke sukkel zie je mij aan, Pauline?'

Hij pakte zijn fiets en zwaaide zijn been over het zadel. 'Het spijt me voor je, maar die vlieger gaat niet langer op.'

Hij keek naar Sara Lynn, die met een vuurrood gezicht naar de grond staarde. 'En jij? Hoe denk jij hierover? Was je het met je moeder eens? Vond je dit een goed idee?' Ze hoorde aan zijn stem dat hij boos was, of beter gezegd woedend.

'Ik kon haar niet tegenhouden,' antwoordde ze zacht.

'Nee, ze dendert maar door als een stoomtrein, zonder rekening te houden met de gevoelens van wie dan ook. Tussen haakjes: maak niet dezelfde fout als zij. Ik denk dat Francis het wel goed met je meent, al blijft het natuurlijk een onmogelijke zaak.'

Hij fietste de weg op en Sara Lynn keek hem even na. Pauline was intussen doorgelopen. Ze bleef wat verderop op haar staan wachten.

'Als hij het met jou wel ziet zitten...' begon ze.

'Ik schaam me dood,' reageerde Sara Lynn heftig. 'Hoe durfde je zoiets schandaligs voor te stellen? En nu, wat ga je nu doen?'

'We kunnen niet langs de weg blijven zwerven. Als de zomer voorbij is, moeten we goed onderdak hebben.'

'Ook in de zomer ga ik niet buiten slapen.' Sara Lynn klonk wanhopig.

'Weet jij een andere oplossing?' vroeg haar moeder.

'Nee, ik weet het ook niet. Jij hebt alles verknoeid. Zowel voor mij als voor jezelf.'

'We zullen Karel weer moeten opzoeken,' zei Pauline zonder op dat laatste in te gaan.

'Ga je dan weer voor hem werken? Hetzelfde werk?'

'Niet als ik zwanger ben.'

'Dan zet hij ons op straat,' meende Sara Lynn te weten. 'O, waarom konden we niet op De Ravenhorst blijven?'

'Ga jij dan terug. Ze zullen jou vast niet wegsturen, daar zal tante Louisa wel voor zorgen.'

Sara Lynn liep door. Even later ging ze met haar rug tegen een zandheuvel aan zitten. Ze was ineens doodmoe. Ze keek niet eens of Pauline verder liep. Ze had niet meer de behoefte om als een kind achter haar aan te lopen. Steeds duidelijker ging ze inzien hoe egocentrisch haar moeder was.

Het zou Pauline waarschijnlijk niets kunnen schelen als ze alleen terugging naar De Ravenhorst. Ze zouden haar vast niet wegsturen. Ze wist wel zeker dat tante Louisa zou willen dat ze bleef. Iets wat ze maar al te graag zou doen.

Ze sloot haar ogen tegen de laagstaande zon. Wat moet ik nou doen, Heer, bad ze in gedachten. Nee, ze kon haar moeder niet zomaar in de steek laten. Het was haar inmiddels duidelijk dat Pauline niet echt voor zichzelf kon zorgen. Ze nam steeds weer de verkeerde beslissingen.

Sara Lynn keek niet op toen Pauline naast haar neerplofte. Ze rommelde even in haar tas en gaf haar toen een broodje. 'Je zult wel honger hebben.'

'Hoe kom je daaraan?' vroeg Sara Lynn direct achterdochtig.

'In de bakkerswinkel stond een mand,' zei Pauline onverschillig, en ze nam een hap van haar eigen broodje.

'Je hebt dit dus gestolen,' constateerde Sara Lynn hoogst verontwaardigd.

'Doe niet zo braaf. Ze zullen heus die twee broodjes niet missen.'

Sara Lynn vocht plotseling tegen haar tranen. 'Weet je, tante Tine heeft mij veel dingen geleerd, en jou ook. Niet liegen en bedriegen. Niet vloeken, niet stelen. Weet je nog?'
'Ik weet het nog. Maar het leven leert je ook andere zaken. Als je wilt overleven, zul je voor jezelf moeten zorgen. Iemand anders doet het namelijk niet. Misschien is het toch beter als je teruggaat naar De Ravenhorst, Sara Lynn. Als je met mij meegaat, zak je hoogstwaarschijnlijk af en word je een zwerfster die steelt.'
Sara Lynn keek haar aan. Haar moeder leek volkomen serieus. Ineens wist ze heel zeker: ze kon haar niet alleen laten. Zoals het er nu uitzag, zou Pauline inderdaad steeds verder afzakken. Dat kon ze niet laten gebeuren. Ze dacht ineens aan het oude bijbelverhaal over de broers Kaïn en Abel. 'Ben ik mijn broeders hoeder?' had Kaïn gezegd.
En dan het verhaal van de barmhartige Samaritaan. Hij zorgde voor zijn naaste, en dat was de bedoeling, had tante Tine haar geleerd. En wie zorgt er dan voor tante Louisa, vroeg ze zich af. Die was vaak eenzaam en had behoefte aan haar gezelschap. Ach, er waren vast ook anderen die voor haar wilden zorgen. Voor Sara Lynn was haar moeder belangrijker, althans: dat hoorde wel zo te zijn.
'Je moet wel lang nadenken,' klonk het naast haar. 'Je moet er geen groot probleem van maken, hoor.'
Het probleem ben jij, dacht Sara Lynn. 'Ik ga niet terug,' zei ze toen. 'Ik heb besloten dat ik met jou meega.'
Zag ze nu toch iets van opluchting op haar moeders gezicht?
'Goed, maar ik wil niet dat jij je ermee bemoeit als ik weer voor Karel werk. Je kunt van mij aannemen dat als dat gebeurt, ik dan niet anders kan.'
'Je zei dat je niet zou werken omdat je zwanger bent.'
'Dat ben ik niet.'
Sara Lynn staarde haar ongelovig aan. 'Heb je die vent op De Ravenhorst gewoon wat op de mouw gespeld?'
'Niet echt. Ik dacht dat het zo was, maar het bleek loos alarm.'
'Je doet echt niet anders dan liegen en bedriegen,' constateerde Sara Lynn bitter.
'Het is een feit dat als je eenmaal met zoiets begint, je nog

maar moeilijk kunt stoppen,' antwoordde haar moeder nuchter, om te vervolgen: 'Ga dus terug naar De Ravenhorst. Als je behoefte hebt hun de waarheid te vertellen, moet je dat vooral doen.'

'Als jij hun de waarheid eens vertelde,' zei Sara Lynn zonder veel hoop.

'Ach, houd toch op. Ken je hen nu nog niet?'

Sara Lynn antwoordde niet. Het liefst zou ze inderdaad teruggaan. Francis zou toch ook niet wegblijven. Ze kon niet geloven dat hij haar zomaar wat op de mouw had gespeld. Zo was hij niet. Hij had gemeend wat hij zei.

Hoewel, zelfs haar eigen moeder was niet eerlijk tegen haar geweest. Zij was blijkbaar gemakkelijk voor de gek te houden. Toch kon ze het niet over haar hart verkrijgen om Pauline in de steek te laten. Ze zou zich dan voortdurend schuldig voelen.

'Laten we maar gaan,' zei ze met een zucht, in de wetenschap dat ze zonder een bericht voor Francis zomaar verdween. Ze was precies hetzelfde als haar moeder. Namelijk onbetrouwbaar.

'Weet je het zeker?' vroeg haar moeder.

'Jij ziet toch geen andere mogelijkheid?'

Ze liepen dezelfde weg die ze waren gekomen. Toen ze de bocht om waren, kwamen ze Bart tegen. Hij wilde weten waar Pauline en Sara Lynn naartoe gingen. terwijl Pauline langzaam doorliep, legde Sara Lynn uit dat ze weg moesten van De Ravenhorst en dat ze weer teruggingen naar Utrecht.

'Ik wil dat jullie hier blijven,' zei Bart.

Pauline bleef staan. 'Waarom, Bart?'

'Benno zegt dat jullie mijn familie zijn. Jullie houden van me. Dat hoort zo.'

Tot haar verbazing zag Sara Lynn tranen in haar moeders ogen.

Pauline deed enkele stappen naar hem toe. 'Bart, je hebt gelijk. Ik beloof je dat als ik ooit een eigen huis en genoeg geld heb, dat je dan bij mij mag wonen.'

'Echt waar?'

'Echt waar,' knikte Pauline. Ze omhelsde hem kort en liep daarna snel verder.

'Ik ben haar broer,' zei Bart ernstig tegen Sara Lynn, die was blijven staan.

'En mijn oom. Pas goed op jezelf, Bart, want ik heb er maar één.' Sara Lynn liep snel door om haar moeder in te halen. Toen ze van opzij naar haar keek, zag ze nog steeds tranen.

'Je hebt een belofte gedaan die je niet waar kunt maken,' verweet Sara Lynn haar moeder.

'Kan zijn, maar ik meende het wel.'

Sara Lynn deed er verder het zwijgen toe. Haar moeder werd een steeds groter raadsel voor haar.

Onderweg konden ze enkele malen meerijden op een kar en één keer zelfs met een koets. Sara Lynn zakte in de fluwelen bekleding en dacht eraan dat ze Francis voor de eerste keer had gezien toen hij in een koets reed. De laatste keer was hij met Lenore. Voor hen was op deze manier reizen heel gewoon. De kans was klein dat zij ooit met Francis in een koets zou rijden. Ze moest hem uit haar hoofd zetten, hoe moeilijk dat ook was.

Drie dagen later stonden ze net na de middag voor Karels huis. 'Ik vraag me af hoe hij zal reageren,' zei Pauline. Haar zelfvertrouwen was de laatste dagen duidelijk minder geworden. Zeker sinds ze enkele malen waren nageroepen en uitgescholden voor straatschooiers.

Toen de deur werd geopend ging Sara Lynn onwillekeurig enkele stappen achteruit. Ze was even vergeten hoe fors Karel was. Hij leek ook niet bepaald blij hen te zien, en maakte vooralsnog geen aanstalten om hen binnen te laten.

'Waar heb ik dit aan te danken?' vroeg hij nors.

'Ik ben ontslagen,' zei Pauline. 'Ik weet op dit moment niet waar ik heen moet. Mag ik binnenkomen?'

'Wel, wel, je hebt wel lef, moet ik zeggen.' Zijn blik ging naar Sara Lynn. 'En je hebt je mooie dochter ook meegenomen. Zoekt zij ook werk?'

'Ze kan zelf praten,' antwoordde Pauline snibbig.

Sara Lynn realiseerde zich dat haar moeder toch nooit echt bang voor Karel was geweest. Hij was natuurlijk lichamelijk sterker, maar verbaal was Pauline hem verreweg de baas.

Karel deed de deur wijder open. 'Kom maar binnen, dan bespreken we wat er moet gebeuren.'

Sara Lynn volgde hen met tegenzin. Het huis van Karel was overdadig gemeubileerd, maar tamelijk smakeloos met de zware tapijten en de met pluche beklede stoelen. Ze moest terugdenken aan de smaakvolle woonkamer op De Ravenhorst.

'Wil je hier weer komen werken?' vroeg Karel nu. Zijn blik gleed over Pauline heen alsof hij haar taxeerde.

'Niet zoals vorig jaar,' antwoordde deze.

'Je kunt geen eisen stellen. Ik heb me laten vertellen dat je op De Ravenhorst ook niet bepaald kieskeurig was. In de bar wordt er nog geregeld naar je gevraagd. En trouwens, ander werk heb ik niet. Ook niet voor je dochter.'

'Dat werk doe ik niet, dat kun je wel vergeten,' reageerde Sara Lynn onmiddellijk. 'Ik zoek wel iets anders.'

'Ik vrees dat je lang zult moeten zoeken. Je moet trouwens naar het postkantoor. Ik heb bericht gekregen dat daar een aangetekende brief voor je ligt.'

'Voor mij? Van wie?' vroeg Sara Lynn ongelovig.

'Dat zou ik ook graag willen weten. Ik ben naar het postkantoor geweest, maar ik kreeg hem niet mee. Ik kon me niet identificeren.'

'Dat kan ik ook niet. Ik heb geen paspoort,' zei Sara Lynn.

'Ik heb wel je geboortebewijs. Misschien is dat genoeg,' zei Pauline.

Sara Lynn knikte. Erg nieuwsgierig was ze niet. Het was vast een vergissing. Wie zou haar nu een aangetekende brief sturen? Zo belangrijk was ze niet. Of zou Francis…?

'Dus, Pauline, wat zijn je plannen?' wendde Karel zich weer tot haar.

'Ik kan weer in je bar gaan werken. Ik kan mannen gezelschap houden, ervoor zorgen dat ze blijven drinken. Maar ik ga niet meer met hen naar boven.'

Karel nam haar opnieuw van haar hoofd tot haar voeten op en Pauline schuifelde ongemakkelijk heen en weer.

'We kunnen op die manier beginnen,' zei hij dan. Hij dacht waarschijnlijk dat Pauline weer overstag zou gaan. Sara Lynn twijfelde daar echter aan. Pauline had nu zo veel luxe gezien.

Mogelijk dacht ze nog altijd dat ze een rijke heer zou tegenkomen.

'Ik zou nu eerst naar het postkantoor gaan als ik jou was, het
is nu nog open,' zei Karel tegen Sara Lynn. 'Weet je waar het
is?' vroeg hij.

Sara Lynn had vanaf haar geboorte in Utrecht gewoond, dus
natuurlijk wist ze dat. Ze knikte, blij dat ze hier even weg
kon.

Pauline zocht in de rieten koffer naar Sara Lynns geboortebewijs. Sara Lynn stak het in haar tas en ging op weg.

In het postkantoor waren veel loketten, maar achter elke
balie stond een bordje waarvoor je daar terechtkon. Ze ging
naar het loket waarboven stond 'aangetekende post'. De
beambte nam de kennisgeving aan en bestudeerde haar
geboortebewijs. Sara Lynn voelde zich ineens ongemakkelijk. Er stond geen naam van de vader bij. Er stond alleen
haar naam: Sara Lynn, dochter van Pauline Reimers. De man
zei echter niets.

Hij glimlachte even, gaf haar de enveloppe en zei een beetje
plagend: 'Zo jong en dan al zo'n gewichtige brief.'

De brief was zelfs verzegeld met een rood lakstempel. Sara
Lynn draaide de enveloppe om maar werd niets wijzer. Ze
zou een rustig plekje opzoeken om te kijken wat dit voor-
stelde. Ze wilde niet dat Karel zich ermee bemoeide.

Ze keek rond in de ruime hal en zei toen plotseling: 'Ik zoek
werk.'

'O ja? Post bezorgen doen alleen mannen. Meisjes kunnen de
zware tassen niet dragen. Misschien dat we nog een sorteerster kunnen gebruiken, maar daar ga ik niet over. Je kunt het
van de week nog eens proberen, als je het tenminste zeker
weet.'

Sara Lynn knikte. Ze stak de enveloppe in haar tas en verliet
het gebouw. Ze wist niet wat haar ineens bezield had, maar
het leek haar fijn om in zo'n groot bedrijf te werken. En wat
er ook gebeurde, ze wilde in elk geval níét voor Karel werken.

Maar wat nu? In het park was het te druk met allerlei zomer-
gasten, daar kon ze de brief niet in alle rust lezen. Ze zou naar
het station kunnen gaan, in de wachtkamer was vast wel een

rustig plekje te vinden, schoot haar opeens te binnen. Ze ging het grote gebouw binnen. Het was niet erg druk. Veel passagiers stonden in de stank en stoom van een juist binnenrijdende trein. Aan de andere kant vertrok een trein. Het gegil van de stoomfluit overstemde alle andere geluiden.

Sara Lynn ging de wachtkamer binnen en ging zitten in een hoekje op een van de banken. Ze opende de enveloppe door het zegel te verbreken met het kleine schaartje dat ze altijd in haar tas had. De brief was getikt op geschept, crèmekleurig papier met een gouden opdruk. Hij kwam van een notariskantoor, zag ze. Wie schreef haar een dergelijke chique brief?

Er stonden slechts enkele zinnen. Of ze zich wilde melden op bovenstaand adres op dinsdag 19 juli 1928. Lieve help, dat was morgen al! Ze werd uitgenodigd omdat ze binnenkort achttien jaar zou worden, en de notaris de erfenis van haar tante Martine met haar wilde bespreken. Tante Martine? Hij moest tante Tine bedoelen. Maar een erfenis? Was tante Tine rijk geweest? Ze had natuurlijk wel haar huis gehad.

Plotseling herinnerde Sara Lynn zich dat tante Tine op het laatst van haar leven een keer had gezegd: 'Jij zorgt zo goed voor mij, ik zal je dat vergoeden, zodat je nooit een baantje hoeft te accepteren als dat van je moeder.' Sara Lynn had dat destijds niet zo serieus genomen. Toch was het lief van tante Tine om aan haar te denken. Stel dat ze een paar honderd gulden kreeg, daar zou ze dan geruime tijd van kunnen leven. Sara Lynn vouwde de brief terug in de enveloppe en borg hem op in haar tas. Ze zou hierover niets tegen Karel zeggen, besloot ze. Hij zou er natuurlijk wel naar vragen, dus dan zou ze moeten liegen. Terwijl dat juist was waarom ze haar moeder telkens veroordeelde. Toch kon het niet anders. Al ging het maar om vijftig gulden, Karel zou het ongetwijfeld inpikken.

HOOFDSTUK 10

Ze had nog geen goed verhaal verzonnen toen ze alweer voor Karels huis stond. Hij opende zelf de deur.

'En?' was het eerste wat hij zei.

Ze keek hem aan alsof ze hem niet begreep.

'Waar gaat die brief over?' drong hij aan.

'Het gaat erover dat tante Tine mij een paar waardevolle antiekstukken heeft nagelaten.' Dat was niet helemaal een leugen, stelde ze zichzelf gerust. Misschien was het zelfs wel waar. Tante had een spiegel met een zilveren rand die ze altijd heel mooi had gevonden. Enkele schilderijtjes had ze ook vaak bewonderd.

'Het zal de moeite zijn,' bromde Karel, maar hij ging er niet verder op door.

Sara Lynn nam de enveloppe mee naar boven en duwde deze onder haar matras. Ze wilde dit voor zichzelf houden, al stond er niets in waar iemand wijzer van kon worden. Maar als Karel wist wat erin stond kwam hij haar misschien achterna naar het notariskantoor.

Ze lag lang wakker, razend benieuwd wat ze te horen zou krijgen. Uiteindelijk viel ze in een onrustige slaap, maar ze werd wakker doordat er aan haar deur werd gemorreld. Half slapend wist ze onmiddellijk dat het Karel was, die ongetwijfeld meer wilde weten van de brief van de notaris. Ze ging rechtop zitten en wachtte tot hij binnen zou komen.

Karel draaide zachtjes de deur open. Ze zag de grote gestalte in het vage licht van een straatlantaarn. Het zweet brak haar plotseling uit. Hij was zo groot en sterk.

Hij keek even haar richting uit en liep daarna regelrecht naar het ladekastje aan de andere kant van de kamer.

'Ga weg,' zei ze luid en duidelijk. 'Ik heb je gezegd wat er in de brief stond. Daar is intussen niets bij gekomen.'

Hij draaide zich om. 'Ik heb het recht hier meer van te weten,' zei hij.

'Dat heb je niet. Hij is niet aan jou gericht. Als je niet weggaat, open ik het raam en roep om hulp.' Ze gleed aan de andere kant het bed uit en liep naar het raam.

Karel was er uiteraard van op de hoogte dat er in deze straat regelmatig politie patrouilleerde, vanwege de vele vechtpartijen en rellen in deze buurt.

'Stel je niet aan,' zei hij scherp. 'Ik wil je alleen beschermen tegen domme dingen.'

'Zoals?'

'O, er is zo veel mogelijk. Trouwens, als je iets hebt geërfd, heb ik recht op de helft. Je bent hier kosteloos in huis. Ik zorg voor je…'

'Dat duurt niet lang meer.'

Karel was weer teruggeschuifeld naar de gang en verdween door de deur. Ze sloot deze achter hem, hoewel dat niet veel zou uithalen. Maar het gevolg was wel dat ze nu helemaal niet meer kon slapen. Ze wilde hier echt niet langer blijven. Haar moeder moest maar voor zichzelf zorgen.

De volgende ochtend vertrok Sara Lynn naar het notariskantoor. Toen Karel achterdochtig had gevraagd waar ze nu weer heen moest, had ze geantwoord dat ze op zoek ging naar werk. Dat was gedeeltelijk waar, want ze wilde ook meteen naar het postkantoor.

Het notariskantoor bevond zich in een grachtenpand. Ze bereikte de brede voordeur via een stenen trap. Ze werd binnengelaten door een jongeman, perfect in het pak en met keurige manieren.

'Komt u maar mee, mevrouw.'

Lieve help, hij zei mevrouw! Zag hij niet dat ze nog maar een meisje was?

Achter een enorm bureau zat, naar ze begreep, notaris Veerman. Hij had grijs haar en droeg een bril met een gouden montuur en er hing een zware gouden horlogeketting op zijn omvangrijke buik.

'Gaat u vooral zitten,' noodde de man vriendelijk. 'Ik denk dat ik goed nieuws voor u heb. U hebt een aantal jaren voor uw oudtante, mevrouw Martine Groothuis-Reimers, gezorgd.'

'Ze zorgde ook voor mij. We mochten elkaar graag. Toen ze ziek werd, was ik blij dat ik iets voor haar kon doen.'

De notaris knikte. 'Uw tante heeft dit zeer gewaardeerd. Ze heeft haar woning aan u nagelaten. Ze liet alles verder aan mij over, maar ze wilde per se dat u de leeftijd van achttien jaar bereikt had voor we dit gingen regelen. U kunt met de woning doen wat u wilt. In de verkoop, of er zelf gaan wonen. Op het moment wordt het pand verhuurd. Het duurt nog enkele maanden voor u achttien bent. In die tijd kunnen de mensen die er nu wonen andere woonruimte zoeken. Daarnaast ontvangt u nog een redelijk geldbedrag van ongeveer tweeduizend gulden.'

'Redelijk?' herhaalde Sara Lynn, die eindelijk kans zag iets te zeggen.

De notaris glimlachte. 'U had hier niet op gerekend, begrijp ik. U kunt natuurlijk alle meubels verkopen en het huis naar uw eigen smaak inrichten.' De notaris had er kennelijk plezier in haar te overdonderen met steeds nieuwe mogelijkheden. 'Als u het pand verkoopt, kunt u iets nieuw aanschaffen. Een wat moderner woning.'

'Ik kan het niet geloven,' fluisterde Sara Lynn. 'Ik ben rijk...'

'Het is altijd fijn mensen blij te maken,' zei de notaris. 'U hebt in elk geval nog alle tijd om te besluiten wat u gaat doen.'

'Mijn moeder,' zei Sara Lynn dan opeens. 'Dit moet ik natuurlijk met haar delen.'

De notaris maakte een afwijzend gebaar. 'Dat wilde uw tante per se niet. Ze was het niet eens met de leefwijze van uw moeder. Voor haar staat overigens ook een geldbedrag vast. Daar zijn wel enkele voorwaarden aan verbonden. Ik zal dat met uw moeder zelf bespreken. Ik raad u aan een en ander voorlopig geheim te houden. Als er nog vragen zijn, maakt u gerust een afspraak. Dat kan aan het loket in de hal.'

De notaris stond op en stak haar zijn hand toe. 'Ik feliciteer u alsnog. Ik denk dat u een en ander verstandig zult beheren.'

Verstandig, dacht Sara Lynn toen ze eenmaal buiten stond. Na een dergelijk bericht zou je verstand toch met je op de loop gaan! Er was ook niemand aan wie ze om raad kon vragen. Zou ze bijvoorbeeld het huis verkopen, of ging ze er wonen? En zo ja, deed ze dat dan alleen of samen met Pauline? Alles in haar kwam hiertegen in opstand. Ze schaamde zich voor die gedachte, maar ze wilde niet met haar moeder samenwonen. Maar hoe kon ze zelf een comfortabel leven leiden, terwijl Pauline voor Karel werkte? Ze zou immers voortdurend aan haar moeten denken, zich schuldig voelen.

Trouwens, in haar eentje in zo'n huis wonen, was dat wat ze wilde? Het zou een fantastische woning zijn voor een gezin. Maar zij had geen gezin en het was maar zeer de vraag of dat er ooit van kwam. Het probleem was: een gezin wilde ze alleen met Francis. Ze wist dat dit laatste onmogelijk was, maar dat wilde niet zeggen dat ze deze droom zomaar uit haar hoofd kon zetten.

Ze schrok toen er iemand tegen haar aanbotste. Stond ze nog steeds tegen de muur van het notarishuis? Eindelijk liep ze verder. Ze koos de straat langs het huis van tante Tine. Aan de overkant bleef ze staan. Het was ook een grachtenpand, niet al te groot, maar wel sfeervol. Het huis had, net als het notariskantoor, een stenen trap naar de voordeur.

Sara Lynn aarzelde of ze zou aanbellen, maar ze deed het toch maar niet. Waarom zou ze de mensen die er nu woonden verontrusten? Ten eerste duurde het nog een aantal maanden voor ze achttien was. Daarbij had ze er geen haast mee. Maar het was wel een uitwijkmogelijkheid voor als ze het bij Karel niet meer uithield.

Sara Lynn liep op de terugweg langs het postkantoor. Daar had ze een kort gesprek met de personeelschef. Tot haar vreugde werd ze aangenomen voor twee dagen per week. Het was zeker geen moeilijk werk, vertelde de man haar, maar het moest wel zorgvuldig gebeuren. Fouten bij de postbezorging mochten niet gemaakt worden. Je moest dus wel precies te werk gaan.

Toen Sara Lynn weer buitenkwam kon ze het niet nalaten een paar huppelpasjes te maken. Ze lachte stralend naar een postbode die blijkbaar juist terugkwam van zijn route. Hij lachte onmiddellijk terug.

'Je laat de zon voor mij schijnen,' zei hij vrolijk.

Alles verliep ook ineens voorspoedig, dacht Sara Lynn. Zo voorspoedig dat ze aarzelde om haar moeder in te lichten. Soms leek het erop dat Pauline jaloers op haar was. Ze hoopte dat haar moeder niet op het idee zou komen om samen met haar in tantes huis te gaan wonen. Want de hele zaak geheim houden voor mensen zoals Karel, zoals de notaris had aangeraden, leek haar dan onmogelijk. Maar voor haar moeder had ze nooit iets geheim kunnen houden.

Ze haastte zich nu, het was al laat. Haar moeder zouden stellig vragen waar ze de hele middag was geweest. En natuurlijk gebeurde dat ook.

'Ik heb wat rondgelopen. Ik ben bij het huis van tante Tine geweest,' zei ze. Dat was in elk geval de waarheid.

'Ben je niet wat te oud om de hele middag op straat te zwerven?' vroeg Karel.

'Ik had dingen te doen, zaken af te handelen.'

'Zat je achter een jongen aan?' vroeg Pauline.

Natuurlijk was dat weer het eerste waar haar moeder aan dacht, bedacht ze wrevelig.

Ineens besloot ze open kaart te spelen. Het was toch een eerlijke zaak?

'Ik moest bij notaris Veerman komen,' zei ze.

'Hè? Jij alleen?' Pauline werd plotseling bleek. 'Heeft je vader zich bekendgemaakt?'

'Mijn vader?' Sara Lynn staarde haar verbaasd aan. Haar vader was voor haar nog steeds een onbekende gebleven.

'Je weet niet eens wie haar vader is,' merkte Karel spottend op. 'Denk je dat hij ineens is komen opdagen, zo van: mogelijk heb ik nog ergens een kind, zoek dat eens voor me uit.'

'Het zou toch kunnen? Ze hebben dit op De Ravenhorst heus wel geweten. Het hele dorp was indertijd op de hoogte.'

Sara Lynn had ineens medelijden met haar moeder. Altijd weer probeerde ze meer te zijn dan ze was. Hoe kon ze denken dat zo'n schurk nog naar haar op zoek was? Hij zou wel gek zijn om zich bekend te maken.

'Ik heb nooit iets van mijn vader geweten,' zei ze. Ze was wel steeds nieuwsgierig naar hem geweest, had zelfs gevonden dat ze er recht op had te weten wie hij was, maar nu realiseerde ze zich dat ze dat niet eens meer wilde weten. 'En ik wíl het ook niet weten. Hij deugde niet, vertelde je mij vroeger.' Ze zweeg een moment, en flapte er toen uit: 'Ik heb het huis van tante Tine geërfd. Als ik achttien ben, wordt het echt mijn eigendom.'

Het was ineens heel stil in het vertrek. Alleen het tikken van de staande klok was nu luid en duidelijk te horen.

'Jij hebt in je eentje dat huis geërfd?' herhaalde Pauline ongelovig. 'Tante moet niet goed wijs zijn geweest.'

'Waarom niet?' bemoeide Karel zich ermee. 'Je dochter is een prima meid. Ze is jaren als een dochter voor Tine geweest, zonder ooit iets terug te verlangen.'

'Wist je dat dit stond te gebeuren?' vroeg Pauline, Karel negerend.

'Het is nooit in me opgekomen,' antwoordde Sara Lynn naar waarheid.

'Je zou daar met je moeder kunnen wonen,' zei Karel nu. Pauline ging wat rechter op zitten.

'Dat vond tante geen goed idee,' zei Sara Lynn.

'Denk je dat ze bij je komt spoken?' Pauline klonk bitter.

Het zou mooi zijn als ze nu zonder aarzeling kon zeggen: 'Natuurlijk gaan wij daar samen wonen. Er is ook wat geld en we zullen een goed leven hebben.' Maar Sara Lynn kon het niet. Ze schaamde zich ervoor, maar haar moeder had haar te vaak in de steek gelaten.

'Jij moet binnenkort ook bij de notaris komen,' vertelde Sara Lynn aan haar moeder. Het voelde alsof ze een troostprijs uitdeelde.

'Ik denk dat jij het schuurtje erft dat achter in de tuin staat,' spotte Karel.

Sara Lynn stond op. 'Ik ga naar boven. Morgen moet ik werken, ik heb een baantje op het postkantoor als sorteerster.'

'Je bent wel druk bezig geweest,' merkte Karel op.

'Ik wil niet dat jij ook maar iets voor mij moet betalen,' antwoordde ze kort.

'Je kunt het huis verkopen, dan heb je veel geld en hoef je voorlopig niet te werken,' zei Karel.

'Ik weet niet of ik dat wel wil. Het is een mooi huis en helemaal vrij van hypotheeklasten. Ik moet er nog eens over nadenken.' Ze verliet de kamer.

Karel en Pauline hoorden haar de trap op lopen.

'Het is een slimme meid,' merkte Karel op.

Pauline ging er niet op in. Ze realiseerde zich eens te meer dat Sara Lynn en zij het laatste jaar uit elkaar gegroeid waren. Er waren dagen geweest waarop ze haar nauwelijks zag. Hoewel de band tussen Pauline en haar eigen ouders verbroken was en nooit meer hersteld was, had ze gehoopt dat het tussen haar en Sara Lynn anders zou zijn. Dat Sara Lynn de fouten van haar moeder niet zou zien, en altijd van haar moeder zou houden. Kennelijk had ze zich vergist. Haar dochter was plotseling volwassen. Ze had haar moeder niet meer nodig.

Pauline kon de verloren jaren niet meer inhalen. Op de een of andere manier moest ze zorgen dat het weer goed kwam.

Francis verscheen na enkele dagen alweer op De Ravenhorst. Zijn eerste gang was naar de keuken, waar Reina bezig was.

'Ben je nu al terug? Ik had je nog niet verwacht,' begroette ze hem.

'Ik had daar niets te zoeken,' antwoordde Francis kortaf.

Reina trok haar wenkbrauwen op, maar ze zei niets. Ze dacht echter des te meer. Het was toch raar als je bij je aanstaande verloofde niets te zoeken had?

'Waar is Sara Lynn?' vroeg Francis.

Die vraag had Reina al verwacht. 'Sara Lynn en haar moeder zijn vertrokken.'

'Vertrokken? Waarheen?'

'Daar weet ik niets van, maar het is wel vervelend. Ze namen me samen heel wat werk uit handen. Van Martje en Nelis hoef ik niets te verwachten.'

Francis stelde op dit moment echter helemaal geen belang in de problemen van Reina. 'Hebben ze dan helemaal niets gezegd? En weet tante Louisa niet waar ze zijn?' vroeg hij. Hij bedwong de neiging om haar door elkaar te schudden en Reina voelde dat en deed een stapje achteruit.

'De oude mevrouw komt haar kamer niet uit sinds ze weg zijn. Ze zegt dat ze ziek is. Meneer Van Ravenstein weet er mogelijk meer van.'

Francis knikte en verdween uit de keuken. Reina slaakte een zucht. Ze had hem nog wel iets meer kunnen vertellen, tenslotte deden er vele verhalen de ronde. Maar die gingen in hoofdzaak over Pauline en daar zou Francis vast geen belang in stellen.

'Zo. Jij hebt het daar al vlug gezien,' zei meneer Van Ravenstein toen hij Francis zag.

'Ik had daar niets te zoeken,' antwoordde Francis voor de tweede keer.

'Lenore was daar. Er zijn vergaande plannen voor jullie verloving. En dan ga jij gewoon weg, omdat je daar niets te zoeken hebt?' Meneer Van Ravenstein werd hoorbaar boos.

'Die plannen waar u het over heeft, daar werk ik niet aan mee. Dat weet u, dat heb ik al veel vaker gezegd. Ik wil met Sara Lynn trouwen. Zij…'

'Jongen, je kunt zo veel willen, maar het gaat niet. Bovendien: ze is weg, terug naar die vent waarvoor haar moeder al eerder heeft gewerkt. Misschien loopt die Sara Lynn nu ook al in de avond langs de straat om te proberen wat te verdienen. Wat moet ze anders?'

Francis balde zijn vuisten. Voor de tweede keer in een halfuur had hij de neiging iemand door elkaar te schudden. 'Waarom hebt u hen weggestuurd?' Hij hield met grote moeite zijn stem in bedwang, evenals zijn vuisten. Hij had het gevoel dat hij de man tegenover hem naar de keel zou kunnen vliegen.

'Ik heb haar moeder ontslagen. Zij waagde het te beweren dat ze zwanger was van een van mijn gasten. Het meisje is met haar meegegaan. Ik hoorde dat ze naar het dorp zijn gegaan, waar ze contact hebben gezocht met de zoon van de bakker. Maar ze zijn daar niet gebleven.'

'Ik ga hen zoeken.'

'Gebruik je verstand, jongen. Althans dat beetje dat je hebt. Als je met dat meisje trouwt, zul je in armoede moeten leven. Lenore is rijk. En dan ben ik er ook nog.'

'Ik leef liever met een vrouw van wie ik houd dan met een of andere rijke juf die nergens over praten kan dan over kleding en feestjes.'

Francis stond op en verliet de kamer, de deur sloeg met een harde klap dicht.

Meneer Van Ravenstein zuchtte. Waarom was die jongen zo verdraaid koppig? Hij vroeg zich af wat Sigrid van dit alles gezegd zou hebben. Diep in zijn hart vermoedde hij dat ze Francis gesteund zou hebben in zijn wilde plannen. Ze was ook niet altijd even verstandig geweest, die vrouw van hem. Maar ondanks dat wenste hij met heel zijn hart dat ze er nog was.

Francis was de kamer van tante Louisa binnengegaan. Tot zijn schrik lag ze nog in bed.
'Tante, ik ben er weer,' zei hij zo opgewekt mogelijk.
'Dat zie ik. Je had niet weg moeten gaan. Dan zou alles anders zijn gelopen. Ben je nu verloofd met die Lenore?'
'Nee tante. Dat ben ik ook zeker niet van plan.' Hij schoof een stoel bij en nam haar in stilte op. Ze leek ineens erg oud. Haar broze, smalle handen ontroerden hem.
'Wat scheelt eraan?' vroeg hij. 'Is er al een dokter geweest?'
'Nee. Er is niets meer aan de hand dan dat ik oud ben. En ik mis mijn wandelingetjes. Het meisje is zomaar verdwenen, zonder zelfs maar afscheid te nemen. Ik hoorde het pas toen ze al was vertrokken. Richard heeft haar moeder ontslagen en zij ging met haar mee. Ik mocht dat meisje erg graag.'
Francis greep haar hand. 'Dat weet ik toch, tante. Ik ga haar zoeken. Ik had haar gevraagd met mij te trouwen.'
'En heeft ze toegestemd?'
'Ze kon het niet geloven.'
Tante schoof wat omhoog en Francis schikte een kussen in haar rug. 'Toen ging jij weg met Lenore. Richard zei dat je ging kennismaken met haar familie.' Tante Louisa had een kleurtje op haar wangen. Ze zag er ineens wat beter uit.
Francis dacht aan de dag dat hij in de koets meereed met Lenore. Sara Lynn had daar een beetje verloren gestaan. Hij had haar wel gezegd dat hij zo snel mogelijk weer terug-kwam, maar hij had er niet bij stilgestaan dat Sara Lynn niet kon geloven dat hij meende wat hij zei, ook niet toen hij haar vroeg met hem te trouwen.
'Ik ga naar Utrecht,' zei hij. 'Daar kwamen ze immers van-daan? Misschien zijn ze in een hotel.'
'Ze zijn vast weer bij die vent,' mopperde tante. 'Utrecht is een grote stad, Francis. Hoe denk je haar ooit te vinden?'
'Dan moet ik veel geluk hebben,' gaf Francis toe. 'Maar ik ga

nu eerst bij de bakker informeren. Benno kende haar moeder nog van vroeger.'

'Als je geld nodig hebt, kun je bij mij terecht,' zei tante. 'Dat geldt ook voor later, als jullie echt gaan trouwen. Je kunt nu wel denken dat je met haar ook in armoede kunt leven, maar dat zal nog niet meevallen.'

'Ik kan werk zoeken,' zei Francis.

Toen hij weg was schudde tante Louisa haar hoofd. Francis was wel erg optimistisch. Maar dat optimisme had wel zijn weerslag op haar. Tante Louisa besloot uit bed te komen. Ze reikte naar de bel. 'Reina!'

Intussen zadelde Francis een van de paarden. Het was het paard waar hij ook met Sara Lynn op had gereden. Toen had hij al gemerkt dat het meisje bepaalde gevoelens bij hem wakker maakte.

Hij zette het paard aan en het dier begon te draven. Hij was al snel in het dorp. Het was druk in de bakkerswinkel. Francis zette het paard vast aan een boom en wachtte even. Hij wist dat Sara Lynn de bakkerszoon graag mocht, en dat dat wederzijds was. Misschien wist hij wel meer te vertellen. Met enkele lange passen stapte hij de winkel binnen. Toen Benno's moeder naar voren kwam en hem min of meer onderdanig te woord stond, dacht hij even: dat zal wel veranderen. Straks ben ik een van jullie. Iemand die moet werken voor zijn geld. Getrouwd met een dienstmeisje...

'Ik kom voor Benno,' vertelde hij.

'Voor Benno. Juist.' Ze keek hem afwachtend aan, maar Francis was niet van plan haar verder in te lichten en bleef rustig staan. De vrouw riep haar zoon, maar bleef in de winkel, ook toen Benno binnenkwam.

'Kan ik je even alleen spreken?' vroeg Francis.

'Natuurlijk.' Benno opende de winkeldeur en even later stonden ze samen buiten.

'Ik wil liever niet dat iemand ons hoort,' bedong Francis. Hij zag Benno's moeder alweer voor het raam staan.

Benno knikte begrijpend. 'Goed, ik loop wel even mee.'

Francis pakte het paard losjes bij de teugel en ze liepen tot het dorpspleintje, waar een bank stond. 'We kunnen hier wel even gaan zitten,' stelde Francis voor.

Benno knikte. Hij vroeg nog steeds niets.

'Weet jij waar Sara Lynn is?' viel Francis met de deur in huis.

'Dat zou kunnen,' antwoordde Benno vaag. Francis voelde alweer een steek van jaloezie.

'Zij en haar moeder zijn hier nog geweest voor ze vertrokken,' vertelde Benno toen. 'Ze waren weggestuurd van De Ravenhorst en konden nergens heen. Ik was mijn hele leven al verliefd op Pauline, maar ze zag mij nooit staan.'

'Op Pauline?' herhaalde Francis opgelucht.

'Ja, wat dacht jij dan. Op Sara Lynn? Ze is veel jonger dan ik, en daarbij: zij is zeker niet verliefd op mij, dat weet jij ook wel. Goed, Pauline zag mij ineens wel zitten, want ze kon geen kant meer op. Men zegt dat ze in verwachting is. Ik heb haar geweigerd, ik voelde mij gebruikt.' Het was aan Benno's stem te horen dat hij nog steeds boos was.

'Maar haar dochter is heel anders dan zij,' ging de bakkerszoon verder. 'Zij geneerde zich voor de hele situatie. Ik dacht dat ze hoopte dat jij iets meer voor haar voelde.'

'Dat doe ik ook,' bevestigde Francis. 'Maar ik moet haar wel eerst vinden.'

Benno keek hem doordringend aan. 'Het is een lief meisje. Ben je echt verliefd op haar?'

'Ja. En je begrijpt hoe problematisch het is.'

'Ik begrijp het. Het gaat dus niet over, zoals ik Pauline heb gezegd.'

'Nee. Absoluut niet. Ik wil met haar trouwen,' zei Francis hartstochtelijk.

'Dan help ik je zoeken. Ik weet dat ze op weg gingen naar Utrecht. Ik heb gehoord dat ze daar vroeger in een grachtenpand woonden.'

Het zou niet eenvoudig zijn om Sara Lynn te vinden, veronderstelde Francis. Maar hij moest toch ergens beginnen.

Het duurde nog bijna twee weken voor de beide mannen samen konden vertrekken, maar tot Francis' opluchting was meneer Van Ravenstein het ermee eens. De twee vrouwen moesten terugkomen, niet in de laatste plaats omdat Reina elke keer als ze de kans kreeg tegen hem mopperde dat ze overal alleen voor stond, en dat het geen doen was. Hij had beter Martje en Nelis kunnen ontslaan. Tante Louisa gaf haar volmondig gelijk, en voegde eraan toe dat zijzelf nauwelijks nog buiten kwam. Op deze manier zou ze het niet lang meer maken.

Als het weer het toeliet maakte Francis elke ochtend een wandelingetje met haar, maar dat haalde het niet bij de tochtjes met Sara Lynn, dat liet tante duidelijk merken. Zoals gewoonlijk werd ze niet gehinderd door enige tact.

Intussen leek het wel bijna herfst. Het waaide vaak hard, het regende veel en het was zelfs koud voor de tijd van het jaar. Francis had geweigerd contact op te nemen met Lenore. Hoewel meneer Van Ravenstein zei dat hij zo halsstarrig was als een ezel, kon hij de vasthoudendheid van de jongeman ook wel waarderen. Daarbij vreesde hij dat hij Francis kwijt zou raken als hij hem de voet dwars zette, en hij had Francis altijd als een zoon beschouwd.

Toen Francis hem vertelde dat hij samen met Benno van de bakker uit het dorp de twee vrouwen ging zoeken, merkte hij dan ook alleen maar op dat zijn verstand op hol was geslagen. Hij voegde er echter aan toe dat hij vooral met zijn plannen door moest gaan, als hij zich daar gelukkig bij voelde. Oom Richard was zelfs zover gegaan dat hij aan een dubieuze kennis had gevraagd waar in Utrecht kroegen waren 'waar vrouwen mannen amuseren'. Hij had die informatie zonder meer en met een vette knipoog losgekregen.

Francis was vaker in Utrecht geweest. Benno daarentegen kwam zijn hele leven al niet verder dan zijn dorp. Hij was dan ook zeer onder de indruk van de drukte – alle verkeer en de vele mensen die er rondliepen en blijkbaar niet hoefden te werken. In het dorp was het overdag stil, omdat iedereen aan het werk was.

Het amuseerde Francis dat Benno zich over allerlei zaken verwonderde. Zaken waar hijzelf niet eens bij stilstond. Het drukke verkeer bestond in hoofdzaak uit trams, fietsen en soms een paard-en-wagen. De grote winkels verbaasden Benno en natuurlijk hadden vooral bakkerszaken zijn aandacht. Vaak kon je daar ook theedrinken met een gebakje erbij. Hoewel Benno speelde met de gedachte ook iets meer van zijn winkel te maken, wist hij tegelijkertijd dat er in het dorp geen mensen te vinden waren die thee in zijn winkel kwamen drinken. Misschien zou hij iets dergelijks een keer gratis moeten aanbieden, dan kwamen ze natuurlijk wel. Maar als ze moesten betalen voor hun thee, zag hij de meesten van hen toch niet terugkomen.

Francis had een kamer gereserveerd in een hotel en ook dat was een belevenis voor Benno. Ze hadden ieder een kleine kamer voor zichzelf. Die avond zaten ze beneden in de bar en bespraken wat ze moesten doen. Het zou natuurlijk een wonder zijn als ze hen onverwacht tegenkwamen, zuchtte Benno.

'Oom Richard heeft me verteld waar die kroeg zich ongeveer zou kunnen bevinden,' reageerde Francis. Maar dat was dan ook de enige informatie die hij had, dacht hij. Daarbij: ze konden moeilijk bij iedere kroeg naar binnen gaan. Francis stelde voor ieder een aparte route te nemen, maar dat wilde Benno niet. Hij voelde zich niet veilig in de stad en dacht dat hij al snel zou verdwalen.

Nadat ze enkele uren door de stad hadden gelopen, kwamen ze tegen de avond in een bar terecht. Ze keken rond of ze Pauline of Sara Lynn zagen. Benno zag de meisjes en vrouwen die er rondliepen, de meeste van hen schaars gekleed. Ze gingen verleidelijk om met de aanwezige mannen, brachten hun drankjes, kropen bij hen op schoot en enkelen van hen verdwenen door een deur achter in de zaal. Benno wist heus wel wat er speelde.

Toen Francis hem bij de arm greep en zei: 'Daar is Pauline,' schrok hij heel erg. Iets zei hem dat hij beter direct kon verdwijnen. Toen zag hij haar ook. Ze was niet zo schaars gekleed als de anderen. Ze liep ook niet door de zaal, maar bleef achter de bar. Haar glimlach was vriendelijk, maar onpersoonlijk. Toen een van de gasten aan de bar zijn hand om haar kin legde en haar naar zich toe trok, deelde ze een vinnige tik uit. Dit te zien deed Benno goed.

Het kon natuurlijk zo zijn dat Pauline inmiddels weer met die Karel was. Dan zou die niet willen dat ze andere mannen probeerde te versieren.

'Als je haar wilt spreken, moet je aan de bar gaan zitten,' zei

Francis. Hij had Benno's wisselende gezichtsuitdrukkingen met interesse geobserveerd. Het was hem wel duidelijk: Benno's belangstelling voor Pauline was nog steeds aanwezig.

Na een moment stond Benno op en hij liep tamelijk nonchalant naar de bar. Pauline zag hem niet direct. Ze vulde enkele glazen bier, zette deze op een blad en liep de zaal in. Benno keek haar na en hij zag dat hij niet de enige was. Wat mankeerde haar om hier te willen werken, terwijl ze voortdurend werd blootgesteld aan de hongerige blikken van mannen?

Toen ze terugkwam deed hij enkele stappen opzij, waardoor ze moest uitwijken, en eindelijk keek ze hem aan. Haar ogen werden groot en ze maakte een afwerende beweging. Met veel glasgerinkel viel het blad op de grond. Ze maakte geen aanstalten om de boel op te ruimen, maar bleef Benno aanstaren tot er iemand van achter de bar naar haar toe kwam en haar stoffer en blik aanreikte.

'Grondig opruimen,' snauwde de man. 'Je weet dat dit van je loon wordt afgehouden.'

'Ik betaal het wel,' zei Benno. 'Pauline gaat nu met mij mee.'

De man zette grote ogen op en zei: 'Dat gaat zomaar niet.'

'Natuurlijk gaat dat wel. Ik zal u de schade wel vergoeden.'

Pauline had nog steeds niets gezegd. Terwijl Benno met de man afrekende, blijkbaar tot diens volle tevredenheid, keek Francis toe. De man maakte een soort van huppelpasje toen hij het geld had ontvangen.

Francis kwam nu naar hen toe. 'Laten we hier weggaan. Ik weet wel een betere gelegenheid,' zei hij.

Zwijgend liepen ze door de stad tot Francis een aardig restaurant binnenging. Pauline was blijkbaar zo overdonderd dat ze niets wist te zeggen. Ze zochten een tafel en Francis bestelde koffie. Het was niet druk in het restaurant. Sommige tafels waren gedekt, er speelde rustige muziek.

'Zo, ik wil wel graag weten waar ik je dochter kan vinden,' zei Francis toen de koffie was gearriveerd.

'Komen jullie voor haar?' Er klonk duidelijk teleurstelling in Paulines stem.

'We komen voor jullie alle twee,' antwoordde Benno.

'Terwijl Francis naar Sara Lynn op zoek gaat, gaan wij terug naar het hotel. Morgenochtend gaan we dan naar De Ravenhorst. Je wordt daar gemist.'

'Dat zal wel,' zei ze sceptisch. 'Door wie dan wel?'

'Door meneer zelf, die niet enthousiast is over Reina's kookkunst. Door Reina zelf, omdat ze te veel werk alleen moet doen. En door mij, omdat ik mijn praatje 's morgens mis. Al was jij niet degene die praatte. Ik hoopte alleen dat je af en toe luisterde.'

Pauline boog haar hoofd en zei niets. Terug naar De Ravenhorst. Ze had het daar naar haar zin gehad, al was alles anders gelopen dan ze had gewild. Maar misschien kwamen er nieuwe kansen. Ze roerde in haar koffie alsof ze door de bodem van het kopje wilde.

'Sara Lynn en ik wonen bij Karel in huis. Sara Lynn heeft een baantje in het postkantoor voor twee dagen in de week. Ze is vandaag naar de verjaardag van een vriendin, blijft daar vannacht slapen, en morgen moet ze weer werken.'

'Goed. Wil je mij het adres van die vriendin geven?'

'Dat weet ik niet, dat heeft Sara Lynn me niet verteld,' zei ze afwerend.

Francis keek haar doordringend aan. Wilde ze niet dat hij Sara Lynn ontmoette?

'Dan ga ik morgen wel naar het postkantoor,' zei hij. 'Misschien kunnen we regelen dat jullie alle twee met ons teruggaan.'

'En als ik dat niet wil?'

Benno keek haar aan en ze kleurde onder zijn blik. 'Dan moet je dat nu zeggen,' zei hij kortaf.

'Ik ga wel mee,' zei Pauline na een moment. 'Graag zelfs.'

'Dan moeten we wel een goed plan bedenken,' zei Francis, 'want als Karel vannacht merkt dat jij er niet meer bent, zal hij zijn boosheid daarover verhalen op Sara Lynn, en dat wil ik natuurlijk niet. Eens even denken. Ga je nog weleens met een man mee?' vroeg hij toen aan Pauline.

Ze bloosde. 'Nee, niet meer.'

'Zou Karel het geloven als je een briefje neerlegde dat je een klant hebt die wil dat je vannacht bij hem blijft?' vroeg Francis toen.

Pauline dacht na. 'Ik denk het wel,' zei ze toen. 'Hoezo? Ik wil zo'n klant niet meer.'

'Het gaat er maar om dat hij dat denkt, meer niet,' zei Francis. 'Maar dan kun je dus niet al je spullen meenemen, alleen spullen voor één nacht, anders krijgt hij argwaan. De rest van je spullen komt wel met de spullen van Sara Lynn.'

Pauline begon door te krijgen hoe Francis' plan in elkaar zat, en ook Benno knikte goedkeurend. 'Goed plan, Francis.'

'Goed, ga dan nu je spullen inpakken, Pauline, dan kunnen wij morgen vertrekken, als Sara Lynn ook meewil, tenminste. We zullen het laatste stuk moeten lopen, maar zo was het ook toen jullie de eerste keer kwamen.'

Pauline werd overspoeld door allerlei gevoelens waar ze zich geen raad mee wist. Ze was niet gewend dat er zo voor haar werd beslist. Aarzelend vroeg ze of ze wilden meegaan. Karels huis was hier vlakbij, boven een café, wat Benno deed opmerken dat hij vandaag meer kroegen vanbinnen had gezien dan anders in een heel jaar.

Pauline ging uiteindelijk toch alleen naar binnen. Ze was al snel terug. 'Hij is er niet. Kan ik nu opnieuw vertrekken zonder iets te zeggen? Ik wil niet dat hij mij weer achternakomt.'

'Hij zal zich wel drie keer bedenken,' meende Francis. 'Ik zal hem wel duidelijk maken dat hij daar wordt opgepakt.'

Gerustgesteld ging Pauline mee naar het hotel. Ze vroeg zich af of het de bedoeling was dat ze met Benno in één kamer zou slapen, of zelfs in één bed, maar ze durfde er niet naar te vragen.

Eenmaal in het hotel regelde Francis een kamer voor haar alleen. Pauline verwonderde zich over zichzelf. Ze had namelijk geen bezwaar gemaakt als ze met Benno in één kamer had moeten slapen. Dan hadden ze gelegenheid om met elkaar te praten. Ze wilde graag met hem praten. Ze wilde weten of hij nog zo negatief tegenover haar stond als de laatste keer dat ze hem ontmoette. Als hij haar nu zou vragen of ze zijn vrouw wilde worden, zou ze absoluut geen nee zeggen.

Benno keek haar aan en ze kleurde onder zijn blik. Benno was een aantrekkelijke man, hij had een eigen bedrijf en boven dat alles was hij erg aardig. Ze zou echt niet alleen ja zeggen omdat ze geen andere mogelijkheden had. Maar hoe moest ze hem zo ver krijgen dat hij haar opnieuw vroeg? Ze verwachtte dat hij positief zou reageren, want waarom was hij anders nog steeds alleen?

HOOFDSTUK 11

Toen ze die avond in het restaurant een hapje aten, vroeg ze het hem rechtstreeks. Ze zag Francis de wenkbrauwen fronsen. Benno keek haar een moment zwijgend aan.

Ze kleurde. 'Je hoeft geen antwoord te geven,' zei ze haastig.

'Als je geen antwoord wilt, waarom vraag je het dan?' vroeg Benno tamelijk afgemeten. En zonder verdere overgang: 'Herinner jij je Aafke Marsman?'

Pauline hoefde niet lang na te denken. Aafke had bij haar op school gezeten. Een blond meisje met vrolijke blauwe ogen en kuiltjes in haar wangen. Een vriendelijk meisje dat veel lachte. Zou Benno iets met haar hebben? Ze zouden wel bij elkaar passen, vond ze. Onverwacht schoot er een steek van jaloezie door haar heen. 'Ik herinner me haar,' zei ze dan.

'Ik ben een tijdje met haar verloofd geweest. We hadden een trouwdatum vastgesteld, maar toen werd ze ziek. Een gemene bacterie die ze niet de baas konden en die haar hartklep aantastte. Ze redde het niet.'

'Wat erg voor je,' zei Pauline. Ze meende het oprecht.

'Het is nu drie jaar geleden.' Benno deed er verder het zwijgen toe en Pauline vroeg zich af of hij met die laatste opmerking bedoelde dat hij er nu wel overheen was, maar dat durfde ze toch niet te vragen. In plaats daarvan wendde ze zich tot Francis.

'Wil jij nu Sara Lynn gaan zoeken?'

Hij knikte kort en Pauline kreeg steeds meer het gevoel dat deze hele zaak alleen om haar dochter ging.

Na de koffie gingen ze gezamenlijk naar boven. Benno nam de sleutels mee en opende de deur van haar kamer. 'Slaap lekker,' zei hij slechts.

Pauline ging haar kamer binnen en zat even op de rand van haar bed. Het was haar nu wel duidelijk. Benno kwam niet voor haar. Hij had het echt gemeend toen hij haar afwees. Hij had van Aafke gehouden en hij was trouw. Wat was ze stom geweest om al die tijd te denken dat ze wel iets beters kon krijgen dan Benno. Hij gaf helemaal niet om haar.

Met snelle bewegingen begon ze zich uit te kleden. Ze zou het niet wagen om naar Benno toe te gaan zoals ze had gedaan bij de gast van meneer Van Ravenstein. Ze begreep niet meer hoe ze dat had gedurfd. En nu ging ze dus terug. Ze betwijfelde of ze daar weer welkom zou zijn. Haar leven was een rommeltje, en dat had ze uitsluitend aan zichzelf te danken.

Ze sliep nauwelijks die nacht en was alweer vroeg op. Ze kleedde zich snel aan, aarzelde op de gang voor de deur van Benno's kamer en klopte dan toch aan. Op zijn vaag gemompel opende ze de deur op een kier en ze vroeg: 'Is het goed dat ik vast naar beneden ga?'
'Het is nog vroeg. Het duurt nog wel een uurtje voor we kunnen ontbijten. Kom maar binnen.'
Aarzelend ging ze de kamer in Tot haar opluchting was Benno ook al aangekleed. 'Slecht geslapen,' verklaarde hij. 'Er was zo veel om over na te denken.'
Hij deed wat spullen in zijn tas. 'Ik kan hier niet langer blijven. Mijn ouders staan er nu alleen voor. Om deze tijd is er veel te doen. Francis redt het hier wel. Hij is hier meer bekend dan ik. Weet je dat hij met je dochter wil trouwen?'
'Dat heb ik begrepen,' antwoordde Pauline niet al te enthousiast.
'Zij heeft er weinig moeite voor hoeven doen, en zo hoort het ook. Ze werden gewoon verliefd. Dat is toch het mooiste wat er is? Er moet geen berekening bij zijn. Sara Lynn vindt het niet belangrijk of Francis rijk is of van goede afkomst.'
Wat had hij haar door, dacht Pauline. 'Ik vond dat altijd belangrijk,' gaf ze toe. 'Sara Lynn lijkt gelukkig niet op mij. Wij hadden thuis maar een armoedig bestaan. Ik had daar last van. Heel lang veronderstelde ik dat ik daar alleen maar onderuit kon komen door een rijke man te trouwen. Bij tante Tine hadden we het wel beter, maar daar konden we toch ook niet eeuwig blijven. Karel beweerde dat hij rijk was. Hij verdiende ook veel geld, dat is waar...'
'Hoe hij dat geld verdiende maakte niet uit,' zei Benno sceptisch.
'Het waren niet bepaald praktijken waar ik graag aan mee wilde doen. Dat leidde tot veel conflicten, maar omdat ik verder nergens anders heen kon bleef ik daar en deed ik wat hij wilde dat ik deed. Tot Sara Lynn bij ons kwam wonen nadat

tante Tine overleed, en toen wilde Karel dat Sara Lynn hetzelfde werk ging doen. Dat ging me te ver en daarom vluchtten we. Zo kwam ik weer op De Ravenhorst terecht.'

'Je had weinig geleerd, want je stapte weer in dezelfde val. In het dorp wordt beweerd dat je zwanger bent. Dat was voor mij onverteerbaar.'

'Ik ben niet zwanger,' zei ze snel.

Hij keek haar even doordringend aan voordat hij zei: 'Maar dat verandert niets aan de zaak, is het wel? Het had wél gekund. Je zoekt een man op in zijn kamer en weet maar één manier om hem aan je te binden. Dat het nog niet gelukt is was dus een flinke tegenvaller. Een dergelijke mentaliteit ligt me niet.'

Pauline zei niets. Ze begreep dat ze het voor zichzelf had verknoeid. Ze was Benno definitief kwijt. En haar dochter waarschijnlijk ook. Ze had Sara Lynn verwaarloosd. Het was zeer de vraag of het meisje nog iets met haar te maken wilde hebben. Pauline besefte nu heel duidelijk dat zij haar dochter wel nodig had.

'Laten we naar beneden gaan. We kunnen daar ook op het ontbijt wachten,' stelde Benno voor. Hij liep achter haar aan de trap af. Het bruine haar hing in een vlecht op haar rug. Ze was lang en bijna mager, maar door haar houding had ze iets onverzettelijks. Hij was hard voor haar geweest, maar ondanks alles moest hij haar bewonderen om haar vechtlust en doorzettingsvermogen. En dat niet alleen. Het vlammetje waarvan hij dacht dat het was gedoofd, was weer gaan flikkeren. Hij verzette zich ertegen, maar het hielp niet echt. Hij wilde echter niet opnieuw de vernedering ondergaan van te worden afgewezen.

In de ontbijtzaal kregen ze een tafel toegewezen, waaraan ze wachtten tot Francis kwam. De ober negeerde hen verder en Benno vroeg zich af of dat ook gebeurd zou zijn als Francis erbij was geweest. In gedachten haalde hij de schouders op. Hij had allang afgeleerd zich om dergelijke dingen druk te maken. Maar hij kreeg wel gelijk. Toen Francis beneden kwam en bij hen kwam zitten, kwam de ober direct naar hen toe en wendde zich tot hem.

Francis bestelde ontbijt voor hen allemaal en zei: 'Prettig dat jullie hebben gewacht.'

'Er zat niet veel anders op,' zei Pauline. 'Ze zagen ons niet eens zitten.'

'Ze zijn nog bezig alles voor te bereiden,' antwoordde Francis. En dat dacht hij echt, dacht Benno. Hij zag dergelijke dingen niet eens.

'Hoe nu verder?' vroeg Francis toen de tafel was afgeruimd en ze aan hun laatste kop koffie bezig waren. 'Blijven jullie nog in de stad?'

'Ik heb hier niets te zoeken,' antwoordde Benno met een vragende blik naar Pauline.

'En ik al helemaal niet,' reageerde zij.

'Ik ga eerst proberen Sara Lynn te vinden. Jullie doen het beste terug te gaan naar De Ravenhorst. Mijn oom wilde dat je terugkwam, maar reken er niet op dat daar nog rijke jongemannen rondlopen, Pauline.'

'Daar ben ik van genezen,' antwoordde Pauline kortaf. Ze keek even naar Benno, maar die ontweek haar blik.

'Hoe gaan we terug?' vroeg ze.

'Zoals we gekomen zijn. Het eerste stuk met de trein. Daarna gaan we lopen. Misschien komen we een koets tegen.'

Na het ontbijt namen ze afscheid.

'Zou Sara Lynn wel met hem willen meegaan?' vroeg Pauline zich af.

'Ik kreeg de indruk dat ze van Francis houdt,' zei Benno.

'O, dat geloof ik zeker. Maar het is toch geen combinatie, die twee. Hij komt uit een heel ander milieu dan zij.' Ze dacht aan het huis dat Sara Lynn zou erven van tante Tine. Sara Lynn was geen arm dienstmeisje meer, maar toch bleef het verschil met de mensen van De Ravenhorst te groot.

'Dat is jouw mening. Francis denkt daar heel anders over.'

Pauline zei niets. Het was duidelijk dat Benno zich aan haar opmerking ergerde. Ze zuchtte in zichzelf. Tussen hen zou het niets meer worden, en ze had het aan zichzelf te danken.

Tegelijkertijd realiseerde Benno zich dat hij haar nog steeds graag mocht. Ondanks bepaalde karaktertrekken die hij niet prettig vond. Haar ogen waren nog even mooi en sprankelend als vroeger. Streng sprak hij zichzelf toe zich geen onzin in het hoofd te halen. Pauline wilde meer, veel meer dan een eenvoudige bakkerszoon. Dat had ze altijd al gewild, en het was gebleken dat ze wat dat aanging niet veranderd was.

'Wat ga je nu doen?' vroeg hij toen ze eenmaal in de trein zaten.

'Er is immers maar één mogelijkheid. Ik ga terug naar De Ravenhorst. Volgens Francis word ik daar met open armen ontvangen,' antwoordde Pauline cynisch.

'Volgens Reina deed jij je werk goed.'

'Alleen andere zaken handelde ik niet zo goed af...' Ze keek hem een beetje uitdagend aan en ondanks zichzelf schoot hij in de lach.

'Ik weet niet wat je kunt verwachten als je opnieuw dergelijke fratsen uithaalt,' zei hij.

'Ik verlangde altijd meer dan mogelijk was. Nu zie ik dat bepaalde zaken onbereikbaar zijn.'

'Waarom kwam je terug naar mij?' vroeg hij.

Pauline tuurde uit het raampje en zweeg geruime tijd. 'Moet ik daar antwoord op geven?' vroeg ze eindelijk.

'Ik denk dat ik daar recht op heb.'

Ze slaakte een zucht, maar begreep dat ze er niet onderuit kon. Eerlijk zei ze: 'In de eerste plaats ging ik jou zien als de sympathieke jongeman die je bent. Toen je weigerde, deed dat pijn. Het is nu te laat, maar misschien wil je wel mijn vriend zijn. Een goede vriend zal ik de komende tijd nodig hebben.'

'Stel dat je nog eens bij mij terugkwam?'

Ze negeerde het kleine vlammetje van hoop dat begon te flikkeren. 'Dat zou ik alleen doen als ik het oprecht meende, Benno. Als ik wist dat er sprake was van echte liefde tussen ons. Als ik dat herken, tenminste, want ik heb het nooit meegemaakt, met geen enkele man. Ik heb zelfs moeite om van mijn dochter te houden.'

'Misschien moet je iemand hebben die je af en toe bij de les houdt,' zei Benno.

'Ik moet nog veel leren. Wil jij me helpen? Wat dat aangaat ben jij zo veel verder dan ik.'

'Als je niet direct boos wordt.'

Ze lachte. 'Ik word op jou niet boos.'

Benno deed er verder het zwijgen toe. Misschien was er toch hoop voor hen samen, maar het zou tijd kosten. Ach, hij had al zo lang gewacht. Hij was niet van plan de zaak nu te overhaasten.

Tegen de avond arriveerden ze bij De Ravenhorst. Pauline besloot eerst naar meneer Van Ravenstein te gaan. Daar zag ze nog het meeste tegen op.
'Zal ik met je meegaan?' vroeg Benno.
Ze schudde resoluut het hoofd. Via de keuken liep ze naar binnen. Reina liet de wasmand bijna vallen toen ze Pauline zag. Ze zette de mand haastig neer. 'Lieve help, ik dacht dat jij het hier wel gezien had!'
'Ja, dat klopt. Maar er schijnen mensen te zijn die mij graag terugzien,' zei Pauline vriendelijk.
'Kom je gelijk helpen?' vroeg Reina gretig.
'Ik ga eerst naar meneer.'
Reina knikte, maar vroeg zich in stilte af wat meneer hiervan zou vinden. Zij had vaak genoeg gemopperd dat het werk haar te veel werd, maar het leek Reina toch onwaarschijnlijk dat meneer Pauline daarom wilde terugzien. Trouwens, hij had haar gezegd niet te weten waar Pauline was. Dat hoefde natuurlijk de waarheid niet te zijn. De hoge heren maakten zich niet zo druk of ze wel het juiste zeiden tegen hun personeel. Zo in zichzelf mompelend liep Reina met de mand naar het washok.
Pauline klopte intussen op de deur van meneers kamer. Ze vatte zijn brommerig antwoord maar op als toestemming om binnen te komen en opende de deur.
'Wel, wel, jij hebt wel lef, moet ik zeggen.'
'Ik zou hier ook nooit meer hebben durven komen als Francis mij niet was komen halen.' Het leek Pauline het beste eerlijk te zijn.
Hij schudde het hoofd. 'Francis doet maar. Ik neem aan dat je hier weer wilt werken.'
'Als het kan...'
'Ik ben het gezeur van Reina over haar pijnlijke rug en knieën zo langzamerhand zat, en over alles wat ze in haar eentje moet opknappen. En ik zal blij zijn als jij het koken weer op

je neemt. Ga even langs mevrouw Louisa. Ze zal je willen zien.'

Dat laatste betwijfelde Pauline, maar ze deed wat meneer zei. Ze kon hem beter niet tegen de haren in strijken.

Mevrouw Louisa zat in haar stoel voor het raam. Ze draaide zich snel om en zette haar bril wat rechter terwijl ze Pauline onderzoekend aankeek.

'Zo,' zei ze. 'Is je dochter hier ook?'

Pauline bedwong met moeite een geïrriteerde zucht. 'Nog niet, maar ik denk wel dat ze komt.'

'Weet je dat niet zeker?'

'Francis zou haar gaan zoeken, maar ik weet niet of ze wel terug wil komen.'

'Je weet niet veel van haar, is het wel? Goed, ga maar aan je werk.'

Pauline ging, geërgerd dat het mevrouw alleen maar ging om Sara Lynn. De oude dame zag háár, Pauline, nauwelijks staan. Het zou haar nog niet meevallen als Sara Lynn werkelijk met Francis verderging. Dan zou ze niet zo veel tijd meer aan mevrouw Louisa besteden.

Francis had op het postkantoor een gesprek gehad met een van de leidinggevenden. Het gevolg was dat Francis een uniform aan kreeg en een pet op zijn hoofd. Het hoofd van personeelszaken had wel plezier in deze grap en zei dat het hem uitstekend stond. Francis had Sara Lynn algauw gevonden en keek van een afstandje naar haar. Hij zorgde ervoor dat ze hem niet kon zien. Ze stond met een ernstig gezichtje achter de sorteerkast. Francis keek naar haar en zijn hart sloeg over. Ze was mooi, maar ze was vooral lief. Stel je voor dat ze hem was vergeten. Of dat ze hem niet weer wilde herinneren. Ze was immers vertrokken met de gedachte dat hij met Lenore ging verloven?

Achter zich hoorde hij gefluister. Aan de andere kant van de kast gluurden de sorteerders door de open vakken, maar dat kon hem niet schelen. Het was een eerlijke zaak. Resoluut liep hij naar haar toe.

'Schiet het al op?' vroeg hij.

Met een ruk draaide zij zich om en van schrik liet ze een stapeltje post uit haar handen vallen. Met grote ogen keek ze hem aan.

Francis bukte zich om de post op te rapen, want hij wilde haar even gelegenheid geven om tot zichzelf te komen.

'Francis,' fluisterde ze.

Hij stond op keek haar lachend aan. 'Ik wilde je graag zien,' zei hij eenvoudig. Hij deed enkele stappen naar haar toe en strekte zijn armen naar haar uit. Ze liet zich omhelzen.

'Je bent nog steeds mijn meisje,' zei hij zacht. Hij hield zijn pet voor hun gezicht en kuste haar. Ze klemde zich aan hem vast alsof ze bang was dat hij in de lucht zou oplossen. Het stapeltje post was opnieuw op de grond gevallen.

Er werd luid geapplaudisseerd en met zijn arm om Sara Lynn heen draaide Francis zich naar de mannen toe.

'Zij is mijn meisje,' zei hij met duidelijke trots in zijn stem. 'Mag ik haar meenemen?'

'Als ze maar weer terugkomt,' zei een van de mannen terwijl hij naar voren stapte. 'Ze werkt goed, we willen haar wel een poosje houden. U wilt toch niet morgen al trouwen?'

'Willen wel, maar dat zal niet gaan,' glimlachte Francis. Hij liet Sara Lynn geen moment los, wat bij de mannen op hun lachspieren werkte.

'Nu, voor vandaag is ze vrij,' zei degene die kennelijk de baas was.

Even later liepen ze buiten. Sara Lynn had het gevoel dat ze op wolken liep. 'Wat gaan we nu doen?' vroeg ze na een moment.

'Het liefst zou ik je meenemen naar De Ravenhorst. Tante Louisa heeft je heel erg gemist. En we moeten woonruimte zoeken.'

'Ik heb een huis,' zei ze plotseling. Ze was blij dat ze hem, behalve zichzelf, nog iets te bieden had. 'En ik ben ook niet meer echt arm,' voegde ze er nog aan toe.

'Zo?' Hij vroeg niet direct verder en deze matte reactie stelde haar teleur.

'Dat is toch fijn?' drong ze aan.

'Ik kan heus wel voor je zorgen,' klonk het knorrig. 'Er komt geld vrij als ik dertig ben. En door bemiddeling van oom Richard kan ik bij een bank gaan werken.'

'Maar ik vind het juist fijn als ik voor mezelf kan zorgen,' zei Sara Lynn, niet wetend hoe ze haar tijd vooruit was met deze opmerking.

Francis dacht aan oom Richard, die had gezegd dat Sara Lynn niet zou aarzelen met Francis te trouwen. Ze was een meisje dat in armoede was grootgebracht en ze zou in armoede doodgaan, tenzij ze een man als Francis tegen zou komen en aan de haak kon slaan. Volgens zijn oom had het meisje het in dit geval goed bekeken, en was haar liefde voor Francis berekenend. Nou, hij had dus ongelijk. Dat gaf Francis toch een zekere voldoening.

'Dus je trouwt mij niet om mijn geld?' vroeg hij plagend.

'Je weet wel beter. Maar ik ben blij dat ik niet volledig van jou afhankelijk ben.' In gedachten dankte ze tante Tine. Zij moest een vooruitziende blik hebben gehad.

'En mijn moeder?' vroeg ze toen. 'Ik wil haar hier niet achterlaten bij Karel.'

Francis lachte. 'Jouw moeder is op dit moment allang onderweg naar De Ravenhorst. Met Benno.'

Sara Lynns ogen werden groot van verbazing. 'Wat vertel je me nu? Hoe kan dat nou?'

Francis vertelde haar alles wat er gebeurd was, van de zoektocht van Benno en hemzelf tot het afscheid vanmorgen op het station. Sara Lynn wist niet wat ze hoorde.

'En nu gaan we jullie spullen ophalen en aan Karel vertellen dat jullie niet meer terugkomen,' besloot Francis zijn verhaal.

Ze wandelden gearmd naar het huis van Karel, dat Francis tot Sara Lynns verbazing wist te vinden. Toen Sara Lynn de deur geopend had, zei Francis: 'Geef mij nu de sleutel, en ga jij jou en je moeders spullen pakken, dan zal ik Karel wel opzoeken.'

'Pas je wel voor hem op? Hij kan gewelddadig zijn,' zei Sara Lynn angstig.

'Maak je over mij maar geen zorgen, ik sta mijn mannetje wel,' zei Francis ferm.

Sara Lynn ging de trap op, en Francis stapte de woonkamer in, waar Karel in een tijdschrift zat te bladeren.

Karel keek verbaasd op. 'Wie bent u en wat doet u hier in mijn huis?' zei hij terwijl hij dreigend opstond.

'Mijn naam is Francis Bronckhorst, ik kom van De

Ravenhorst, en ik kom Sara Lynn ophalen,' zei Francis. Hij keek Karel strak aan. 'En de spullen van Pauline nemen we ook meteen mee.'

Karel deed een stap naar voren. 'Maar dat gaat zomaar niet, Pauline werkt voor mij.'

'Nu niet meer,' zei Francis. 'En dat zal niet meer gebeuren ook.'

'Dat maak ik wel uit. Ik weet haar te vinden,' zei Karel dreigend.

'Zodra u zich in het dorp of op het terrein van De Ravenhorst bevindt, zal de politie u met alle plezier oppakken. Er ligt al een aanklacht klaar wegens huisvredebreuk, en Sara Lynn zal u op dat moment aanwijzen als haar ontvoerder destijds, en ook daar zal de politie u met alle plezier over aan de tand voelen.' Francis merkte tot zijn genoegen dat de dreigende houding van Karel in elkaar zakte als een plumpudding.

Achter hem hoorde hij Sara Lynn de trap af komen. Ze kwam de kamer binnen met de rieten koffer in haar handen.

'Kom je, Francis?' zei ze.

Francis stak zijn hand uit naar Karel. 'We zullen maar niet 'Tot ziens' zeggen, vindt u ook niet?'

Karel bromde wat en stak Francis een glibberig handje toe. Hij zei niets.

Daarna verlieten ze het huis.

Het was te laat om vandaag nog terug naar De Ravenhorst te gaan, dus brachten ze de koffer van Sara Lynn naar het hotel. 's Avonds gingen ze ergens een hapje eten en een eind wandelen in de avondzon. Woorden waren daarbij nauwelijks nodig, ze genoten alleen maar van elkaar.

De volgende dag gingen ze terug naar De Ravenhorst. Meneer was op zijn kamer met administratie bezig. Toen ze binnenkwamen, schoof hij een stapeltje papieren opzij en keek hij Sara Lynn aan.

'Wel, wel, kom jij je moeder achterna? Daar zal Louisa blij om zijn. Hopelijk verbetert haar humeur als ze jou ziet.'

'Ik heb Sara Lynn gevraagd om met me te trouwen, en ze heeft ja gezegd,' zei Francis.

'Je doet maar, ik zal je niet kunnen tegenhouden. Maar meisje, als je op dezelfde manier achter een rijke man aan zit als je moeder, moet ik je wat Francis betreft teleurstellen. Hij is niet rijk, althans voorlopig zeker niet.'

'Sara Lynn is zelf rijk. Ze heeft geërfd van een tante,' zei Francis. 'Niet dat het voor mij enig verschil maakt, maar voor Sara Lynn blijkbaar wel. Ze voelt zich nu vrijer om ja te zeggen.'

Richard keek het meisje eens aan. Sara Lynn had het idee dat hij met andere ogen naar haar keek.

'Weet je zeker dat het legaal is, dat men je niet voor de gek houdt?'

'Het is in orde. Ik heb een brief van de notaris.' Ze noemde de naam van notaris Veerman.

Meneer Van Ravenstein floot zachtjes. 'Dan moet het wel kloppen. Goed, dan wacht ik wel op de uitnodiging voor de bruiloft.' Hij boog zich weer over zijn papieren.

'Geld verandert alles,' zei Sara Lynn toen ze weer buiten stonden.

'Voor hem wel,' beaamde Francis. 'Kom, laten we naar tante Louisa gaan.'

Tante Louisa zat op haar vaste plekje voor het raam en keek geïrriteerd op toen ze gestoord werd in haar overpeinzingen, maar haar gezichtsuitdrukking veranderde opvallend toen ze Sara Lynn zag.

'Mijn lieve Saartje! Zeg niet dat je komt om direct weer te vertrekken. Ik heb je echt gemist.'

'Ik u ook,' zei Sara Lynn eerlijk. 'Maar ik kan hier niet blijven. Voorlopig blijf ik in de stad. Ik heb daar een baantje.'

'Een baantje? Je hoeft helemaal niet te werken, je gaat immers met Francis trouwen. Je moet nog veel leren. Je bent niet opgevoed zoals hij.'

Er verscheen een rimpel in Sara Lynns voorhoofd. Ze was dus toch niet goed genoeg.

'Je moet weer met mij wandelen. In die tijd kan ik je vertellen hoe alles hier gaat. Ik zal je evenveel betalen als je nu verdient. Wat vind jij, Francis?'

'Sara Lynn hoeft niet te veranderen,' zei deze kortaf. 'Ze is goed zoals ze is.'

'Dat weet ik wel, maar ze moet zich hier thuis gaan voelen.'

Sara Lynn merkte nu dat tante Louisa ook behoorlijk autoritair kon zijn.

'Ik zal u zeker vaak komen opzoeken,' zei ze vriendelijk. 'Maar ik heb hier geen huis.'

'Je kunt hier wonen, samen met Francis. Er is hier ruimte genoeg.'

Sara Lynn wierp een hulpeloze blik in Francis' richting.

Deze besloot voorlopig te zwijgen over Sara Lynns huis in de stad. 'We laten u heus niet in de steek,' zei hij in de wetenschap dat het slechts een schrale troost was.

'Ik kan mijn moeder vragen of ze af en toe met u wil wandelen,' stelde Sara Lynn voor.

'Jouw moeder? Haar eerste vraag zal zijn wat het oplevert. Zij heeft een enorme zucht naar geld en aanzien.'

'Misschien kunt u wel zorgen dat mijn moeder anders gaat denken,' zei Sara Lynn.

Tante Louisa zei niets.

'Ik geloof dat ze er in elk geval over nadenkt,' zei Francis later.

'Ik voel me schuldig,' zei het meisje.

'Niet doen. Je moet je eigen leven leiden, in vrijheid.'

En dat kon ze nu, met dank aan tante Tine.

Voor ze terugging naar de stad zocht Sara Lynn haar moeder op. Deze was boven bezig bedden te verschonen. Sara Lynn zag haar ogen oplichten toen ze haar zag. Het leek alsof ze echt blij was haar te zien.

'Zijn jullie nu echt samen?' vroeg Pauline haar. En op haar dochters bevestigend antwoord, zei ze: 'Ik ben blij voor jullie.'

Sara Lynn beet op haar lip om de opkomende tranen tegen te houden. 'Heb je het druk?' vroeg ze.

'Er komen gasten,' was het antwoord.

Sara Lynn kon net een bezorgde opmerking tegenhouden. 'Zijn het weer dezelfde?'

'Maak je geen zorgen, ik ben die twee avonden bij Benno.'

'Bij Benno?' herhaalde Sara Lynn verbaasd.

'Om mij voor verleiding te behoeden.' Pauline lachte toen ze haar dochters gezicht zag. 'Nee hoor, meisje, ik geloof echt dat ik over bepaalde zaken heen ben gegroeid.'

Sara Lynn zei niet dat het ook wel tijd werd. Ze vertelde

over tante Louisa.

'Ik met haar wandelen? Daar zal ze blij mee zijn,' veronderstelde Pauline. In stilte nam ze zich voor om in elk geval haar beste beentje voor te zetten.

Tante Louisa maakte het haar echter niet gemakkelijk. Toen Pauline haar ophaalde, begroette tante Louisa haar met de mededeling dat deze wandeling zeker niet haar idee was geweest. Het volgende wat ze zei was: 'Je lijkt toch ook geen steek op je dochter.'

'Ieder mens is verschillend. We zullen het er maar op houden dat Sara Lynn een betere jeugd heeft gehad dan ik.'

'O ja? Als je mij eens iets over jezelf vertelde? Ik heb alleen maar veel van horen zeggen.'

Pauline besloot haar kaarten op tafel te leggen en spaarde zichzelf niet. Ze gaf eerlijk toe dat ze lang had gedacht dat geld gelukkig maakte, en ook dat ze van mening was geweest dat ze rijkdom en geluk alleen kon bereiken via een man die geld en aanzien had.

Ze wandelde met tante Louisa en vertelde haar van die avond toen ze pas vijftien jaar was en enkele jongens haar overmeesterd hadden.

'Je had aangifte kunnen doen,' meende tante.

'Zou dat iets hebben uitgehaald?' vroeg Pauline cynisch.

Tante zei niets. Ze wist ook wel dat een meisje in zo'n geval meestal aan het kortste eind trok.

'Ik kon hier niet blijven, dus ik moest naar tante Tine. Ik kon het kind afstaan ter adoptie, maar dat wilde ik niet. Tante Tine trouwens ook niet.'

'Dat is niet niks als je nog zo jong bent,' beaamde tante Louisa. 'Heb je er nooit spijt van gehad dat je je dochter niet hebt laten adopteren?'

'Nooit. Ze is een fantastische vrouw geworden. Ik ben blij dat ik haar heb leren kennen. Zo eerlijk en begripvol. Ze is zorgzaam voor mensen. Daarbij is ze ook nog eens heel mooi.'

'Ben je jaloers op haar?' vroeg tante Louisa met plotseling inzicht. Het bleef even stil. De oude dame wachtte af wat er zou volgen.

'Dat ben ik wel geweest,' zei Pauline uiteindelijk eerlijk. 'Maar nu niet meer. Men houdt van haar. Ik begrijp dat nu.'

'Maar jij hebt haar opgevoed,' weerlegde Louisa. 'Ze heeft dus ook een deel van jou meegekregen.'

Ze waren op de bank bij de vijver gaan zitten. Ineens stond Pauline op. Bart kwam hun richting uit, een schoffel achter zich aan slepend. Pauline liep hem tegemoet en Louisa zag met verbazing de hartelijke manier waarop ze hem begroette. Met haar arm om hem heen kwam ze weer naar de bank.

Bart wees haar op enkele bloemen en zei: 'Benno heeft een kippenhok gemaakt. Ik heb drie kippen van hem gekregen.'

'Die Benno zorgt maar goed voor je,' zei Louisa.

'Ik krijg ook konijnen,' meldde Bart. Hij gaf Pauline een knuffel en sjokte verder.

'Hij houdt van je,' zei Louisa.

'Ja. En ik heb jaren niet naar hem omgekeken.'

'Dan kun je daar vanaf nu verandering in brengen. Ik neem je aan als mijn persoonlijke verzorgster. Als je met Benno trouwt, is het niet gunstig als je te veel met zijn moeder te maken krijgt.'

Pauline was werkelijk stomverbaasd en zei eerst niets.

'Wil je niet?' vroeg Louisa.

'Jawel. Ik ben alleen verbaasd dat u mij dat vraagt. Ik ben heel anders dan Sara Lynn.'

'Dat weet ik. Ik verwacht ook geen duplicaat van haar. We kunnen een proeftijd afspreken.'

En zo gebeurde het. Pauline hielp Reina tot enkele uren na de middag en daarna ging ze naar de oude dame. Tot haar eigen verbazing konden ze het goed met elkaar vinden. Ze vertelde mevrouw Louisa over haar leven, eerst bij tante Tine en later bij Karel. Louisa was zeer geïnteresseerd. Ze ontdekte nu dat ze weinig van het leven van 'het gewone volk', zoals zij het noemde, af wist.

Sara Lynn werkte nog in het postkantoor. Ze had een kosthuis gezocht in Utrecht, en Francis kwam haar daar zo vaak mogelijk opzoeken.

Sara Lynn werd achttien. Het huis van tante Tine stond nu leeg en was te koop. Evenals Francis wilde Sara Lynn toch liever buiten de stad wonen. Ze vonden een aardig huis aan de bosrand en dicht bij De Ravenhorst. Ze maakten plannen voor een eenvoudige bruiloft het volgende jaar. Met het geld dat Sara Lynn had geërfd richtten ze het huis in. Soms keken ze elkaar aan en verwonderden ze zich over hoe alles was gelopen. Ze waren nog steeds heel erg verliefd.

Tante Louisa kwam een keer naar het huis kijken, samen met Pauline. Toen ontmoette Sara Lynn haar moeder eindelijk weer.

'Dat mijn dochter zo ver is gekomen,' zei Pauline. 'Ben je gelukkig, Sara Lynn?'

Haar dochter verwonderde zich over die vraag. Ze had nog altijd het idee dat haar moeder zich weinig interesseerde voor haar geluk. Niettemin antwoordde ze bevestigend.

'We houden van elkaar,' zei ze openhartig.

'Ja, dat kan ik zien. Ik weet nu ook dat ik mijn hele leven niet van iemand heb kunnen houden. Ik was altijd maar bezig met overleven.'

Sara Lynn dacht hier even over na. Het was waar, Pauline had een zwaar leven gehad. Ze was nog bijna een kind toen ze na een vreselijke ervaring in verwachting raakte. En alles wat er was gevolgd had er alleen maar voor gezorgd dat Pauline eerst en vooral aan zichzelf dacht.

'Het spijt me,' zei Pauline zacht.

'Wat?'

'Dat ik niet kan zeggen dat ik van je hield.'

'Nu, dit is een aardig begin,' klonk het plotseling achter hen. 'Een omhelzing volgt nog wel.'

Ze glimlachten naar elkaar en Pauline zei: 'Ik leer veel van mevrouw Louisa.'

'Liefde kun je niet leren,' zei deze. 'Maar je kunt er wel voor openstaan. Bijvoorbeeld voor de liefde van een man. Als je van je dochter houdt en van je broer, wie weet volgt Benno dan vanzelf.' Ze glimlachte om Paulines verlegenheid.

Later keken Sara Lynn en Francis hen na.

'Mijn moeder verandert,' zei Sara Lynn.

'Misschien is het nog niet te laat voor Benno. Ze zullen elkaar weer moeten vinden,' antwoordde Francis. 'Dat kan toch zo moeilijk niet zijn.'

'Mijn moeder heeft hem misschien te vaak afgewezen,' zuchtte Sara Lynn.

Francis hield haar dicht tegen zich aan. 'Ik ben zo blij dat jij vorig jaar naar De Ravenhorst kwam.'

'Het was mijn moeder die doorzette. Ik wilde niet echt. Maar als zij iets wil, gebeurt het meestal ook.'

'Kijk eens aan. Dan is er toch hoop voor hen beiden.'

Misschien had Francis gelijk, dacht Sara Lynn. Maar Benno zou haar moeder veel moeten vergeven. En kon haar moeder over die drempel heen om Benno te zeggen dat ze spijt had hoe ze hem had behandeld? Ze hoopte het van harte.

Sara Lynn en Francis waren in hun weinige vrije uren druk in het huis bezig. Soms kwam Pauline om te helpen met schoonmaken. Het huis had sfeer en Sara Lynn voelde zich er al snel thuis. Toch wilde ze er pas na haar huwelijk gaan wonen. Haar baantje bij de post liep dan ook af. Ze hadden geen getrouwde vrouwen in dienst.

Meneer Van Ravenstein was ook een keer naar het huis komen kijken. Hij zei niet wat hij er van vond, maar hij stuurde wel een mooi vitrinekastje. Sara Lynn zag dat haar moeder haast liefkozend over het hout streek. Ze besloot op hetzelfde moment ook iets dergelijks voor Pauline te kopen. Althans als zij ooit zou trouwen.

Pauline zag Benno weer geregeld. Ze zorgde er altijd voor dat ze in de keuken was als hij brood kwam brengen. Ze was er echter van overtuigd dat Benno niet opnieuw toenadering zou zoeken. Ze zou zelf het initiatief moeten nemen. Maar juist nu leek het of al haar moed haar in de steek liet. Daarbij leek het wel of Benno steeds aantrekkelijker werd.

Op een morgen vroeg Pauline: 'Heb je gehoord dat Sara Lynn en Francis van de zomer gaan trouwen?'

'Dat hebben ze mij verteld.' Hij legde de broden op de keukentafel.

'Wat vind jij daarvan?' ging ze dapper verder.

'Ze hebben gelijk. Waarom zou je wachten als je van elkaar houdt?' Hij maakte aanstalten om te vertrekken.

'Benno,' fluisterde ze.

Hij bleef staan met zijn rug naar haar toe.

'Ik heb spijt dat ik je heb afgewezen.'

'O ja? Dus als ik je dezelfde vraag opnieuw stel, voor de allerlaatste keer, zou je geen nee zeggen?' Hij stond nog steeds in dezelfde houding.

Ze liep voorzichtig naar hem toe.

'Ik zou ja zeggen.'

Hij draaide zich met een ruk om. 'Waarom ben je van gedachten veranderd, Pauline? Is dat omdat je geen kant uit kunt? Voor tante Louisa blijven zorgen is niet direct een levensvulling.'

'Ze heeft me veel geleerd.' Ze keek hem eindelijk recht aan. 'Kun je mij vergeven dat ik jou indertijd niet goed genoeg vond? Ik schaam me daarvoor. Uiteindelijk ben jij de enige man die me echt interesseert.'

'Ik heb geen geld,' weerlegde Benno.

Pauline legde in een spontaan gebaar haar armen om zijn nek. 'Wat kan mij dat nou schelen?'

Op dat moment zwaaide de deur open en kwam Bart binnen. 'Zusje van me.' Hij lachte toen hij hen zag. 'Pauline houdt ook van mij.'

'Ja Bart, dat doe ik.' Pauline merkte dat het helemaal niet zo moeilijk was om dit te zeggen. Ze ving Benno's blik op. 'Ik houd ook van jou,' zei ze zacht.

Hij hield haar stevig vast. 'Hier heb ik bijna twintig jaar op gewacht.'

'Benno, het spijt me. Kun je mij vergeven?'

'Zonder vergeving is er geen liefde,' zei hij ernstig. Ze keek hem aan en trok Bart ook naar hen toe.

'We horen bij elkaar,' zei ze stellig.

'Ook Sara Lynn en Francis?' vroeg Bart.

'Ja, zij ook,' beaamde Pauline. Ze merkte dat ze dit van harte meende. En het gaf een gevoel van bevrijding dit te zeggen. Hand in hand liepen ze de tuin in op zoek naar Sara Lynn en Francis. Tante Louisa zat bij de vijver.

'We houden ook van u,' Barts stem schalde door de tuin. Dichterbij gekomen zag Pauline de tranen op Louisa's gezicht. Wat was het mooi als mensen van elkaar hielden en dat ook lieten blijken. Ze had nog veel in te halen.

As ze de tijd ervoor kreeg, was het een levenstaak. Een taak die veel voldoening zou geven en waar ze met blijdschap aan zou beginnen.